NOS DESSEINS RAVIVÉS

MONTGOMERY INK

CARRIE ANN RYAN

NOS DESSEINS RAVIVÉS

Nos desseins ravivés
Tome 7
Carrie Ann Ryan

Nos desseins ravivés
Montgomery Ink
Par Carrie Ann Ryan
© 2016 Carrie Ann Ryan
eBook ISBN : 978-1-950443-64-2
Print ISBN: 978-1-950443-65-9
Traduit de l'anglais par Viviane Faure pour Valentin Translation

Ceci est une œuvre de fiction. Les noms, les lieux, les personnages et les incidents sont le produit de l'imagination de l'auteur et sont fictifs. Toute ressemblance avec des personnes réelles, existantes ou ayant existé, des événements ou des organismes serait une pure coïncidence.

Pour plus d'informations, abonnez-vous à la LISTE DE DIFFUSION de Carrie Ann Ryan.

Pour communiquer avec Carrie Ann Ryan, vous pouvez vous inscrire à son FAN CLUB.

NOS DESSEINS RAVIVÉS

La série *Montgomery Ink* continue avec le frère qui garde ses secrets et la seule femme qu'il ne devrait pas désirer.

Everly Law a épousé l'amour de sa vie et, la veille de son accouchement, l'a perdu dans un tragique accident. Maintenant, c'est une mère célibataire de jumeaux qui travaille à temps plein dans sa librairie pour s'assurer d'offrir à ses garçons la vie qu'ils méritent. Son existence est bien assez complexe comme ça, sans y ajouter un Montgomery. Or quand les secrets sont exposés au grand jour, elle va avoir besoin de Storm plus que jamais – même si elle n'en a pas conscience.

Storm Montgomery a passé sa vie à expier des péchés que peu de personnes savent qu'il a commis. Quand il a perdu son meilleur ami, il s'est promis qu'il serait toujours là pour elle – même si elle ne voulait rien avoir à faire avec lui. Mais quand un rapprochement embrase la passion enfouie en eux, il va devoir se rappeler qui est dans ses bras et comprendre que le risque est peut-être bien plus dangereux que ce qu'ils pensaient.

CHAPITRE UN

FLASH-BACK

Les bébés donnèrent un coup de pied, et l'onde de choc se répercuta dans la vessie d'Everly Law. Elle grimaça en frottant l'ample arrondi de son ventre et essaya de se souvenir de la dernière fois qu'elle avait vu ses pieds.

— Storm ? appela-t-elle.

Elle passa une main dans son dos qui lui faisait mal aussi. Être enceinte de huit mois et attendre des jumeaux, ce n'était pas une partie de plaisir.

— Oui ? répondit le meilleur ami de son mari à l'autre bout de la maison. Tu as besoin de moi.

Ah ce mec, pensa-t-elle avec un sourire. Il faisait toujours passer les autres avant lui. Sur cette soirée de congé, voilà qu'il était passé chez elle pour vérifier que tout était prêt pour les bébés et finir la terrasse que Jackson n'avait jamais terminée. Elle ne comprenait franchement pas pourquoi il était céliba-taire. Cela faisait des années qu'il aurait dû être marié.

— J'ai uniquement besoin que tu me dises si j'ai les deux mêmes chaussures aux pieds, répondit-elle à pleine voix.

Il pouffa de rire tandis qu'il entrait dans le salon, le courrier à la main.

— C'est bien la même paire, Ev. Je te l'aurais dit, sinon.

Elle leva les yeux au ciel.

— Tu dis ça, mais je me rappelle toujours la fois où tu as laissé Jackson se balader sur le campus avec du papier toilette qui dépassait de son pantalon.

Elle avait quelques années de moins que Jackson et Storm et elle avait été en licence à l'Université de Denver quand les deux autres finissaient leurs études : un Master en architecture pour Storm, et un doctorat en anthropologie pour Jackson. Elle était entrée dans leurs vies dix ans auparavant, quand elle avait commencé à sortir avec Jackson. Storm et lui étaient amis d'enfance, et de ce fait, elle était devenue amie avec lui aussi, même si ça n'avait rien à voir avec le type de relation que les deux hommes entretenaient.

Storm fit courir sa main sur son ventre en souriant ; il était la seule personne à part Jackson à qui elle autorisait ce geste.

— Jackson le méritait. Il m'avait énervé, ce matin-là.

Il haussa les épaules, et ses cheveux sombres tombèrent sur son front. Il avait besoin d'une nouvelle coupe, mais il semblait apprécier quand ils étaient plus longs sur le dessus que sur les côtés, de toute façon.

— Je ne me rappelle même plus ce qu'il avait fait, mais je me rappelle que ne pas le prévenir était une vengeance acceptable. Je ne te ferais jamais ça, à toi.

Il lui fit un clin d'œil, et ses yeux bleus pétillèrent.

— Pas parce que je suis gentil, mais parce que je suis sûr que tu saurais me le faire payer.

Elle leva le poing vers lui. Ses doigts étaient si gonflés qu'elle ne pouvait même plus mettre son alliance.

— Et ne t'avise pas de l'oublier, Storm Montgomery.

Il poussa un soupir et caressa son ventre à nouveau. Les bébés avaient l'air d'apprécier le contact de leur oncle Storm, car ils avaient arrêté de donner des coups dans sa vessie.

— Tes chaussures sont identiques, et tu as même réussi à mettre un pantalon. Et si tu voulais bien t'asseoir sur le canapé pour regarder ton courrier, ça me rassurerait. Tu pourrais accoucher d'un jour à l'autre, et ça me fout la trouille.

Elle le laissa la conduire jusqu'au canapé, consciente qu'il serait pénible si elle ne le faisait pas. De toute façon, ses chevilles étaient aussi gonflées que ses mains, alors ça ne lui ferait peut-être pas de mal de s'asseoir, effectivement.

— J'ai encore plusieurs semaines devant moi, Storm, contrat-elle une fois qu'il l'eût installée sur le canapé, avec des coussins de chaque côté.

— Tu attends des jumeaux, et en général, ils n'aiment pas attendre. Tu peux me croire, je sais de quoi je parle. Je suis un jumeau.

Il lui fit un clin d'œil à nouveau, et elle renifla.

— Ta pauvre mère, le taquina-t-elle. Pas seulement des jumeaux avec Wes et toi, mais huit gamins en tout. Je ne sais pas comment elle a fait.

Elle se frotta le ventre, et la tension familière la parcourut une fois de plus.

— Je ne sais pas comment *moi,* je vais faire.

Storm fronça les sourcils et s'assit sur la table en face d'elle.

— Tu seras une super maman, Ev. Tu t'occupes déjà de Jackson et moi. Ce n'est pas deux petits gars en plus qui vont te faire peur.

Elle rit en dépit de l'inquiétude qui courait dans ses veines. Il y avait quelque chose de bizarre, ce soir, elle le sentait, mais elle espérait que c'était simplement de la nervosité à l'idée de l'accouchement prochain, et du fait de se retrouver à élever des jumeaux.

— Tu sais te gérer, et Jackson n'est pas si atroce.

Elle leva les yeux au ciel en le disant, et Storm eut un grand sourire.

— Je suis sérieuse dit-elle en riant tandis que Storm secouait la tête. Il est toujours un peu ailleurs, en train de réfléchir et de travailler, mais il n'est pas immature ou quoi que ce soit dans le genre. Mais je préfère prendre soin de lui parce que des fois, il oublie les trucs du quotidien.

Storm étrécit les yeux.

— Et qui prend soin de toi ?

Toi.

Elle cligna des yeux devant cette pensée interlope et la mit soigneusement de côté.

— Jackson prend soin de moi aussi. Et on prendra tous les deux soin de ces bébés.

Storm hocha la tête.

— Et je suppose qu'il voyagera un peu moins que ces derniers temps ? C'est genre quoi, la cinquième ou sixième conférence à laquelle il va depuis que tu as appris que tu attendais des jumeaux. J'espère que ça va lui passer avant la naissance et qu'il compte rester un peu à la maison.

Il y avait dans sa voix quelque chose qui fit bizarre à Everly, mais elle était bien trop fatiguée pour s'en soucier. Les bébés l'avaient empêchée de dormir toute la nuit, et elle détestait se retrouver toute seule dans le lit parce que Jackson n'était pas là.

— Il a dit que ça irait mieux après la naissance.

Même si Jackson n'avait pas eu l'air ravi à l'idée de ne pas pouvoir participer à autant de colloques et conférences qu'il le voulait, et ça l'inquiétait un peu. Elle adorait qu'il soit passionné par son travail, mais elle était heureuse qu'il reste un peu plus longtemps à la maison pour l'aider avec les bébés. Elle savait qu'elle était forte et capable de s'en sortir, mais elle n'avait aucune envie d'élever des jumeaux toute seule.

— J'espère, grommela Storm. C'est la responsabilité d'un homme que de s'occuper de sa famille.

Everly soupira.

— Et d'une femme aussi. Tout va bien, Storm, arrête de t'inquiéter. Ta belle crinière va virer au gris, si tu continues comme ça.

Il rougit et poussa un juron.

— Tu es une peste, Ev. Franchement.

— Il fallait bien ça pour m'en sortir avec toi et Jackson.

Elle fronça les sourcils et regarda sa montre.

— En parlant de Jackson, il devrait avoir déjà atterri et il n'a pas envoyé de SMS. J'espère que son vol n'a pas été retardé.

Storm se leva et se frotta la nuque.

— Il a dû oublier. Tu le connais.

Malheureusement, il n'avait pas tort. Oublier d'appeler ou d'envoyer un texto était bien le genre de Jackson. Il était tellement obnubilé par son travail qu'il lui arrivait d'oublier son entourage. C'était une autre chose qui changerait avec l'arrivée des jumeaux, du moins elle l'espérait. Il avait l'air tellement heureux d'être bientôt papa, alors elle se disait que ça le forcerait à redescendre un peu sur terre.

— Merci de t'occuper de moi, Storm, dit-elle au bout d'un moment. Et merci d'avoir regardé pour la terrasse ce soir, même si je sais que tu n'étais pas trop d'humeur.

Il haussa les épaules.

— Il fallait réparer, la marche du bas avait pourri. Jackson n'est pas vraiment bricoleur, et il se trouve que je possède la moitié d'une entreprise de BTP. C'est un peu mon truc.

Il se frotta le dos à nouveau, et Everly fronça les sourcils.

— Qu'est-ce qui ne va pas ? Tu t'es fait mal ?

Elle essaya de se lever, mais il tendit la main devant lui.

— Ça va, Ev. Ne va pas t'agiter et remuer les petits. Ce ne sont que des courbatures. Quelques étirements, et ça passera.

— Tu es sûr que tu devrais travailler sur la terrasse ce soir, dans ce cas ? Tu es architecte, pas maçon, alors je ne sais pas combien tu fais travailler ton dos d'habitude, si tu as des courbatures, là. Je ne veux pas que tu te blesses.

Il serra les poings un instant avant de les fourrer dans ses poches.

— Je m'en sors, Ev. Arrête de t'agiter. Assieds-toi là, détends-toi, et d'ici peu, Jackson sera à la maison, et ta terrasse sera capable de supporter ton poids.

Elle souffla.

— Si tu fais des blagues sur mon poids, je vais me hisser hors de ce canapé pour venir te botter les fesses. Ne va pas penser que je n'en suis pas capable.

Il sortit les mains de ses poches et les tendit devant lui pour montrer qu'il capitulait.

— Bon sang, ma vieille. Je ne ferais *jamais* de blague sur le poids d'une femme, encore moins si elle est enceinte. J'ai trois sœurs et une mère tout aussi capables de me botter les fesses que toi. Je tiens à la vie.

Elle sourit avec satisfaction.

— Je suis heureuse qu'elles t'aient appris deux-trois trucs.

Il marmonna dans sa barbe en s'éloignant, et Everly sourit largement. Elle se sentait un peu mieux qu'avant, mais elle ne comptait pas lui dire que s'asseoir lui avait fait du bien. Son ego n'en avait pas besoin.

La sonnette retentit quelques minutes plus tard, et elle fronça les sourcils. Elle ne savait pas qui ça pouvait être, mais les parents de Jackson ne vivaient qu'à quelques kilomètres de là, et ils aimaient bien se pointer sans prévenir. Rien que d'y penser lui donnait envie de grincer des dents, alors elle ignora cette pensée et se hissa tant bien que mal hors du canapé. Elle n'était pas sûre que Storm puisse entendre la sonnette de dehors, et puis elle était chez elle, après tout, alors autant que ce soit elle qui aille ouvrir.

Everly se dandina jusqu'à la porte et l'ouvrit. Elle cligna des yeux devant la vue qui s'offrit à elle. Les deux officiers lui adressèrent un sourire triste et ils prirent tous les deux une grande inspiration. Les mains tremblantes, elle agrippa la poignée de l'une, l'encadrement de la porte de l'autre.

— Je peux vous aider ?

— Mrs Law ? demanda le plus vieux des deux policiers d'une voix douce. Est-ce qu'on peut entrer ?

Everly sentit sa gorge s'assécher. Elle essaya de repousser le mauvais pressentiment qui la prenait sans y réussir tout à fait. Elle n'arrivait plus à penser.

— Qu'est-ce qui se passe, messieurs ? demanda Storm derrière elle.

Il posa une main sur son épaule, l'aidant à rester stable. Les genoux tremblants, elle s'appuya contre lui, consciente qu'elle n'arriverait pas à tenir debout toute seule.

Les deux hommes regardèrent Storm en fronçant les sourcils.

— Il faut que nous parlions à Mrs Law. On peut entrer ?

— Il vaut mieux qu'elle s'assoie, ajouta le plus jeune à voix basse, et le cœur d'Everly se mit à battre de plus belle.

Elle recula, forçant Storm à se retirer du passage.

— Entrez, murmura-t-elle d'une voix creuse.

Les deux officiers auraient pu être là pour tout un tas de raisons, et pourtant Everly savait. Elle savait que quoi qu'il arrive ensuite, sa vie serait bouleversée à tout jamais.

Dès qu'ils furent assis, les policiers se mirent à parler, et Storm saisit ses mains. Mais elle n'arrivait pas à les entendre distinctement. C'était comme si elle se trouvait dans une pièce sous vide et que le son mettait plus de temps que d'habitude à atteindre ses oreilles.

Son mari était décédé.

Il avait disparu avant qu'elle puisse prendre sa prochaine respiration.

L'avion dans lequel Jackson se trouvait s'était écrasé à la sortie de Boston. Il n'y avait pas de survivants. Aucun espoir de retrouver son mari vivant, ni même de pouvoir obtenir son corps.

Les bébés frappèrent sa vessie à nouveau, et elle appuya sa main contre son ventre. Ses émotions étaient comme engourdies, mais elle n'avait pas le droit de se sentir comme ça. Elle ne pouvait pas rester assise là, à les écouter parler des psychologues spécialisés dans le deuil qui la contacteraient bientôt. Storm répondait à sa place, et elle s'en fichait. Elle s'occuperait de tout ça plus tard.

Pour l'instant, il fallait qu'elle protège ses enfants.

Les bébés de Jake.

Des bébés qu'il ne verrait jamais. Ne connaîtrait jamais. Ne tiendrait jamais dans ses bras.

Elle se leva brusquement et se rendit à peine compte qu'elle avait interrompu ce que les hommes étaient en train de dire.

— Il faut que j'aille aux toilettes, lâcha-t-elle.

Les policiers la regardèrent bizarrement, mais Storm garda sa main dans la sienne.

— Everly.

Sa voix était grave et apaisante, même si de l'inquiétude y transparaissait. Mais elle ne pouvait pas se concentrer là-dessus.

— Il faut que je m'occupe des bébés, hoqueta-t-elle, la voix râpeuse. Je... je reviens. Est-ce que tu peux...

Elle déglutit avec difficulté.

— Est-ce que tu peux t'occuper de... juste t'en occuper ?

Il hocha la tête avant de lâcher sa main, et elle quitta le salon sans regarder les policiers assis sur sa causeuse. Storm s'occuperait d'eux, puis lui répéterait ce qu'il fallait qu'elle fasse. Elle ne pouvait se concentrer sur rien pour le moment, uniquement sur ses bébés.

C'étaient eux le plus important.

Des larmes se mirent à couler sur ses joues alors qu'elle s'enfermait dans les toilettes, les jambes tremblantes. L'engourdissement la reprit alors qu'elle se regardait dans le miroir en se demandant qui était la personne qui s'y reflétait, car ce n'était pas l'Everly qu'elle connaissait.

Jackson est mort, se rappela-t-elle.

Mort. Et quand une sorte de pincement retentit dans tout son corps et qu'une flaque de liquide se forma à ses pieds, elle sut à nouveau que rien ne serait plus jamais pareil.

Les bébés étaient là, mais pas Jackson.

Il ne serait plus jamais là.

Everly se mit à sangloter.

Présent

— Il faut que tu prennes une inspiration, mon chéri, dit Everly d'une voix douce alors qu'elle serrait Nathan contre sa poitrine.

Son fils de trois ans souffla dans l'inhalateur, et elle essaya de ne pas se laisser succomber à l'engourdissement une fois de plus. Elle refusait de laisser cette sensation la submerger comme autrefois. Elle n'avait pas le temps d'ignorer la panique qui courait dans ses veines, mais elle pouvait prendre cette panique et la transformer pour être capable de se concentrer.

Nathan la regarda, ses grands yeux pleins de peur, une

émotion qui lui donnait envie de pleurer avec lui. James, son autre petit garçon, s'agrippait à son tee-shirt, debout à côté du lit, des larmes plein le visage.

Ce n'est pas la première fois, se dit-elle, même si la crise d'asthme semblait bien pire que d'habitude, ce soir-là. Elle retint un juron et enveloppa Nathan dans une couverture en le soulevant dans ses bras.

— Bon, Nathan, mon chéri, on va aller chez le docteur simplement pour vérifier que tout va bien.

Elle embrassa son petit visage, mille pensées en tête quant à ce qu'il fallait qu'elle fasse.

— Tonton Storm, dit James à côté d'elle. Je veux Tonton Storm.

Everly lui jeta un coup d'œil avant de revenir vers Nathan qui hocha la tête sous son masque. Elle n'avait pas franchement envie d'appeler Storm, parce que c'était ce qu'elle faisait en permanence depuis trois ans, en tout cas jusqu'au mois dernier, mais là, ce n'était pas elle dont il était question. Il s'agissait de ses garçons et du fait qu'elle avait vraiment besoin d'aide.

— Je l'appellerai de la voiture, venez, mes chéris. Allons-y.

Elle les habilla rapidement, et, cinq minutes plus tard, ils étaient dans la voiture. Se rendre compte que les problèmes de santé de ses garçons avaient forgé de véritables habitudes lui serrait le cœur, mais elle ignora ce sentiment. Les jumeaux passaient en premier.

Toujours.

Et si ça voulait dire qu'il fallait qu'elle appelle Storm à l'aide une fois de plus, elle le ferait.

Même si ça lui faisait mal.

CHAPITRE DEUX

STORM MONTGOMERY gémit et contourna la personne qui se trouvait dans son lit pour attraper le téléphone sur sa table de nuit. Il n'avait de prise que d'un seul côté du lit et il commençait sérieusement à regretter de ne pas avoir rectifié ça.

— Allô ? gronda-t-il en décrochant.

Il était plus de trois heures du matin, et Jillian et lui ne s'étaient couchés que quelques heures auparavant. Ils étaient restés debout à discuter, pas à baiser, et ce n'était pas quelque chose de nouveau dans leur relation, si on pouvait vraiment qualifier ça de *relation*.

Jillian roula sur le côté et se passa une main sur le visage en lui jetant un regard inquiet.

— Storm ?

Il y avait une touche de panique dans la voix d'Everly, mais aussi quelque chose de posé qu'il associait à elle depuis qu'elle était devenue mère.

Il s'assit dans le lit en se frottant les yeux, essayant de débarrasser son cerveau des restes de sommeil.

— Qu'est-ce qu'il y a, Ev ?

Il cligna des yeux, agacé de l'avoir appelée comme ça. Il ne l'avait plus vraiment fait depuis l'enterrement de Jackson ; il y avait toujours un malaise entre eux, maintenant qu'il n'y avait plus Jackson pour faire tampon. Il pouvait bien dire que c'était la faute du manque de sommeil, mais bon sang, ça avait été vraiment bizarre entre eux au cours du dernier mois.

— C'est Nathan. Je l'emmène aux urgences.

Sa voix était calme, et il entendait le moteur de la voiture en arrière-plan. Il ne perdit pas de temps à demander pourquoi elle allait aux urgences avec Nathan. Le petit faisait fréquemment de graves crises d'asthme, et ce n'était pas la première fois qu'il avait vécu ça avec eux. James n'avait peut-être pas d'asthme, mais il avait déjà eu deux opérations à l'oreille et une autre de prévue, très sérieuse. Ça rendait Storm très triste que ses deux filleuls aient tous les deux des problèmes de santé, et que les visites aux urgences ne soient pas une anomalie pour eux.

Il se débarrassa des couvertures et essaya de trouver son jean dans le noir. Jillian murmura quelque chose dans sa barbe et alluma la lumière à côté d'elle pour qu'ils y voient quelque chose. Il lui murmura un merci et essaya d'enfiler son jean sans se casser la gueule.

— Je suis sur haut-parleur ?

— Oui, dit Everly d'une voix tendue.

Seigneur, ce qu'il détestait qu'elle soit toute seule dans ce genre d'épreuve. Elle était si souvent seule, et il ne pouvait pas l'aider.

— Quel hôpital ? demanda-t-il en enfilant son tee-shirt.

Jillian s'habilla à côté de lui. Il ne savait pas si elle comptait venir avec lui ou rentrer chez elle. Everly lui donna le nom de l'hôpital, et il la fit raccrocher pour qu'elle puisse se concentrer sur la conduite et ses garçons. Il venait d'enfiler ses chaussures quand il regarda Jillian.

— Tu rentres chez toi ?

Elle lui jeta un drôle de regard.

— Non, je viens avec toi. Je connais Everly, moi aussi. Et ses garçons. Je n'ai pas entendu ce qu'il se passait, mais j'ai compris que ce n'était pas le genre de trucs pour lequel on attendait simplement d'avoir des nouvelles.

Storm fronça les sourcils. Il ne savait pas si Everly apprécierait qu'il amène Jillian. Bon sang, il n'avait pas assez dormi pour être en état de réfléchir comme il fallait, et si Jillian voulait venir, il n'allait pas l'en empêcher. Ce n'était pas comme s'il l'avait pu, de toute façon.

— Nathan fait une crise d'asthme. Everly l'emmène aux urgences.

— James est avec elle aussi ? demanda Jillian alors qu'ils passaient la porte et se hâtaient vers son pick-up.

— Où veux-tu qu'il soit, Jillian ? Elle n'a personne d'autre.

Il avait répondu avec plus d'agressivité qu'il n'en avait eu l'intention, et Jillian le fusilla du regard.

— Comment veux-tu que je sache si elle n'a pas un voisin ou quelqu'un à qui elle pourrait demander ? Sérieux, Storm. Tu te sens de conduire ou tu veux que je le fasse ? Je sais que tu tiens à ces garçons comme si c'étaient les tiens.

Storm lui jeta un regard et démarra avant de faire marche arrière.

— Ce sont les fils d'Everly et Jackson. Je ne suis que leur parrain.

Jillian leva les mains.

— Tu sais quoi ? Je suis un peu trop crevée et inquiète pour avoir cette conversation avec toi, là, alors roule, c'est tout.

Il sortit de l'allée en silence, en serrant le volant si fort qu'il savait que ses mains lui feraient mal le lendemain matin. Ou plutôt, ce matin-là, un peu plus tard.

— Tu comptes me dire ce que tu entends par là ?

Jillian ne le regarda pas, le regard rivé sur la route, la mâchoire crispée.

— Non. Ce n'est pas le moment, et j'aurais besoin d'une bonne dose de café avant de me lancer là-dedans.

Il grommela un juron, mais ne répondit pas. Ils avaient été bons amis, tous les deux, pendant plusieurs années, et quand ils étaient célibataires, ce qui était un peu la norme, ces temps-ci, ils couchaient ensemble de temps en temps. Ils n'étaient jamais vraiment sortis ensemble, ils étaient surtout des amis qui aimaient le sexe, mais il n'avait jamais eu l'impression que ni Jillian ni lui en voulait davantage. Ses frères et ses amis ne comprenaient peut-être pas, mais ça ne les regardait pas. Les deux seules personnes qui avaient besoin de comprendre la dynamique de cette relation, c'était Jillian et lui. Mais au cours du dernier mois, depuis qu'il lui avait présenté Everly suite à un problème de plomberie, ils ne s'étaient pas vus beaucoup, ni même parlé au téléphone. Ce soir, c'était la première fois qu'elle était venue chez lui depuis un mois, et ils n'avaient même pas baisé ; ils étaient tous les deux épuisés et pas d'humeur à faire quoi que ce soit d'autre que dormir. Elle s'était endormie dans son lit et pas dans la chambre d'amis, plus par habitude qu'autre chose, supposait-il.

S'il n'avait pas été si fatigué, il n'aurait probablement pas laissé ses pensées dériver sur le fait qu'il était enlisé dans une routine et que Jillian ne s'en sortait pas mieux. Il essaya de ne pas s'attarder sur l'idée que son jumeau, Wes, et lui étaient les deux seuls de la fratrie à ne pas s'être posés. Bien sûr, la majorité de ses cousins n'étaient pas mariés non plus, mais il ne les voyait plus assez pour que ça change grand-chose au fait qu'il se sentait un peu à la ramasse.

Mais les autres ? Ça lui portait un peu sur les nerfs. Il approchait des quarante ans et il n'avait pas envie de passer ce cap tout seul. Bien sûr, il faudrait probablement qu'il commence à sortir avec d'autres femmes que Jillian, avec qui il ne sortait de toute façon pas, pour que ça ait une chance d'arriver.

— C'est là, dit Jillian. Ne manque pas la sortie.

Il quitta l'autoroute et prit la courte bretelle qui menait au parking des Urgences. Heureusement, le nouvel hôpital le plus proche de chez Everly et de chez lui était facile d'accès. Il espérait qu'elle y serait déjà, et c'était probablement le cas vu qu'il lui avait fallu un peu de temps pour partir.

Il vida sa tête de toutes ces pensées tandis qu'ils marchaient jusqu'à la salle d'attente des Urgences. Il n'était pas au taquet, ce soir, et trop réfléchir ne ferait que l'énerver.

— Je suis là pour voir Everly et Nathan Law, dit-il dès qu'il fut devant la réception.

— Vous êtes de la famille ? demanda l'infirmière.

Storm poussa un juron. Non, techniquement, ils n'étaient pas de la famille et maintenant, ils allaient perdre un temps précieux à vérifier qu'il était autorisé à entrer et à voir les enfants.

— Il est avec nous, dit Everly depuis le seuil.

Ses yeux s'écarquillèrent quand elle vit Jillian à côté de lui.

— Ils sont tous les deux avec moi.

L'infirmière fronça les sourcils.

— Ça fait trop de gens dans la chambre.

— Je vais rester dans la salle d'attente, intervint aussitôt Jillian. Storm devrait y aller pour s'occuper de James, hein ?

— Bien sûr, acquiesça Storm.

L'infirmière le laissa passer, et il fit un signe de tête à Jillian qui saluait Everly de la main, la mine triste.

— Souhaite-lui bon courage de ma part, dit Jillian. Aux deux petits.

— D'accord, répondit Everly d'une voix crispée avant de

regarder Storm. Merci d'être venu. Les garçons voulaient te voir.

Les garçons. Pas elle. Il ne pouvait pas lui en vouloir, ça faisait un moment qu'ils n'étaient plus vraiment proches.

— Bien sûr, je suis là. Comment il va ?

Everly croisa les bras autour de sa taille et regarda la chambre où Nathan dormait dans un grand lit qui faisait paraître son petit corps encore plus frêle.

— Ça va. Il dort. Ils ont réussi à le stabiliser immédiatement, et James dort sur le canapé derrière ce rideau. Tu peux voir ses petits pieds si tu te penches un peu.

C'est ce que fit Storm, en se sentant idiot, mais il se détendit dès qu'il eut vu de ses yeux que les deux garçons étaient là.

— Ça a été vite, dit-il doucement.

Everly se mit à jouer avec le bas de son tee-shirt.

— Ils nous ont pris tout de suite, et apparemment, l'inhalateur que j'utilise à la maison avait déjà fait ce qu'il fallait. J'ai juste paniqué.

Storm fronça les sourcils en la regardant, et il se retint de la toucher. Avant, il pouvait la serrer dans ses bras ou même lui tenir la main quand elle était stressée, mais avec le temps, elle avait commencé à le repousser. Ça n'aurait pas dû le déranger, ils n'étaient qu'amis, après tout, et pourtant, ça l'embêtait.

— Tu as bien fait, Everly. Ne t'en veux pas d'avoir été prudente. On ne sait jamais.

Elle ne le regarda pas, mais ses épaules se détendirent quelque peu.

— Je ne pensais pas que tu amènerais Jillian.

Elle jura malgré elle.

— Je suis désolée. Ça ne me regarde pas. Je suis juste fatiguée.

— On est amis, Ev.

Bon sang. Il fallait qu'il arrête de l'appeler comme ça. Ça les mettait mal à l'aise tous les deux.

— Elle voulait venir vu qu'elle avait déjà vu les garçons et qu'elle les aime bien.

— Elle a été géniale avec eux.

Elle se tourna vers lui, un sourcil haussé.

— Et, Storm, une femme qui se trouve chez toi à trois heures du matin, ce n'est pas une simple amie.

Storm fourra les mains dans ses poches.

— On n'a pas couché ensemble. On est vraiment amis.

Everly ferma les yeux et se pinça l'arête du nez.

— Ça ne me regarde pas.

— Si tu le dis.

Il était fatigué, il ne comprenait pas ce qu'il se passait et il s'inquiétait pour les garçons. Il n'avait pas envie de se lancer dans ce genre de conversations, que ce soit maintenant ou plus tard.

— Je vais retourner dans la salle d'attente, comme ça l'infirmière arrêtera de me faire les gros yeux.

Everly rit doucement.

— Elle te mate, elle ne te fait pas les gros yeux. Tu as l'air d'être sorti du lit.

Elle tendit la main pour arranger ses cheveux et se figea en pâlissant. Elle laissa retomber son bras et se racla la gorge.

— Je te préviendrai quand les garçons se réveilleront, que tu puisses leur parler.

— D'accord, lâcha-t-il avant de tourner les talons.

Il laissa Everly derrière lui dans le couloir. Dès qu'il fut de retour dans la salle d'attente, Jillian se leva en se mordant la lèvre.

— Nathan va bien, dit-il aussitôt. Everly viendra nous trouver dans un moment pour nous en dire plus.

Jillian l'observa un instant avant de pousser un soupir.

— Je suis soulagée. Storm ? Il faut qu'on parle.

Bon sang, il détestait cette phrase. Pourquoi les femmes se sentaient-elles obligées de dire ça à chaque fois qu'un truc pénible était sur le point de se passer ?

— Quoi ? demanda-t-il. Tu veux un café ? Autant avoir un peu de caféine dans le sang, vu qu'on dirait que je ne vais pas pouvoir dormir de sitôt.

— Non, mais Storm ? J'ai appelé un taxi. Je n'aurais pas dû venir ce soir. Ce n'était correct ni pour toi ni pour Everly que je me pointe comme ça.

Il fronça les sourcils.

— Qu'est-ce que tu racontes ?

Jillian secoua la tête, le regard triste.

— Tu ne comprends pas pour le moment, mais ça viendra. Et quand ça arrivera, j'en serai ravie. Mais Storm ? Je vais y aller, et je vais arrêter de t'appeler dans les temps qui viennent. Envoie-moi un message pour me tenir au courant pour les garçons, bien sûr, mais je crois qu'il est temps qu'on arrête ça.

Il se figea.

— De quoi est-ce que tu parles ?

Elle lui tapota la joue.

— Je t'aime, Storm. Mais pas comme il le faudrait. Et je sais qu'il en va de même pour toi.

Sa bouche s'assécha.

— Jilly...

Elle secoua la tête.

— Tu es un de mes meilleurs amis, et je crois qu'on devrait se contenter de ça pour le moment... ou pour toujours. On s'est tournés l'un vers l'autre parce que c'était la solution de facilité, un moyen d'éviter les explications compliquées et tout ça. Mais je crois... je crois que j'ai envie de voir si je peux trouver quelque chose de mieux. Et je pense que tu devrais en faire autant.

Là-dessus, elle se détourna et franchit les portes coulissantes. Storm se retrouva incapable de rétorquer quoi que ce soit, avec l'impression de s'être pris un coup de poing en plein ventre. Il aimait Jillian, mais pas comme il l'aurait fallu, elle avait raison. Il n'avait jamais été *amoureux* d'elle et il savait qu'il en était de même pour elle.

Elle n'était pas la femme qu'il lui fallait, elle ne l'avait jamais été. Il poussa un soupir. Et Jillian n'était pas la seule femme dans sa vie dont il pouvait dire ça.

À l'époque déjà, et encore moins maintenant.

CHAPITRE TROIS

EVERLY AURAIT EU besoin d'un seau de café, mais ça n'aurait probablement pas fait de bien à son estomac déjà fragile. Elle passa une main dans les cheveux clairs de James, et il lui sourit de son adorable sourire de petit garçon.

— Est-ce qu'on peut avoir des frites après ? demanda-t-il, avec un sourire encore plus mignon.

Même petits comme ils l'étaient, les garçons savaient exactement comment obtenir ce qu'ils voulaient d'elle. Franchement, comment une mère était-elle censée dire non à une telle frimousse ?

Et même si, en temps normal, elle aurait peut-être résisté et refusé de manger dans un fast-food, aujourd'hui, un peu de gras était peut-être ce qui leur permettrait de tenir la journée.

— Peut-être, répondit-elle en lissant ses cheveux.

James et Nathan avaient tous les deux un épi qui était adorable, mais impossible à faire ployer.

— Oui ! Peut-être ! glapit Nathan, assis à côté de la table d'examen.

Il avait ses crayons et ses livres de coloriage de super-héros pour l'occuper pendant que James voyait le médecin. Cela ne faisait que deux jours qu'ils étaient allés aux urgences pour Nathan, mais il semblait en pleine forme.

— Peut-être ! glapit James à son tour en tapant dans ses mains.

Elle ne put retenir un sourire, consciente qu'ils avaient interprété son *peut-être* comme un *oui*. Elle ne disait pas souvent peut-être, après tout. Mais devoir attendre avec ses garçons dans un centre médical pour la deuxième fois en deux jours transformait l'idée d'un repas au fast-food en quelque chose de réconfortant, plutôt qu'en une menace.

Aujourd'hui, c'était James le centre de l'attention. C'était le dernier rendez-vous avant son opération pour son implant cochléaire. Il souffrait d'une surdité presque à cent pour cent du côté de l'oreille gauche, alors que la droite était quasiment parfaite d'après tous les tests qu'ils avaient faits au cours des deux dernières années. Ils avaient essayé des appareils auditifs qui marchaient plutôt bien, même si James essayait constamment de s'en débarrasser quand il était plus petit. Everly avait décidé d'apprendre la langue des signes en famille, et ils continueraient à le faire même après l'opération. C'était une compétence importante, même si son enfant se révélait capable d'entendre des deux oreilles après l'opération. Elle avait soupesé les avantages et les inconvénients de cet acte médical invasif depuis qu'on le lui avait proposé, et elle avait fini par y consentir après avoir parlé à de nombreux autres parents qui avaient connu la même situation. Son bébé était parfait tel quel, mais si cette opération pouvait l'aider à mieux s'en sortir dans ce monde cruel, alors elle le ferait ; elle aurait fait n'importe quoi pour lui.

Et quand son assurance avait accepté de payer jusqu'au dernier centime de l'opération, elle s'était presque effondrée en sanglotant. Entre l'oreille de James et l'asthme de Nathan, les factures médicales s'accumulaient, et ce n'était pas si facile de s'en acquitter. Elle avait mis de côté le montant de l'assurance vie de Jackson pour payer les études des garçons, car elle savait que même s'ils auraient un train de vie modeste, elle serait capable d'assurer un certain confort à ses fils. Elle était peut-être seulement propriétaire d'un petit commerce, mais elle ne s'en sortait pas trop mal, ces temps-ci.

Elle se hâta de toucher l'étagère à côté d'elle en espérant que la plaque de copeaux pressés éviterait que cette pensée ne lui porte malheur.

Le Dr Edelman rentra dans la pièce et leur sourit gentiment alors qu'elle retirait sa main.

— Eh bien. On dirait que je vois double, aujourd'hui.

Ça fit rire les garçons, comme à chaque fois que le Dr Edelman faisait cette blague. Everly ne put s'empêcher de sourire, même si elle avait les nerfs à vif.

— Bon, allons-y, alors ? demanda le médecin avec un sourire agréable.

Everly déglutit avant de hocher la tête.

— D'accord.

Elle attrapa le dossier qui contenait toutes ses notes et ses recherches et poussa un grand soupir. Les livres l'avaient sauvée par le passé, et elle espérait de tout son cœur qu'ils l'avaient conduite à prendre la bonne décision concernant James et cette opération.

Être mère célibataire, c'était constamment naviguer entre l'angoisse et les décisions difficiles, et elle souhaitait ne pas commettre une nouvelle erreur. Les autres pouvaient peut-être se permettre de se tromper, mais elle n'avait personne sur qui s'appuyer quand elle faisait une erreur.

Elle était toute seule.

Comme toujours.

· · ·

— Alors, tout s'est bien passé, aujourd'hui ? demanda Tabby assise en face d'elle à table.

L'autre femme avait l'air inquiète, mais ça ne s'entendait pas au ton de sa voix, ce dont Everly lui fut reconnaissante. Après le rendez-vous chez le médecin, Everly avait emmené les garçons dans leur fast-food préféré, et elle avait appelé Tabby et Alex pour qu'ils les rejoignent. Tabby et elle étaient amies depuis des années, et Everly l'avait vue tomber amoureuse non seulement d'un homme bien, mais d'une superbe famille en plus. Il se trouvait qu'Alex était le frère de Storm : c'était un petit monde.

Everly connaissait Storm par Jackson et la fac, et elle n'avait rencontré que récemment un seul des autres Montgomery, Wes, le jumeau de Storm. Elle ne fréquentait pas les mêmes cercles que Storm, en dehors de sa relation avec Jackson, alors c'était logique qu'elle n'ait pas rencontré le reste de son immense famille. Tabby, par contre, travaillait à Montgomery Inc. l'entreprise de construction de Storm et Wes. Elle ne savait vraiment pas pourquoi elle n'avait jamais mentionné le fait qu'elle connaissait Storm à son amie jusqu'à ce qu'elles finissent par relier les points entre eux quelques mois auparavant, mais, apparemment, elle s'était retrouvée à garder des secrets sans en avoir eu l'intention. Non, ce n'était pas exact. Elle savait que Tabby craquait sur Alex depuis des années, mais elle n'en avait rien dit à Storm car ça n'était pas à elle de le faire. Elle avait fait de son mieux, au cours des trois dernières années, pour avoir le moins possible affaire à Storm, car elle détestait devoir s'appuyer sur quiconque, et à cause de ça, elle avait fait de lui un secret malgré elle.

Au final, les Montgomery avaient quand même réussi à l'adopter, d'une certaine façon et elle ne savait pas trop comment c'était arrivé. Ils étaient comme les Borgs dans Star Trek : toute résistance était futile. Désormais, la famille savait que Storm et elle se connaissaient, et ça n'avait pas fait une si grosse histoire que ça. Après tout, Denver était une grande ville, et ce n'était pas comme si on parlait en permanence de tous les gens qu'on connaissait.

C'était simplement un peu bizarre pour elle certains jours, mais elle avait choisi de l'ignorer. Il y avait dans sa vie des choses bien plus importantes que de s'inquiéter de qui connaissait qui et de comment tous ces gens étaient reliés les uns aux autres.

Tabby et Alex avaient traversé bien des épreuves avant d'être ensemble, et Everly était si heureuse qu'ils aient pu tomber amoureux et se soient fiancés. Elle ne ressentait même pas une petite pointe de jalousie en les voyant assis en face d'elle, n'ayant d'yeux que l'un pour l'autre. Elle avait été mariée. Elle avait aimé. Elle avait connu le deuil.

Et elle ne comptait pas recommencer.

Sur cette pensée bizarre, elle secoua la tête et répondit enfin à Tabby :

— Ça s'est bien passé, dit-elle lentement.

Son regard se fixa sur le centre de l'alcôve en U où ses garçons étaient assis sur des rehausseurs et engloutissaient leurs frites tout en parlant avec Alex. Ils adoraient Alex et avaient toujours envie de passer du temps avec lui. Mais celui qu'ils préféraient, c'était Tonton Storm, même si tous les hommes de la famille Montgomery se ressemblaient terriblement.

Et pourquoi ses pensées revenaient-elles sans cesse vers Storm ? Ça ne rimait à rien.

Tabby tendit la main en travers de la table pour saisir la sienne.

— Je suis ravie de l'entendre. Rappelle-toi, tu n'es pas toute seule, Everly. Je sais que tu veux tout faire par toi-même, mais on est là pour toi. On t'aime, ma chérie.

Everly cligna des yeux pour chasser ses larmes, à l'évidence trop fatiguée pour avoir cette conversation. Quand Jackson était mort, c'était comme si elle avait perdu une part d'elle-même, mais elle n'avait pas été capable de se concentrer là-dessus. Elle avait littéralement accouché en ce soir terrible et elle avait dû apprendre à être une mère célibataire alors qu'elle avait prévu sa vie avec Jackson. Tous leurs amis communs s'étaient faits de plus en plus rares, incapables de la voir sans penser à l'homme qu'ils avaient perdu. Ils n'avaient plus su comment interagir avec elle, ils n'avaient pas su comment l'aider alors qu'elle-même ne savait pas de quel genre d'aide elle avait besoin.

Mais Tabby avait été là, et peut-être était-ce parce que Tabby avait été l'amie d'Everly, pas celle de Jackson.

Storm a toujours été là aussi. Aujourd'hui encore.

Elle aurait pu se gifler de penser à lui une fois de plus et elle se jura de boire davantage de café quand elle retournerait à la librairie après déjeuner. Elle était simplement trop fatiguée pour réfléchir normalement, ces temps-ci.

— Je t'aime aussi, dit-elle au bout d'un moment, la voix rauque. Et merci de m'avoir rejointe pour déjeuner ici plutôt qu'à Taboo.

Taboo était le café qui servait de QG aux Montgomery : il était mitoyen avec Montgomery Ink, le studio de tatouage de la famille. Ils y allaient souvent car la proprio était une de leurs amies, mais aujourd'hui, il s'agissait de faire plaisir aux garçons, pas à elle.

— Je leur ai promis des frites, et même s'il y en a à Taboo, ce n'est pas celles-là que les garçons veulent.

Tabby sourit.

— Tu n'as pas à te justifier. Des fois, tout ce qu'on veut, c'est un burger bien gras et des frites.

Elle jeta un coup d'œil au sandwich au poulet d'Alex et secoua la tête.

— Enfin, quand je dis on, c'est pas tout le monde.

Alex tourna la tête vers elles à cet instant, et il adressa un clin d'œil à sa fiancée avant de voler une de ses frites.

— Mon sandwich n'a rien de sain, Tabitha. Ne t'inquiète pas. J'ai choisi du gras pour toi.

Elle souffla un baiser dans sa direction.

— Tu es tellement romantique.

— Exactement.

Everly secoua la tête. Elle n'avait pas besoin de savoir exactement de quoi ils parlaient pour voir qu'ils s'adoraient. Elle essaya de se rappeler si ça avait jamais été comme ça entre elle et Jackson, mais comme toujours, ses souvenirs étaient un peu flous. Plus le temps passait, plus son passé avec Jackson avait tendance à disparaître entre ses doigts. Elle ne savait pas trop quoi en penser, ni ce qu'elle devrait faire à ce propos. Elle l'avait tellement aimé que des fois, ça faisait mal de se souvenir de lui, mais elle s'y forçait pour les garçons. James et Nathan avaient entendu parler de leur père, et elle continuerait à leur en parler tandis qu'ils grandiraient. Elle ne les laisserait pas imaginer qu'ils n'avaient pas de père, même si ce n'était pas lui qui les élevait.

Une tragédie s'était produite, mais il fallait continuait à vivre. Même si parfois elle avait l'impression de s'enliser dans des sables mouvants alors que les gens lui disaient que le temps guérissait tout.

Elle tritura son hamburger, elle n'avait plus faim. Elle avait toujours un nœud dans l'estomac depuis sa visite chez le médecin, et pour tout dire, son appétit n'était pas revenu à la normale depuis son passage aux urgences pour Nathan. Elle poussa un soupir en essayant de faire le vide dans son esprit. Elle ne pouvait pas se permettre de faire une crise d'angoisse devant ses enfants, même si ces temps-ci, elle avait souvent envie de paniquer.

— On peut aller jouer ? demanda Nathan, la tirant de ses pensées.

Elle se tourna et retint une moue. Ces endroits étaient des aimants à microbes, et avec la maladie récente de Nathan et l'opération de James qui arrivait bientôt, elle n'était pas sûre d'avoir envie qu'ils aillent se rouler dans la piscine à balles.

Alex dut lire sur son visage, car il lui fit un petit sourire.

— J'ai une balle de foot dans la voiture, comme je jouais avec les gamins de mon frère. On pourrait sortir sur le terrain dehors et faire une partie ?

Elle lui lança un regard dubitatif.

— La balle ne va pas être aussi grande qu'eux ?

Ses fils étaient peut-être pleins de sagesse, mais ils n'avaient que trois ans.

— Ça ira, maman, dit James avec un sourire.

— Ça ira très bien, ajouta Nathan.

Elle renifla, mais sourit malgré tout.

— Faites attention. Et il fait très chaud dehors, alors ne vous épuisez pas.

— Ça ira, dit Alex en la regardant. Je vais les faire passer aux toilettes et se laver les mains d'abord. Ça te va ?

Elle hocha la tête, et sa gorge se serra.

— Parfait.

Les garçons grandissaient, et les emmener dans les toilettes des femmes devenait de plus en plus compliqué au fil des jours. Elle se fichait de ce que les autres pensaient, mais elle aurait pu se passer des regards appuyés que des bonnes femmes égoïstes jetaient à ses enfants. Qu'est-ce qu'elle était censée faire d'autre dans un lieu public, les emmener dans les toilettes des hommes ou les laisser y aller tout seuls ? Ils n'avaient que trois ans, pour l'amour de Dieu. Ils étaient enfin propres, heureusement, mais il faudrait encore des années avant qu'ils puissent se débrouiller seuls dans des toilettes.

Tabby et Everly se glissèrent de la banquette pour que les garçons puissent sortir. Les jumeaux babillaient gaiement, et Alex hochait la tête. Il ne relâcha pas son attention, même pour embrasser Tabby sur la joue et saluer Everly de la main. Elle sortit l'inhalateur de Nathan de son sac et le lui passa, au cas où. Alex le fourra dans sa poche, l'air de faire quelque chose de parfaitement normal, comme si avoir besoin d'un peu d'aide de temps en temps n'était pas un problème.

Elle ne faisait pas confiance à beaucoup de monde pour surveiller ses enfants, mais elle avait toute confiance en Alex et le reste des Montgomery.

— Alex ne les laissera pas en faire trop, dit doucement Tabby. Et comme ça, tu n'as pas à t'inquiéter des microbes dans la zone de jeux derrière nous.

Everly eut un frisson exagéré.

— Tous ces microbes, tous ces enfants qui ne se lavent pas les mains et Dieu sait quoi d'autre.

Tabby grimaça.

— Et bon appétit, bien sûr ! Débarrassons la table, je ne crois pas que je vais finir ces frites.

Everly rit avec son amie tandis qu'elles nettoyaient leurs plateaux. Elles revinrent s'asseoir à table, car il n'y avait pas trop de monde en ce début d'après-midi.

— Alors, Nathan va bien depuis sa crise ? demanda Tabby d'une voix douce. Tu passes vraiment une sale semaine.

Everly soupira en jouant avec la paille dans son verre.

— Il respire mieux, et je sais qu'Alex ne le laissera pas s'essouffler en jouant. Je crois que je suis simplement épuisée. Ça fait trop de nuits de suite que je ne dors pas et que je m'inquiète pour les garçons. Si Storm n'était pas venu aux urgences l'autre soir, je ne sais pas ce que j'aurais fait. Ils ont dû faire passer un autre test à Nathan, et Storm était là pour s'occuper de James, comme ça, je n'ai pas eu besoin de le réveiller.

Tabby écarquilla les yeux.

— Storm est venu aux urgences avec toi ?

Everly grimaça. Elle n'avait pas eu l'intention de mentionner cela, car elle avait l'habitude de garder tout ce qui concernait Storm pour elle, mais apparemment, elle était un peu trop fatiguée. Et il faudrait qu'elle réfléchisse plus tard à *pourquoi* elle gardait ce qui concernait Storm pour elle.

Mais ce n'était pas vraiment un sujet sur lequel elle avait envie de s'appesantir.

— Les garçons voulaient le voir, alors je l'ai appelé. À trois heures du matin.

Tabby laissa un soupir lui échapper.

— Je suis vraiment contente qu'il soit venu t'aider.

— Il le fait toujours, murmura Everly.

Tabby lui jeta un regard aigu.

— Il a amené Jillian avec lui, lâcha-t-elle.

Tabby haussa les sourcils.

— Vraiment ? Je ne savais pas qu'ils étaient toujours ensemble.

Everly repensa à la conversation entre eux qu'elle n'avait pas eue l'intention d'écouter.

— Je crois qu'ils ne le sont plus. Enfin, ça ne me regarde pas.

Tabby lui lança un regard appuyé.

— Ça ne te regarde pas ?

— Storm est juste un ami. Ou plutôt, c'était un ami de Jackson, et il aime s'assurer que tout va bien pour les garçons. C'est tout, Tabby. Il n'y a rien de plus.

Tabby la regarda longuement avant de hocher la tête.

— D'accord.

Everly avait conscience qu'elle aurait voulu en dire davantage, mais elle ne le fit pas. Au lieu de cela, elles se mirent à parler du mariage qui approchait et des autres choses qui se passaient dans leurs vies. Une vingtaine de minutes s'écoula ainsi avant que son téléphone n'émette un bip, lui signalant qu'il était temps de retourner au travail.

— Tu es sûre que ça te convient de prendre les garçons ? demanda Everly alors qu'elles rejoignaient leurs voitures pour déménager les sièges enfants. Je pourrais les emmener chez la nounou.

Alex tenait les deux garçons dans ses bras, un grand sourire sur le visage. Seigneur, les Montgomery étaient vraiment beaux gosses.

— On s'amuse. Ne t'inquiète pas pour nous.

Tabby serra Everly dans ses bras.

— Mais oui. On s'entraîne.

Elle avait prononcé la dernière phrase à voix basse, et Everly ravala des larmes. Elle adorait voir son amie aussi heureuse. S'il y avait une personne qui méritait un « et ils vécurent heureux jusqu'à la fin de leurs jours », c'était bien Tabby.

— Alors d'accord. Si vous êtes sûrs.

Une fois que tout fut réglé avec les sièges auto, elle fit un câlin aux garçons pour leur dire au revoir et leur promit de les retrouver bientôt. Ils lui firent au revoir de la main, visiblement pas perturbés du tout d'être séparés d'elle, et elle ignora ses doutes. Ses fils étaient heureux et relativement en bonne santé, c'était tout ce qui comptait.

Le temps qu'elle revienne en centre-ville et se gare sur le petit parking de Sous la Couverture, sa librairie indépendante, ses nerfs étaient un peu moins en pelote, même si elle n'était toujours pas au mieux de sa forme.

Mais dès qu'elle entra dans la boutique, le moral revint. Elle adorait sa librairie de tout son cœur. Elle aimait inspirer à pleins poumons l'odeur des livres neufs dès qu'elle franchissait le seuil. Elle aimait les différentes zones qu'elle avait décorées au fil du temps de façon à rappeler le thème des livres. Elle aimait le fait qu'avec ses assistantes, elles aient créé des répartitions claires par genre et sous-genre, avec des décorations assorties. Elle aimait avoir des zones où s'asseoir avec des fauteuils confortables, parfois anciens, et des méridiennes pour que les gens puissent s'asseoir avec un bon livre et ramener une tasse de café s'ils le souhaitaient. Il y avait un emplacement près de la vitrine où elle pouvait mettre des sièges quand ils invitaient un auteur à faire une lecture ou des dédicaces, ainsi que des soirées stand-up. Et elle avait même ajouté une section de livres d'occasion à l'étage pour les gens qui cherchaient des livres épuisés ou qui avaient une envie particulière.

Cet endroit faisait partie de son âme, tout comme ses enfants, et elle était tellement reconnaissante d'avoir ça dans sa vie. Jackson n'avait jamais vraiment compris comment elle comptait faire fonctionner une librairie indépendante dans le centre de Denver, alors qu'il y avait déjà quelques chaînes et d'autres librairies indés bien implantées, mais elle s'était débrouillée. Les premiers temps avaient été aléatoires, mais elle avait trouvé son rythme après avoir ouvert cet endroit grâce à l'héritage de ses parents et avoir mis dans ce projet son sang, sa sueur et ses larmes.

Au fil des années, pas mal de commerces s'étaient succédé sur cette rue, la 16th Street Mall mais des endroits comme Taboo, Montgomery Ink, et la nouvelle boutique, Eden, qui appartenait d'ailleurs à une femme qui avait épousé un Montgomery, avaient perduré.

Everly aimait tout de cette librairie. Même les factures.

— Salut, patronne.

Freddie se tenait derrière le comptoir avec un grand sourire. Un livre était ouvert devant elle tandis qu'elle regardait les clients faire leurs emplettes. Freddie était sur la fin de la quarantaine, elle était grande, plantureuse, et vraiment géniale.

Elle avait été gestionnaire administrative et travaillait au dernier étage d'un des gratte-ciel qui donnaient à Denver son allure distinctive, mais après avoir découvert que son mari la trompait, elle avait décidé de trouver sa passion.

Que sa passion soit de faire médecine mettait le sourire à Everly. Cette femme avait une vie bien chargée, elle avait trois grands enfants qui étaient eux-mêmes à l'université, et elle travaillait à Sous la Couverture à mi-temps pour payer une partie de ses factures, puisqu'elle s'était retrouvée à devoir verser une pension alimentaire au gros imbécile qu'elle avait épousé.

Everly posa son sac sous le comptoir et étreignit rapidement Freddie.

— Salut, ma belle. Tout se passe bien ?

Freddie hocha la tête en refermant son livre de chimie organique et commença à remballer ses affaires.

— Oui. Y a eu un petit rush tout à l'heure, c'était cool. Il y a eu quelques coups de fil pour toi, j'ai pris des notes et laissé ça dans le bureau. Oh, et j'ai trébuché dans les escaliers de nouveau parce que je suis une buse, alors j'ai appelé quelqu'un pour les réparer, vu que c'était sur la liste des choses à faire. Je sais que tu l'aurais fait à un moment donné, mais je voulais t'avancer.

Everly grimaça.

— Je suis désolée. Tu t'es fait mal ?

Freddie secoua la tête en enfilant son sac à dos en même temps.

— Non. Mais je sais que tu ne veux pas prendre le risque que quelqu'un se blesse. Je te connais, et on aurait sûrement pu trouver un moyen de les réparer en partie, mais on sait toutes les deux qu'on n'a pas vraiment les compétences pour ça.

Everly soupira et massa ses épaules. La tension permanente qui s'y trouvait faisait partie de sa vie.

— Qui tu as appelé ? demanda-t-elle même si elle connaissait déjà la réponse.

— Storm. Il a dit qu'il serait là d'ici peu vu qu'il était déjà en ville au studio.

Freddie haussa les épaules.

— Je suppose qu'il parlait du studio de tatouage, mais je ne lui ai pas posé la question. Enfin bref, il faut que j'aille au labo.

Elle plissa le nez.

— Je déteste les labos de chimie le soir. C'est mon cauchemar.

Everly ignora son ventre qui se serrait à l'idée de revoir Storm. Elle ne comprenait pas pourquoi elle avait cette réaction à chaque fois qu'elle pensait à lui. C'était simplement Storm.

— Tu vas t'en sortir avec un 20/20, comme toujours. Comme ça, tu pourras devenir mon médecin traitant et remplacer le type grognon que j'ai pour le moment, et tout le monde s'en portera mieux.

Freddie lui fit un clin d'œil.

— Si tu le dis. Bonne soirée !

Elle sortit de la librairie pile au moment où une silhouette familière y entrait. Everly sentit son dos se raidir.

— Salut, commença Storm une fois face à elle.

Il avait une caisse à outils à la main, et le visage fermé. Il semblait toujours être en train de lui faire la gueule, ces temps-ci, et elle ne savait pas pourquoi.

— Merci d'être venu, même si je suis sûre que j'aurais pu me débrouiller toute seule.

Et voilà qu'elle se mettait à parler comme une garce ingrate. Il fallait qu'elle se sorte les doigts et qu'elle règle ce truc bizarre entre elle et Storm, mais elle n'arrêtait pas de mettre les pieds dans le plat.

Storm lui jeta un drôle de regard.

— Je suis sûr que tu aurais pu, mais je suis là, maintenant. Ce n'est pas parce que tu es capable de faire quelque chose que ça veut dire que tu es obligée de le faire toute seule à chaque fois.

Everly déglutit. Elle n'appréciait pas qu'il semble capable de voir en elle comme ça.

— Je vais monter, dit-il au bout d'un moment.

Puis un grand « bang » retentit dans la boutique, et Storm sursauta. Il écarquilla les yeux, soudain blême.

Everly tendit la main vers lui en travers du comptoir en se demandant ce qui avait bien pu se passer. Personne dans la librairie ne semblait avoir réagi, à part Storm.

— C'est seulement une voiture dont le pot d'échappement à des ratés. Est-ce que ça va ?

Il avait l'air sur le point de faire une crise cardiaque, mais quand il regarda vers elle à nouveau, il carra la mâchoire, et la couleur revint sur ses joues.

— Ça va.

Il s'éloigna, les épaules raides, et le regard d'Everly descendit le long de son dos, jusqu'à ses fesses bien fermes.

Elle se détourna aussitôt, en se détestant comme jamais. Seigneur. Qu'est-ce qui clochait chez elle ? Non seulement elle s'était montrée impolie, mais en plus quelque chose venait de le faire paniquer.

Et elle, qu'est-ce qu'elle faisait ? Elle matait son cul.

Elle n'avait jamais été si reconnaissante de devoir s'occuper d'un client qu'elle le fut quand quelqu'un se présenta devant la caisse à cet instant. Déterminée, elle repoussa de son esprit toute pensée concernant Storm et ses jolies fesses.

Fermement.

CHAPITRE QUATRE

LE LENDEMAIN, Storm comprit que s'il ne sortait pas rapidement du bureau, il risquait de tordre le cou de son jumeau. Il
aimait sa famille et ,bon sang, il *savait* que Wes et lui étaient
comme les deux doigts de la main, mais il y avait des jours où il
en avait juste marre.

— Raymond a encore merdé, gronda Wes en piétinant dans
le bureau.

Ils avaient un grand espace ouvert dans leurs locaux où
Storm, Wes, Decker, Meghan, Harper et Tabby avaient tous
leurs bureaux et où ils pouvaient facilement se voir et parler si
nécessaire. Comme souvent, la plupart d'entre eux étaient en
déplacement sur des chantiers, ça ne posait généralement pas
de problème au niveau du bruit. Ils avaient des bureaux
derrière pour les réunions avec les clients, et un espace de
travail pour Storm vu qu'il était l'architecte en chef de l'entreprise, mais en règle générale, il y avait toujours deux ou trois
personnes qui venaient travailler dans la salle principale.

Tabby leva le doigt, concentrée à la fois sur son coup de fil
et l'écran devant elle. Storm se contenta de secouer la tête et

reporta son attention sur les plans devant lui plutôt que sur son frère. Wes était de sale humeur, et Storm n'avait pas envie de gérer ça. Mais c'était le problème quand on travaillait avec sa famille : on ne pouvait pas y échapper. Jamais.

— Tu m'écoutes ? demanda Wes en se postant devant son bureau.

Storm poussa un soupir et leva la tête, agacé par son mal de dos. Il était resté assis trop longtemps à travailler sur ce design plutôt que de passer derrière sur son bureau en position debout. Il commençait à se faire trop vieux pour de longues journées telles que celle-ci.

— Oui, dit-il en se passant une main sur le visage. Je ne sais pas trop pourquoi tu pètes un câble, là. On a compris que Raymond n'était pas fiable dix minutes après l'avoir embauché, mais on a besoin d'un plombier pour le chantier Westcott. Luc et le reste de l'équipe gardent un œil sur lui parce que Raymond est *capable* de faire le job s'il ne se laisse pas distraire. Bon sang, on l'a pris à l'essai pour deux semaines parce qu'il nous avait dit qu'il avait fait le ménage dans sa vie, mais maintenant, on sait que c'était faux.

Storm poussa un soupir et se pinça l'arête du nez.

— Qu'est-ce qu'il a fait ?

Wes s'assit sur le bord de son bureau, ce qui agaça Storm, et pas qu'un peu. Mais il faisait la même chose sur le bureau de Wes, alors il ne dit rien. Son frère lui tapait de plus en plus sur le système, ces temps-ci, et il savait qu'il fallait simplement qu'il prenne un peu de recul et respire un peu. Wes n'avait rien fait de mal, en soi, mais il continuait à insister jusqu'à ce que Storm ait envie de hurler. C'était un truc de jumeaux.

— Il n'est pas venu.

Wes se passa une main sur le visage, exactement comme Storm venait de le faire. C'étaient de faux jumeaux, mais ils avaient les mêmes attitudes, et il y avait beaucoup plus de points communs entre eux qu'avec le reste de la fratrie. On les avait appelés « les jumeaux » si longtemps que les deux répondaient à cette appellation comme ils répondaient à leur prénom. Il y avait une autre paire de jumeaux chez les Montgomery, des cousins à eux, également des faux jumeaux. Il ne put s'empêcher de penser à deux autres frères qu'on appelait également « les jumeaux ». Mais James et Nathan étaient de vrais jumeaux, et ils étaient abominablement mignons, le portrait craché de leur mère.

Il repoussa rapidement toute pensée concernant Everly. C'était bizarre entre eux, depuis quelques mois, quelques années, en fait, pour être franc, et ça n'avait fait qu'empirer depuis qu'il avait amené Jillian avec lui pour réparer l'évier d'Everly.

Il se redressa, conscient qu'il était probablement sur le point de faire une erreur, mais il n'avait pas le choix.

— Je connais quelqu'un qu'on pourrait appeler pour la plomberie.

Wes étrécit les yeux.

— Tu n'en as pas parlé quand on a embauché Raymond.

— Elle avait un autre contrat, à ce moment-là, mais elle l'a terminé la semaine dernière.

Il sortit son téléphone.

— Elle s'intégrerait bien à Montgomery Inc.

— Elle ?

Il y avait une note d'hésitation dans la voix de Wes.

— Ne viens pas me dire que tu penses qu'une femme ne peut pas être plombière, dit Tabby depuis son bureau. Parce que je n'aurai pas peur d'utiliser les techniques d'autodéfense qu'Alex m'a apprises pour te botter les fesses.

Wes leva les mains devant lui.

— Ce n'est pas ce que je pensais. J'ai simplement l'impression que mon frère est sur le point de me demander si son ex-petite amie peut venir travailler avec nous.

Il y avait dans sa voix quelque chose de défiant qui poussa Storm à se lever.

— Premièrement, Jillian n'est pas mon ex-petite amie.

Il tendit les mains en signe de protestation.

— Je ne vais pas rentrer dans ce débat parce que, bon sang, on n'est pas au lycée. Et puis, c'est une plombière certifiée, et elle est géniale.

Wes étrécit les yeux.

— Si elle est si bonne que ça, comment ça se fait qu'elle soit dispo ?

— Bon, là, tu fais exprès d'être chiant, rétorqua Storm.

— J'essaie d'avoir une image globale de la situation.

— Bon, les garçons. Reculez l'un de l'autre et prenez une grande inspiration.

Tabby vint se placer entre eux et leur jeta un regard à chacun.

Storm baissa la tête, énervé contre lui-même de s'être mis en colère. Ce n'était pas parce que Wes n'arrêtait pas de le titiller qu'il était obligé de réagir. Et connaissant Wes, il ne s'était probablement même pas rendu compte que c'était ce qu'il était en train de faire.

— Elle avait un contrat à finir avec une autre boîte, et comme ils payaient à l'heure et pas au jour de travail, ils ont fait traîner ça indéfiniment. Elle a travaillé avec quelques autres entreprises aussi, en essayant d'en trouver une qui lui convienne, mais elle n'a pas envie de monter sa propre boîte.

— C'est intelligent de sa part, intervint Tabby. Et de ce que j'en sais, Jillian est intelligente.

Les lèvres de Wes formèrent une fine ligne.

— Je sais que Meghan et les autres ont des parts dans l'entreprise, mais pour ce genre de décisions, c'est toi et moi qui décidons qui embaucher. Alors si tu lui fais confiance et que tu penses que ça peut se passer sans tensions entre vous, très bien. Je veux dire, Luc et Meghan sont mariés, et ce n'est pas les seuls ici à mélanger travail et vie personnelle, alors ça ne devrait pas avoir d'importance.

Il marqua une pause.

— Mais ça en a une.

— C'est simplement que tu ne l'aimes pas, dit Storm au bout d'un moment.

Il ne savait pas pourquoi, mais ces deux-là ne s'étaient jamais entendus, même s'ils n'avaient pas eu l'occasion de passer beaucoup de temps ensemble.

— Ce n'est pas ce que j'aurais dit, répliqua Wes en prenant son temps. Mais je ne veux pas qu'on l'embauche et qu'on se retrouve à faire du mal à l'entreprise. Ou du mal à notre famille.

Storm croisa le regard de son jumeau en espérant que l'autre y verrait ce qu'il avait besoin de voir.

— C'est quelqu'un de bien, Wes. C'est mon amie.

Il espérait que c'était toujours le cas puisqu'il ne l'avait pas revue depuis cette nuit-là aux urgences, mais ce n'était pas le bon moment pour mentionner ça.

— Et elle est géniale comme plombière.

Wes poussa un soupir.

— Il nous faut quelqu'un sur le chantier Westcott à partir de, genre, hier, donc oui, fais-la venir. Mais j'espère qu'on n'est pas en train de faire une grosse bêtise.

Storm leva les yeux au ciel.

— Ta confiance m'honore.

— C'est dans mon caractère de m'inquiéter.

— Et c'est dans *mon* caractère de m'assurer que tu ne fais pas une crise cardiaque, intervint Tabby avec un sourire.

Son regard passa d'un frère à l'autre. Elle avait toujours l'air inquiète.

— Maintenant, retournez à vos bureaux et signez-moi ces formulaires que je vous ai envoyés. Et n'oubliez pas que Decker aura besoin d'un coup de main sur le site Bailey dans l'après-midi. Je lui ai dit que je lui enverrai l'un de vous, je n'ai pas précisé lequel.

Wes jeta un regard à Storm.

— Je suppose que ça sera moi, non ? C'est quand la dernière fois que tu t'es déplacé sur un chantier ?

Il finit sur un clin d'œil pour que Storm comprenne qu'il blaguait comme ils le faisaient toujours, sans méchanceté, mais Storm eut l'impression qu'il s'était pris un coup dans le ventre.

Il y avait des raisons pour lesquelles il ne se déplaçait plus autant sur les chantiers que par le passé, mais il n'en avait pas parlé à Wes. Il n'était pas sûr de le pouvoir.

— J'irai aider Decker, dit-il d'une voix parfaitement maîtrisée.

Wes ouvrit la bouche pour rétorquer quelque chose, mais Storm le fit taire en haussant les épaules.

— Va signer ces papiers, Tabby a besoin de toi. Je vais appeler Jillian et voir ce qu'elle peut faire avant d'aller rejoindre Decker.

Il se tourna et partit dans l'un des bureaux du fond. Son dos lui faisait mal, et ses épaules étaient tendues. Il savait que ça n'allait pas s'arranger de sitôt, mais c'était un jour comme un autre à Montgomery Inc. et il allait devoir faire avec. D'une manière ou d'une autre.

Storm jeta un regard prudent à Jillian quand elle entra dans le bureau, une heure après son coup de fil. Elle avait accepté de passer immédiatement pour voir si ça pouvait coller, mais il avait toujours peur que ce soit une erreur. Il ne l'avait pas revue depuis qu'elle était partie en lui disant que ce qu'il y avait eu entre eux était terminé. Et le plus triste, là-dedans, c'était que ça ne l'avait pas bouleversé. Il était davantage inquiet de l'avoir blessée qu'il ne regrettait de ne plus avoir l'occasion de coucher avec elle. Jillian et lui étaient amis, et il s'en serait beaucoup voulu de l'avoir blessée malgré lui.

Elle portait sa tenue de travail habituelle, un jean et un tee-shirt. Normalement, il aurait dû y avoir le logo de l'entreprise pour laquelle elle travaillait sur le devant, mais comme elle n'avait plus de contrat avec eux, c'était un simple tee-shirt uni. Il savait qu'avant, elle avait eu tendance à porter des vêtements larges pour dissimuler ses courbes car les hommes étaient parfois des connards qui regardaient davantage son corps que son travail, mais au cours des dernières années, elle s'était mise à porter ce dans quoi elle se sentait bien plutôt que de se préoccuper de ce que les autres pensaient.

Si elle acceptait de travailler avec Montgomery Inc., il savait qu'elle serait entre de bonnes mains. Toute personne qui se permettrait de la mater ou de faire des remarques dégueu ne travaillerait plus avec ou pour eux. Les Montgomery ne laissaient pas passer ce genre de conneries.

— Eh, je suis content que tu aies pu te libérer si vite, dit-il en faisant le tour de son bureau.

Il saisit un carnet en passant afin de se donner une contenance et éviter de la serrer dans ses bras pour la saluer comme il le faisait d'habitude. C'était déjà assez tendu comme ça avec Wes, et il n'avait pas envie de rajouter de l'huile sur le feu.

Elle leva le menton en guise de salutation.

— Merci de m'avoir appelée.

Il y eut un silence gênant que Storm détesta de tout son être, puis elle poussa un soupir et se passa une main dans les cheveux. Elle ne s'était pas donné la peine de faire sa queue de cheval habituelle, ce matin-là, apparemment.

— Bon, mettons les choses au clair, tu veux ?

— Oui, faisons ça, dit Wes en entrant dans la pièce, les yeux plissés.

Storm fit appel à toute sa patience.

Jillian regarda le jumeau de Storm comme s'il s'agissait d'un insecte et renifla.

— Storm et moi sommes amis. Rien de plus, désormais, et pas grand-chose de plus avant. Nous sommes des adultes responsables, capables de travailler ensemble car nous sommes des professionnels.

Elle jeta un regard aigu à Storm.

— Pas de souci de mon côté, se hâta-t-il de répondre en retenant un sourire.

Il y avait une raison pour laquelle il adorait Jillian. Elle allait droit au but et supportait très mal les non-dits. Cela dit, en y repensant, elle s'était montrée extrêmement vague, à l'hôpital. Il repoussa cette pensée parce que vu la façon dont l'œil de Wes frémissait, il se demandait si son frère n'était pas sur le point de faire une attaque.

— Tu es en train de dire que c'est moi qui pose souci ? demanda Wes, les dents serrées.

Jillian croisa les bras devant elle.

— Tu as toujours eu un problème avec moi, Wes. N'essaie pas de nier. Je ne sais pas pourquoi, et je dirais bien que ce n'est pas mon problème, mais si je dois travailler avec vous, je n'ai pas envie de devoir gérer des conneries qui n'ont rien à voir avec mon boulot.

Storm regarda le plafond et relâcha sa respiration avant de baisser la tête pour laisser ses yeux passer de l'un à l'autre. Ils carraient tous les deux les épaules, tendus, et se fusillaient du regard.

— On ne va pas avoir de problème. Pas vrai, Wes ? demanda-t-il avec agacement.

Ils n'étaient plus au lycée, mais parfois, deux personnes n'arrivaient pas à s'entendre et ça pouvait dégénérer.

— Je ne suis pas d'humeur à jouer les arbitres. Je n'ai pas envie que vous passiez votre temps à vous disputer. On a besoin d'un plombier, et Jillian est la meilleure que je connaisse. Son contrat est enfin rompu, et elle est venue aujourd'hui pour s'occuper de la paperasse avec Tabby, qui a une réunion en ligne pour le moment.

Il jeta un regard entendu à Wes.

— Comme tu aimes le faire souvent remarquer, tu es celui qui passe le plus de temps sur les chantiers, donc tu vas devoir travailler avec Jillian au quotidien. Si tu n'en es pas capable, alors on va devoir prendre certaines décisions, mais j'aime à penser qu'on est tous suffisamment adultes pour être capable de faire notre travail sans nous disputer. Je me trompe ?

Jillian poussa un soupir, et ses joues virèrent au rouge alors même qu'elle fusillait Wes du regard.

— Désolée. J'ai la sale habitude de me dresser sur mes ergots quand j'ai le sentiment que les gens me jugent. Tu n'as m'a pas vue travailler, et on ne s'est jamais retrouvés sur un chantier ensemble. Donc je vais partir du principe que tu ne m'apprécies pas pour des raisons personnelles. C'est pas grave. On n'est pas obligés d'être amis, mais je n'ai pas envie que ça affecte la façon dont tu me traites sur mon lieu de travail.

La mâchoire de Wes se crispa visiblement, et Storm pria pour ne pas avoir à passer trop de temps entre eux. Il fallait qu'ils règlent ça pour qu'il puisse s'occuper de ses propres tâches et soucis.

— J'ai entendu beaucoup de bien de toi, alors voyons si tu mérites ta réputation.

Storm se retint à grand-peine de ne pas lever les yeux au ciel.

— C'est très généreux de ta part, dit Jillian d'une voix sirupeuse.

— Tant que tu es là à l'heure, que tu fais du bon boulot et que tu ne me gênes pas, tout ira bien, dit Wes avant de lui tendre la main. Bienvenue à Montgomery Inc.

Jillian prit sa main avec hésitation, et Storm retint son souffle.

— Merci. J'ai entendu dire du bien de cette boîte.

— Évidemment, renifla Storm. On est les meilleurs.

Wes lui fit un grand sourire, mais se raidit quand son téléphone sonna.

— Il faut que je prenne cet appel, mais Tabby sera là très vite pour t'assister avec la paperasse.

Il jeta un regard à Storm.

— Tu es toujours partant pour aller sur le chantier donner un coup de main à Decker ? Je peux le faire.

Storm sentit ses épaules se tendre alors même que Jillian prenait la parole.

— Tu vas sur les chantiers en costume-cravate ? demanda-t-elle.

— Je me change avant. Aujourd'hui, j'ai une réunion avec des fournisseurs alors j'ai mis ça.

Il désigna Storm de la main.

— Ce n'est pas parce que Storm aime porter des chemises en flanelle que je fais pareil. On est des jumeaux, pas des clones.

Jillian leva les mains en écarquillant les yeux.

— On dirait que j'ai touché un point sensible. Désolée. Je ne le referai pas.

Storm renifla avec dérision.

— Tu le referas, mais bon, tout le monde le fait. Et Wes ? On crève de chaud dehors donc, non, je ne vais pas mettre de la flanelle, merci bien.

— Mais tu rêves de flanelle. C'est ton péché mignon, dit Wes avec un grand sourire tandis que Storm levait les yeux au ciel.

Et puis quoi ? C'était super confortable comme tissu.

Tabby sortit du bureau dans le fond à ce moment-là avec un grand sourire.

— Jillian ! Super, tu es là. J'ai ton contrat de prêt, alors voyons ça ensemble.

Elle fit signe à Wes et Storm de se mettre en route.

— Vous avez tous les deux des rendez-vous, alors ouste. Je peux me débrouiller avec Jillian.

Storm secoua la tête en souriant tandis qu'il rassemblait les affaires sur son bureau avant de quitter les lieux en faisant un signe de tête à tous les gens qui s'y trouvaient. Il n'était pas vraiment d'humeur à aller se casser le dos dans cette chaleur, mais Montgomery Inc. était son entreprise, et il ferait ce qu'il y avait à faire.

Quand il arriva sur le chantier, la majeure partie de l'équipe était sur le toit avec Decker : il fallait retirer les bardeaux pour les remplacer. Wes et Tabby ne l'avaient pas prévenu qu'il serait sur le toit par cette chaleur, et il n'avait qu'une envie : prendre la fuite et retourner se réfugier dans son bureau. Bon sang, son dos lui faisait déjà un mal de chien rien qu'à la pensée du poids qu'il allait devoir mettre dessus.

Mais c'était son boulot, alors il fallait qu'il s'y fasse et se mette au travail. Il sortit de son pick-up et attrapa son matériel. Heureusement, il avait pris une bouteille d'eau en partant et il pourrait la remplir au robinet que Decker avait installé.

— Salut, mon vieux, l'interpella ce dernier. Content que tu aies pu venir. Prends ce qu'il te faut et grimpe.

Son beau-frère s'essuya le visage avec le bas de son tee-shirt. La sueur faisait coller la poussière à sa peau.

— Plus vite on en aura terminé, plus vite on pourra sortir de cette fournaise.

— J'arrive ! cria Storm, heureux d'avoir choisi un tissu fin plutôt que ses chemises en flanelle habituelles.

C'était effectivement un travail épuisant que de mettre à nu une charpente sous un soleil de plomb, mais il fallait bien le faire. Storm se retrouva vite couvert de sueur, de poussière, et de Dieu savait quoi d'autre alors qu'il retirait les bardeaux. Pour finir, ils s'y étaient mis à dix, et ça avait provoqué plus de jurons qu'il n'aurait pu en compter.

Et il savait qu'il allait devoir prendre un bain glacé en rentrant à la maison.

Il était impossible d'ignorer la piqûre familière dans son dos qui l'avertissait non seulement qu'il en avait trop fait, mais qu'il s'était blessé au point d'avoir intérêt à faire attention s'il ne voulait pas finir chez le toubib pour se faire traiter. Et ce n'était *pas* quelque chose qu'il avait envie de faire, alors il espérait que faire trempette dans l'eau glacée suffirait. Ses frères s'étaient moqués de lui quand il avait installé la baignoire géante dans sa salle de bain, mais s'ils avaient su *pourquoi* il l'utilisait, ils se seraient peut-être abstenus.

Mais il ne comptait pas le leur dire. Jamais. Certains secrets doivent le rester, certaines vérités ne sont pas bonnes à dire.

Il prit congé de l'équipe et s'assura que tout était prêt pour le lendemain. Decker s'en était occupé, mais Storm préférait vérifier qu'il n'avait besoin de rien, au cas où.

Tout en rêvant d'un long bain et d'une bière fraîche, il prit le chemin de la maison sous le soleil déclinant qui l'aveuglait au milieu des bouchons. Cela ne fit que le tendre davantage, et il se crispa sur son volant. Ses contractions musculaires étaient telles qu'il fallait qu'il reste immobile s'il ne voulait pas se mettre à chialer comme un idiot.

Quand il se gara devant chez lui, il était de nouveau en sueur et envisagea de laisser son matos dans le pick-up, mais changea aussitôt d'avis. Il n'avait pas envie de devoir s'en occuper en sortant de sa baignoire ou de son lit, une fois qu'il y serait. Il boitilla comme un vieillard jusqu'à la porte, les mains tremblantes. Cela faisait plus d'un an qu'il n'avait pas eu une crise comme celle-là, et il n'était pas forcément d'humeur à la gérer aujourd'hui.

Ce fut là que les gémissements commencèrent ; heureusement, ce n'était pas les siens.

— Putain, marmonna-t-il dans sa barbe.

Il avait oublié son chien, bon sang. Il avait demandé à un ami de passer dans la journée pour jouer avec Randy et lui faire faire ses besoins et tout, mais le chiot était encore trop jeune pour qu'il le laisse sortir de sa cage tout seul pendant la journée. Bon, la cage en question faisait la moitié du débarras alors le chiot avait plus de place que Storm n'en avait quand il était au bureau, mais n'empêche qu'il se sentait mal que son animal ne puisse pas courir tant qu'il n'était pas rentré.

Il posa ses affaires sur la table de la salle à manger et se dirigea lentement vers le fond de la maison. Randy se mit à aboyer et japper en sautant dans sa grande cage quand il le vit.

Malgré sa douleur, il ne put s'empêcher de sourire. D'après le véto, il y avait du berger allemand dans ses gènes, et il avait ces grandes oreilles qu'ils avaient souvent quand ils étaient chiots. D'après le programme qui avait pris Randy en charge et pour lequel Storm s'était porté volontaire, le chien finirait par avoir une taille proportionnée à ses oreilles et ses grosses papattes. Quand ce jour arriverait, Storm était certain que Randy ferait la taille qu'il faisait aujourd'hui quand il se dressait sur ses pattes arrière.

Storm aimait travailler pour Animaux et Progrès, même s'il ne pouvait pas toujours en faire autant qu'il l'aurait voulu à cause de son travail et de sa famille. Il aidait à dresser des chiots et des chiens plus âgés afin qu'ils deviennent des chiens d'aide pour les personnes souffrant d'un Syndrome de Stress Post-Traumatique. Chaque cas était différent, et la mission de cette association était de faire tout ce qui était en son pouvoir pour s'assurer que les chiens aideraient vraiment. Pouvoir se blottir contre une créature vivante au milieu d'une crise de panique faisait des miracles pour certaines personnes. C'était une petite association, alors ils travaillaient seulement avec des chiens, mais d'autres dans le pays faisaient la même chose avec des chats, des lamas ou d'autres animaux capables de procurer réconfort et protection si les effets du stress post-traumatique étaient trop violents. Storm ne pouvait pas sauver le monde, mais il pouvait faire de son mieux pour aider à son échelle. C'était le moins qu'il puisse faire.

— Salut, mon grand, dit-il avec un sourire en ouvrant la cage. Assis, Randy.

Randy agita la queue, tout fou que son humain soit rentré, mais il finit par s'asseoir en vibrant d'excitation contenue.

— Pas bouger, dit Storm à voix basse.

Randy resta immobile une vingtaine de secondes avant de se mettre à sauter en levant les pattes avant pour quémander des caresses. Storm retint un sourire.

— Bon, tu as tenu plus longtemps qu'hier, mais on a encore du travail. Allez, viens. On va sortir, et puis je te donnerai à manger avant de m'effondrer.

Randy trottina à ses côtés, visiblement en attente de câlins. Si Storm avait pu se pencher, il l'aurait caressé. Le chiot fit ses besoins dans le jardin tandis que Storm restait sur la terrasse, incapable de descendre les escaliers pour le moment. Il savait qu'il lui faudrait installer une rampe un jour, mais apparemment, il était un peu dans le déni sur certaines choses.

— Viens, Randy. À la gamelle.

Le chiot remonta les escaliers avant de sauter sur le banc pour se mettre à la hauteur de Storm. Avec un grand sourire, celui-ci put enfin lui faire des gratouilles.

— Tu es un bon chien, Randy.

Le chien se mit à haleter, tout content, pendant que Storm lui faisait des câlins. Il le souleva dans ses bras avec juste un petit grognement, le chien n'était pas lourd, pour le porter à l'intérieur, et Randy se tourna pour découvrir son ventre.

Storm lui donna à manger et le laissa engloutir sa nourriture tandis qu'il se préparait quelque chose pour lui après avoir trouvé des restes d'un plat à emporter dans le frigo. Il était toujours en sueur, sale, et il avait mal, mais il fallait qu'il avale quelque chose. Il goba un Naproxène avant de se débarrasser de ses fringues. Il resta en caleçon dans sa cuisine, toujours en sueur, mais un peu moins poussiéreux.

Il sortit son bon vieux pack de glace du freezer et prit son repas avec lui dans le salon, où il se laissa tomber sur le canapé en sous-vêtement pour manger, comme le célibataire qu'il était. Au moins, il utilisait une assiette plutôt que de manger directement dans la boîte.

Randy sauta sur le canapé, et Storm était franchement trop fatigué pour lui apprendre à ne pas faire ça ce soir. Le chiot se blottit sur ses genoux et se mit à somnoler tandis que Storm ajustait le pack de glace dans son dos.

Il avait mal partout.

Son ventre gargouillait après le plat à emporter graisseux qu'il avait réchauffé.

Il traînait en caleçon sur son canapé.

Et voilà qu'un chiot venait de lui pisser sur les genoux.

Voilà ce qu'il était devenu. Pas étonnant qu'il se soit retrouvé seul.

De nouveau.

CHAPITRE CINQ

EVERLY AURAIT PRÉFÉRÉ se faire dévitaliser une dent sans anesthésie à ce qu'elle était sur le point de subir. Et comme rien qu'imaginer aller chez le dentiste la faisait paniquer, ce n'était pas peu dire.

Ses beaux-parents lui rendaient visite aujourd'hui.

Ô joie.

Les garçons jouaient dans le salon, et elle priait pour qu'ils ne trouvent pas un moyen de se tacher d'ici là. Ses beaux-parents leur avaient envoyé ces tenues exprès, après avoir dit à Everly que ses choix vestimentaires n'étaient pas toujours les meilleurs. Et même si Everly avait eu envie de gifler sa belle-mère, elle avait fait enfiler les vestes en daim à ses fils et évacué de la maison tout ce qui était nourriture et boisson pour éviter que quoi que ce soit vienne toucher le fragile tissu.

Pourquoi les parents de Jackson avaient-ils choisi des tenues en daim pour les jumeaux, elle n'en avait aucune idée, mais si voir les garçons dans ces trucs affreux faisait partir les Law de chez elle plus rapidement, alors tant mieux.

Elle passa une main sur la robe d'été qui couvrait bien

davantage ses épaules et son décolleté que ce qu'elle portait d'habitude et elle essaya de garder son calme, et sa santé mentale. Ses beaux-parents ne lui avaient pas envoyé de tenue, à elle, mais elle n'était pas d'humeur à supporter leurs regards pleins de jugement si elle osait porter quelque chose de trop révélateur à leur goût ou toute autre tenue qu'une robe féminine. Elle passa dans le salon, heureuse que les garçons soient toujours en train de jouer avec leur livre aux pages en tissu, en se marmonnant l'un à l'autre en faisant semblant de lire.

Ce n'était pas que les parents de Jackson étaient des gens méchants. Ils aimaient seulement que les choses se déroulent d'une certaine façon. *Leur* façon. Tout le temps. Peu importait si c'était complètement ridicule.

— Alors, les garçons, dit-elle avec une bonne humeur feinte.

Heureusement, ils étaient trop jeunes pour s'en rendre compte. Du moins elle l'espérait.

— Vous êtes prêts pour la visite de Mamie et Papi ?

James se frotta l'oreille à nouveau en hochant la tête, et elle sentit une fois de plus son cœur se serrer en voyant son bébé avoir mal. L'opération n'aurait lieu que dans trois jours, mais elle avait en alternance la sensation que le temps passait soit trop lentement soit trop vite, suivant son humeur du jour. Tout se déroulait selon le planning, pour le moment, mais elle savait que ça pouvait changer d'un instant à l'autre.

— Je veux aller à la librairie, dit Nathan en faisant la moue. Je veux être avec toi.

Elle retint ses larmes. Ses émotions partaient en tous sens, ces temps-ci. On était au milieu de l'été, si bien que les garçons n'allaient pas à l'école maternelle comme au printemps. Elle avait une nounou pendant la semaine, et les garçons participaient aussi à des activités mais ça ne durait que quelques heures à chaque fois, et Everly les accompagnait en général.

Parfois, elle les prenait à la librairie avec elle comme il y avait une zone enfants et des activités lecture, mais il n'y en avait pas aujourd'hui. Ses beaux-parents prenaient aussi les enfants de temps en temps, mais aujourd'hui, ils avaient voulu venir chez elle plutôt que de les ramener chez eux. Ils avaient dit que c'était à cause de la récente crise d'asthme de Nathan et de la future opération de James afin de les rassurer en restant dans un environnement familier, mais elle ne les avait pas vraiment crus. La maison des Law était également un environnement familier pour les garçons, alors elle pensait que Nancy, sa belle-mère, avait envie de venir fouiner chez elle, et ce n'était pas la première fois.

La maison d'Everly n'était jamais assez propre. Jamais assez bien rangée. Apparemment, elle avait très mauvais goût, mais c'était logique vu son éducation. Elle retint un gémissement à cette pensée. Si sa mère vivait toujours, elle aurait probablement tapé Nancy avec le grand sac à main qu'elle trimballait partout.

C'était en ce genre d'occasion que ses parents manquaient plus que tout à Everly. Mais elle n'avait pas le temps de s'appesantir sur ce qu'elle avait perdu : il fallait qu'elle s'occupe de ranger sa maison au mieux avant de laisser ses bébés à ses beaux-parents et de partir travailler.

La dévitalisation dentaire lui faisait de plus en plus envie.

La sonnette retentit, et elle se pencha pour embrasser les garçons sur le dessus du crâne avant d'aller accueillir Nancy et Peter. Comme toujours, à peine eût-elle ouvert la porte que Nancy entra sans dire bonjour ni attendre qu'elle l'invite à l'intérieur. Nancy aurait sans doute trouvé ça impoli, si quelqu'un s'était amusé à faire ça chez elle, mais elle se plaignait souvent en disant que ça ne serait pas un problème si elle avait la clé de la maison de son fils.

C'était l'une des nombreuses raisons pour lesquelles les

Law n'avaient pas de clé et qu'Everly ne comptait pas leur en donner.

— Peter, le salua Everly au bout d'un moment.

Elle se poussa de côté pour que son beau-père puisse entrer.

— Everly.

Il parlait moins que Nancy, mais elle savait que ce n'était pas pour autant qu'il ne la jugeait pas. Il était tout aussi critique que sa femme. Mais il se contentait de laisser son visage afficher ce qu'il pensait plutôt que de l'exprimer à voix haute.

— Je vois que tu leur as mis leurs vestes, dit Nancy en observant ses petits-enfants. Tu les leur as probablement fait enfiler juste avant qu'on arrive, hein ? C'est pour ça qu'elles sont aussi propres. Il n'y a pas la moindre tache dessus.

Bien sûr s'il y avait eu la moindre trace sur les vêtements, elle aurait trouvé quelque chose à y redire aussi, parce qu'il était hors de question que les petits se conduisent comme des enfants et se salissent. Mais c'était les parents de Jackson, les seuls grands-parents toujours de ce monde pour ses enfants, alors Everly tint sa langue. Une fois de plus.

— Ils sont adorables dans cette tenue, comme toujours avec ce que vous leur choisissez, Nancy, dit-elle en souriant.

Elle regarda sa montre et retint un froncement de sourcils.

— Je vais être en retard si je n'y vais pas maintenant. Merci beaucoup d'avoir bien voulu venir les surveiller. Je suis sûre que vous allez bien vous amuser ensemble.

C'était Nancy qui avait *insisté* pour voir les enfants aujourd'hui, ce n'était pas l'idée d'Everly, mais elle se garda de le mentionner. Nathan et James avaient besoin d'une famille, et Everly ferait tout ce qui était en son pouvoir pour qu'ils en aient une.

Même si ça lui faisait mal.

— Mmh, commença Nancy en pinçant les lèvres. En

retard ? Si tu nous donnais le bon horaire auquel venir, peut-être que tu ne serais pas toujours en train de courir. Jackson n'était jamais en retard, tu sais. Il se félicitait d'être toujours à l'heure.

Elle regarda ses petits-fils, mais ne sourit pas comme une grand-mère aimante aurait dû le faire. Ils n'avaient pas dit à Everly à quelle heure ils comptaient venir et ne lui avaient pas laissé le choix, mais à quoi bon soulever ce point.

— Mon fils était toujours à l'heure, et même en avance, s'il le pouvait. C'est comme ça qu'il a pu accomplir tant de choses même en nous ayant quittés si tôt.

Elle sortit un mouchoir et se tamponna les yeux.

Les parents de Jackson lui portaient peut-être sur les nerfs, mais il était évident qu'ils aimaient leur fils, et ils faisaient en sorte que les jumeaux entendent régulièrement parler de leur père. Parfois trop, en fait, pour elle. Jackson n'avait pas un seul défaut d'après ses beaux-parents, et ils ne se privaient pas de le dire à Nathan et James. Même si Everly n'irait jamais ternir la mémoire de Jackson devant leurs enfants, elle ne le mettait pas non plus sur un piédestal comme le faisait sa mère. Il avait été humain, après tout.

— Merci d'être venus. Je ne devrais pas être de retour trop tard.

Du moins elle l'espérait. Elle allait devoir bientôt s'occuper des cotisations trimestrielles, et ça lui donnait déjà la migraine. Sa comptable faisait le gros du travail, mais il fallait quand même qu'elle prépare tous les papiers.

— Travailler dans une librairie, souffla Nancy avec réprobation en s'asseyant sur la causeuse à côté des garçons. Je suis toujours surprise que Jackson ait autorisé ça.

Elle regarda ses petits-fils et leur expliqua :

— Votre père était un professeur d'université respecté, le meilleur dans son domaine. Il faisait des merveilles dans son département, et toutes les bourses qu'il a demandées lui ont été attribuées.

Les garçons la regardèrent en clignant des yeux, sans comprendre. Ils n'avaient que trois ans, après tout.

Everly ne le lui fit pas remarquer. Elle ne mentionna pas non plus que Jackson n'avait *pas* obtenu toutes les bourses qu'il demandait, ni qu'il n'était pas le meilleur dans son domaine. Il était excellent, oui, mais il avait un rival dans son département, et il disait toujours que l'émulation le rendait meilleur. Elle l'avait entendu se lancer dans de nombreuses diatribes sur le sujet, et elle était sûrement toujours capable de les citer mot pour mot.

— Je suis propriétaire de cette librairie, dit-elle en le regrettant aussitôt.

Essayer de se défendre face à Nancy ne servait à rien, elle le savait depuis toujours. Everly avait peut-être un master et était propriétaire d'un commerce, mais elle ne serait jamais assez bien pour son précieux fils aux yeux de sa belle-mère. Cela faisait des années qu'elle en était consciente, et en général, elle l'ignorait. Mais aujourd'hui, visiblement, elle avait été incapable de se taire.

— Et les livres, ce sont les briques avec lesquelles nous construisons nos vies. Alors comme ça, je participe un peu à tout.

— Mmh.

Nancy étrécit les yeux avant de reporter son attention vers les garçons. Ils lui donnèrent leur livre, et elle le regarda avant de commencer à leur lire. La plupart du temps, c'était une super grand-mère, et Everly s'accrochait à ça. Peter s'était assis sur le canapé et avait sorti sa tablette pour se mettre à lire, comme d'habitude. Normalement, c'est quelque chose qu'Everly aurait respecté, mais il avait tendance à mépriser ses propres lectures car elle préférait la fiction. Après tout, elle vivait dans un monde de non-fiction où il n'y avait pas de « et ils vécurent heureux jusqu'à la fin de leurs vies ». Elle voulait pouvoir s'échapper dans un univers qui lui apportait ce sentiment de paix.

Bon, ça suffisait.

Elle dit au revoir et partit vers la librairie qu'elle devait gérer pour l'après-midi et la soirée. Freddie avait cours ce jour-là, et son autre employé à mi-temps l'avait appelée pour prévenir qu'il était malade ,c'était rare de sa part, alors elle serait toute seule. Ce ne serait pas facile, mais elle s'en sortirait. Ce n'était pas comme si elle avait le choix.

Elle laissa courir ses mains sur les livres tandis qu'elle parcourait les étagères en remettant en place les livres qui avaient été déplacés par des clients. Elle fit la poussière en passant et répondit à des questions en conduisant les gens à la section qu'ils cherchaient. En passant de genre en genre, elle nota dans sa tête les zones qu'elle pourrait améliorer, les décorations qu'elle pourrait changer. Elle aimait renouveler les choses au fil des mois pour que les gens ne s'ennuient jamais en rentrant dans son magasin. Même si elle se demandait franchement comment on pourrait s'ennuyer dans une librairie. Chacun de ces livres contenait des univers entiers, des volumes emplis jusqu'à la dernière page de personnages dont les lecteurs pouvaient tomber amoureux ou haïr de tout leur être. On pouvait devenir un guerrier pour une journée, ou une jeune fille dans un pays lointain. Il y avait des manuels de développement personnel et des ouvrages historiques qui attendaient qu'on vienne parcourir leurs pages. La section enfants contenait une infinité d'histoires et de couleurs vives qui pouvaient tirer un sourire même au plus boudeur des poupons.

Everly retint un soupir de satisfaction en emplissant un sac de livres pour un client à la caisse. Elle était toujours un peu jalouse des gens qui ressortaient de là avec de nouveaux livres, consciente des aventures qui les attendaient. C'était un peu idiot, comme sentiment, mais par certains côtés, elle était une rêveuse que Jackson n'avait jamais vraiment comprise. Elle était peut-être compétente, elle était tout à fait apte à posséder un commerce et savait faire preuve de l'esprit critique qui allait de pair avec les responsabilités, mais au fond d'elle, elle restait une amoureuse des livres. Une lectrice. Une rêveuse.

Le soleil avait commencé à se coucher quand elle s'attaqua au sandwich qu'elle avait ramené de chez elle. Elle aurait pu passer à Taboo et prendre quelque chose de bien plus appétissant qu'un sandwich au beurre de cacahuète crémeux et gelée de raisin, mais elle savait qu'elle n'en aurait pas le temps aujourd'hui. En plus de ça, elle préférait le beurre de cacahuète avec des morceaux et de confiture de fraise, mais comme les garçons avaient des goûts bien définis, elle économisait de l'argent en mangeant la même chose qu'eux.

Peut-être que si Jackson avait été vivant, elle aurait pu partir sur quelque chose de différent, il adorait le beurre de cacahuète avec des morceaux, lui aussi, mais elle ne pouvait pas justifier d'avoir deux pots différents dans son cellier alors que son budget était serré.

Et si ça, ce n'était pas triste, comme pensée. Si seulement son mari avait vécu pour qu'elle puisse choisir sa pâte à tartiner ?

Elle reposa son maigre repas devant elle et grimaça. Jackson lui manquait pour bien davantage que ses goûts en matière de beurre de cacahuète. Il lui manquait de toutes les fibres de son être, comme le lui prouvait son cœur serré, même si la douleur n'était plus aussi atroce qu'au début. Le temps avait apaisé cela. Le temps et la nécessité. Elle n'aurait pas pu élever ses enfants et travailler aussi dur qu'elle le faisait si elle s'était laissée engloutir par le deuil trop longtemps. Elle avait accepté depuis longtemps que son mari ne reviendrait jamais et ne rencontrerait jamais ses enfants. Elle n'était peut-être pas passée à autre chose au sens où elle n'avait pas eu un seul rendez-vous en trois ans, mais au moins, ça faisait un moment qu'elle ne pleurait plus chaque soir en s'endormant.

Elle fronça les sourcils en ramassant ses papiers gras et en les jetant dans la poubelle sous le bureau. Il faudrait qu'elle se rappelle de la sortir avant de fermer la boutique ce soir. Est-ce qu'elle n'avait *vraiment* pas eu le moindre rendez-vous du tout depuis Jackson ?

La réponse était non, bien sûr. Elle n'avait pas voulu entendre parler d'un autre homme alors qu'elle était seule chez elle, en train d'allaiter les jumeaux en essayant de ne pas pleurer. Storm l'avait incroyablement aidée à cette période, en lui faisant les courses où en surveillant les bébés pour qu'elle puisse prendre une douche et se débarrasser du lait collé dans ses cheveux depuis trois jours. Quand elle avait enfin pris le rythme d'être mère célibataire et que sa douleur s'était apaisée un tout petit peu depuis le jour où elle avait perdu son mari, elle n'avait pas eu le temps de chercher un homme. Bon sang, elle avait à peine le temps de se maquiller avant de sortir de chez elle.

Peut-être qu'elle *devrait* réfléchir à rencontrer quelqu'un. Mince, ça faisait plus de dix ans depuis son premier rendez-vous avec Jackson, et elle n'était même pas sûre de se rappeler comment ça marchait. Elle n'avait plus aussi mal au cœur qu'avant à la pensée de rencontrer quelqu'un d'autre, alors peut-être que c'était un signe.

Elle poussa un soupir, incertaine, mais elle ne pouvait pas se laisser distraire par ça pour le moment. Ou par le fait que la première image qui lui venait à l'esprit quand elle pensait à un homme avec qui sortir était précisément l'homme à qui elle n'aurait pas dû penser en ces termes.

Non. Elle n'allait pas penser à lui ou à son corps musclé

sous ses fameuses chemises en flanelle.

Elle referma son livre et alla chercher le courrier que la factrice avait déposé tout à l'heure, alors qu'Everly était prise par un flot de clients. Elle parcourut rapidement la pile de factures, de prospectus et de courriers d'éditeurs tout en revenant devant au cas où un client arrive. Il lui restait encore environ une heure avant la fermeture, de toute façon et elle pensait ramener la paperasse à la maison pour ne pas avoir à supporter les regards condescendants de ses beaux-parents.

En posant le courrier sur le bureau, elle regarda l'enveloppe qui se trouvait sur le dessus et se figea.

Elle était adressée à Jackson.

Elle déglutit avec difficulté et s'aperçut que même s'il y avait un timbre et un cachet de Fort Collins, il n'y avait pas d'adresse d'expéditeur. Il ne recevait jamais de courrier ici. Même les lettres bien patriarcales qu'elle recevait étaient adressées à Mr Everly Law. Comme si les femmes ne possédaient jamais de commerce.

Elle ouvrit la lettre avec hésitation et se figea une fois de plus.

J'attends toujours.

Qu'est-ce que ça pouvait bien vouloir dire ?

Qui attendait ? Et quoi ? Elle retourna la page mais elle était blanche. Ça ne voulait rien dire et, pour être franche, ça la faisait un peu flipper, même si ça n'aurait probablement pas dû. Elle posa la lettre au-dessus des autres et regarda les nuages qui s'assombrissaient par la fenêtre. L'orage arrivait plus tôt que prévu, ce qui n'était pas rare pour Denver. Elle décida de fermer un peu plus tôt et de s'occuper de compter la caisse et tout le reste.

Elle était en train de mettre la pochette avec le cash dans le coffre-fort de la réserve quand elle remarqua une drôle d'odeur.

De la fumée.

Elle tourna la tête vers la gauche et vit avec horreur de la fumée sortir de la pièce du fond, et des flammes danser autour des cadres des fenêtres et sous les étagères. Les mains tremblantes, elle attrapa l'enveloppe avec le cash, son sac, et tout ce qu'elle pouvait sur le dessus de son bureau tout en essayant de décider si elle pouvait s'occuper de ça avec son extincteur.

Les flammes gagnaient du terrain à une vitesse folle, avalant les livres et les rideaux, des sections entières le temps d'un soupir. Son univers tout entier était contenu sur ces étagères. Ses souvenirs. Son passé. Son présent. Son futur. Mais les flammes ne faisaient pas de discrimination. Elles brûlaient tout.

Elle toussa, la fumée attaquait ses poumons, et elle comprit que même si le feu n'avait pas démarré depuis longtemps, la librairie était une véritable réserve de combustible qui n'attendait que de brûler. Si elle appelait les pompiers immédiatement, il y avait peut-être encore une chance, mais pour elle toute seule, c'était impossible.

Les yeux en larmes et la gorge irritée, elle sortit en courant et essaya d'appuyer sur les touches de son téléphone sans rien y voir.

— Everly !

Elle releva la tête, les mains tremblant tellement qu'elle lâcha son téléphone.

— Ça brûle, hoqueta-t-elle. Ma librairie, je... qu'est-ce qui se passe ?

Storm se précipita vers elle, le visage pâle, et fit courir ses mains sur son visage et ses bras.

— Tu es blessée ? Parle-moi, Ev.

— Je... je... il faut que j'appelle les pompiers.

— Austin s'en occupe.

Il se pencha pour ramasser son téléphone et le mit dans sa poche.

— J'étais à Montgomery Ink quand on a vu la fumée. Je n'entends pas ton alarme incendie, Ev. Pourquoi elle ne s'est pas déclenchée ?

Elle fronça les sourcils, mais ne se tourna pas pour regarder sa boutique. Elle n'en était pas capable. Pas maintenant.

— Je ne sais pas. On a fait un audit sécurité la semaine dernière. Ça devrait aller.

Elle répéta cette dernière phrase deux fois, consciente que c'était un mensonge.

Storm lui prit son sac des mains et y fourra son courrier, l'enveloppe avec l'argent et les autres trucs qu'elle avait attrapés avant de le passer en travers de son épaule. Il aurait dû avoir l'air ridicule, mais ce fut tout juste si elle parvint à retenir ses larmes.

Des sirènes retentirent au loin, résonnant entre les hauts immeubles du centre-ville. Elle comprit que c'était pour elle, et cela rendit la situation plus réelle. Storm attrapa son menton et, sans trop savoir comment, elle trouva la force de se détacher de lui et de se tourner.

Des flammes s'échappaient des fenêtres et de la porte. De la fumée s'élevait en tourbillonnant, et des gens criaient en essayant de protéger leurs propres commerces et leurs véhicules. L'orage qui venait n'arriverait pas à temps. Il serait trop tard, quand la pluie commencerait à tomber, pour sauver quoi que ce soit de ses possessions.

Elle avait tout perdu.

Storm la serra dans ses bras, et elle se laissa aller contre lui, la tête contre son torse, en regardant ses rêves et ses espoirs littéralement partir en fumée.

Une fois de plus, elle venait de voir sa vie s'effondrer devant elle. Et une fois de plus, elle était avec Storm.

Elle n'était pas seule.

Mais elle n'était pas sauve.

CHAPITRE SIX

STORM RESSERRA ses bras autour du corps fluet d'Everly et essaya de contrôler son pouls erratique. Il comprit qu'elle devait sentir le staccato de son cœur sous son oreille, mais il ne pouvait pas y réfléchir plus que ça alors qu'il n'arrivait presque pas à penser du tout. Putain, quand il avait vu la fumée sortir des fenêtres de Sous la Couverture, il avait cru sentir mourir une part de lui.

Il ne savait pas que faire de cette réaction, ni pourquoi ses émotions avaient été si fortes, mais il n'avait pas le temps de s'appesantir là-dessus pour le moment.

Il avait failli la perdre.

Il poussa un soupir tremblant et fit passer ses mains dans ses cheveux en bataille. Il la serra contre lui à nouveau avant de reculer pour pouvoir la regarder dans les yeux.

— Est-ce que ça va ? Il y avait quelqu'un d'autre avec toi ?

— J'étais seule.

Everly secoua la tête et essaya de continuer avant de se mettre à tousser. Il poussa un juron. Elle avait besoin de voir un médecin, et il se tenait là comme un pauvre idiot, tout à son besoin égoïste de la toucher pour s'assurer qu'elle était réelle. Avant d'avoir pu penser à son dos et aux conséquences de ce qu'il était sur le point de faire, il se pencha et la souleva dans ses bras, en cherchant du regard une ambulance ou quelqu'un pour l'aider.

Everly enlaça sa nuque et glapit en toussant à moitié :

— Storm ! Qu'est-ce que tu fais ?

— Je te trouve un docteur, gronda-t-il alors qu'une douleur aiguë remontait le long de sa colonne vertébrale.

Austin, Jax, Wes et Derek se rassemblèrent autour de lui. Ils étaient au studio avec lui quand ils avaient vu la fumée. Ils avaient tout lâché pour courir vers Sous la Couverture et voir s'ils pouvaient apporter de l'aide, mais il semblait qu'il était déjà trop tard pour sauver le bâtiment.

Mais il refusait qu'il soit trop tard pour sauver Everly. Il ne perdrait pas une personne de plus. Pas s'il pouvait l'empêcher.

— Qu'est-ce qui se passe ? Elle est blessée ? demanda Austin d'une voix bourrue.

— Je vais aller chercher quelqu'un, s'empressa de dire Jax.

Il partit en hâte. C'était le dernier artiste-tatoueur embauché chez Montgomery Ink, et Storm ne le connaissait pas vraiment. Il jeta un coup d'œil à Derek, un autre tatoueur, et lui fit un signe de tête. Derek partit derrière Jax pour l'aider à trouver quelqu'un, mais Storm était incapable de se concentrer sur autre chose que la femme dans ses bras. Ce n'était pas qu'il ne faisait pas confiance à Jax, c'était simplement qu'il avait besoin que quelqu'un qu'il *connaisse* cherche aussi. Storm savait que Derek le comprendrait sans qu'il ait besoin de l'exprimer avec des mots, connaissant le passé de cet homme.

— Tu vas te faire mal, dit Everly en toussant à nouveau. Je suis trop lourde pour toi.

Storm resserra sa prise.

— Je ne te lâcherai pas. Arrête de gigoter, qu'on puisse trouver quelqu'un pour t'aider.

Son dos se crispa de douleur, mais il l'ignora. Il s'en occuperait plus tard, comme toujours. Ce qui l'inquiétait davantage, c'était les bruits et tous les cris autour d'eux. S'il ne faisait pas attention, il risquait de faire une autre crise de panique à cause des sirènes. Il fallait qu'il respire et qu'il protège Everly. C'était tout ce qui comptait.

Les infirmiers arrivèrent quelques instants plus tard, escortés par Jax et Derek, et Storm posa Everly par terre. Elle s'appuya à lui, son dos contre son torse. Il savait que si elle avait été en pleine possession de ses moyens, elle n'aurait jamais fait ça, mais elle était sous le choc. Depuis la mort de Jackson, ils faisaient tous les deux de leur mieux pour ne jamais se toucher. C'était comme si la simple idée de s'étreindre comme par le passé ramènerait tout leur chagrin de plus belle. Alors ils gardaient leurs distances.

Mais pas ce soir.

Les ambulanciers lui mirent un masque à oxygène par précaution et la firent s'asseoir sur un des bancs publics. Storm ne put s'asseoir à côté d'elle, alors il resta debout juste derrière, avec ses mains sur ses épaules pour qu'elle n'ait pas l'idée folle de se lever et de marcher jusque là-bas pour voir ce qui arrivait à sa boutique.

Un incendie dans une librairie, ça ne pardonnait pas, et tout le monde le savait.

— Ça devrait aller, mais on préfère s'en assurer, dit l'un des ambulanciers. Vous n'êtes pas restée là-dedans longtemps, mais il vaut mieux ne pas prendre de risque.

— Garde le masque, prévint Storm.

Everly lui jeta un regard, mais appuya le masque contre son visage. Il savait qu'elle n'aimait pas qu'on lui donne des ordres, et il le faisait rarement, mais là, il n'avait pas des masses de patience.

Le capitaine des pompiers et la police se présentèrent ensuite pour parler à Everly, et Storm fut content que sa famille et lui soient là pour rester à ses côtés.

— Mrs Law ? demanda un homme âgé qui devait être le capitaine des pompiers. Je sais que vous avez dit aux ambulanciers que vous étiez seule dans le bâtiment, mais est-ce que vous pouvez en être sûre à cent pour cent ?

Everly hocha la tête et abaissa le masque à oxygène.

— Elle est censée le garder, gronda Storm.

L'autre homme haussa un sourcil.

— Mr Law ?

Pour il ne savait quelle raison, cela fit l'effet d'un coup en plein ventre à Storm. Il secoua la tête.

— Juste un ami.

Everly poussa un soupir et, heureusement, ne se remit pas à tousser.

— J'étais toute seule.

Storm posa le masque contre son visage de nouveau et lui jeta un regard intense. Elle le fusilla des yeux, mais prit quelques inspirations avant d'abaisser le masque une fois de plus.

— J'étais sur le point de fermer car il n'y avait pas de clients et que je travaillais seule ce soir.

Sa gorge se contracta alors qu'elle déglutissait avec difficulté, et Storm entendit les larmes dans sa voix. Bon sang, cette librairie était presque tout, pour elle. Les jumeaux et les livres, c'était toute sa vie, et maintenant une partie de cela s'était volatilisée en fumée. Et il n'y avait rien que Storm puisse y faire.

— Racontez-moi exactement ce qui s'est passé.

Le capitaine des pompiers avait sorti un calepin, et les policiers regardaient Everly, des questions plein les yeux.

Storm fronça les sourcils et regarda Austin qui vint se tenir de l'autre côté pour qu'Everly sente qu'elle n'était pas seule. Jax et Derek rejoignirent le cercle pour afficher leur soutien. Aucun des quatre n'était de petite taille, et avec tous leurs tatouages et leurs piercings, ils étaient plutôt intimidants. Everly ne serait pas seule dans cette épreuve, et si jamais il semblait y avoir un problème, ils appelleraient aussitôt les avocats des Montgomery. C'était ce qu'on faisait pour la famille.

Une fois de plus, il fit taire ses pensées qui avaient pris une drôle de direction et se concentra sur Everly qui racontait à tout le monde ce qu'il s'était passé.

— Vous n'avez rien vu qui sorte de l'ordinaire ? Senti quoi que ce soit ?

Everly secoua la tête.

— Rien. Je ne sais pas ce qu'il s'est passé.

Cette fois, une larme coula sur sa joue, et Storm poussa un juron.

— Elle vous a déjà tout raconté. Elle a besoin de repos.

Un des flics le fusilla du regard, mais Storm ne se laissa pas démonter. Il n'était pas d'humeur.

— On ne peut pas rentrer pour le moment, mais de ce qu'on peut voir de l'extérieur, on dirait qu'on a utilisé un accélérateur et que les alarmes à incendie ont été coupées. J'ai besoin de tout savoir.

Everly poussa un sanglot choqué.

— Quoi ?

Tout le corps de Storm se figea. Il était parti du principe que c'était un court-circuit ou un accident. Le bâtiment n'était pas neuf, et il n'avait jamais été regarder le circuit électrique de près pour s'assurer que tout était impec. Il aurait dû, bon sang. Mais si c'était un incendie criminel, ça n'aurait fait aucune différence.

— Vous avez une idée de qui aurait pu faire ça ?

Elle secoua la tête.

— Un pyromane ? Comment... comment c'est possible ? Les alarmes ?

Elle regarda Storm, les yeux écarquillés et légèrement troubles. Les pompiers lui posèrent encore quelques questions, mais Storm avait conscience qu'ils ne faisaient que demander au hasard pour le moment. Personne n'avait la moindre idée de ce qu'il se passait, et il fallait qu'il ramène Everly chez elle.

Il regarda Austin qui lui fit un signe de tête. Il avait un soutien au cas où personne ne l'écoute. Ça faisait du bien d'avoir sa famille avec soi, et en cet instant, Everly en faisait partie, car elle n'avait personne d'autre.

— Il faut qu'elle se mette au chaud à l'intérieur.

À peine eut-il prononcé ces mots qu'un coup de tonnerre retentit au-dessus d'eux, et il retint un autre juron.

— Ça va se mettre à flotter ici, et je ne veux pas qu'elle reste là-dessous.

— Je sais parler toute seule, dit Everly doucement.

Elle s'exprimait sans émotion. Il savait qu'elle était sous le choc et qu'il fallait qu'il la ramène chez elle.

Le capitaine des pompiers regarda le ciel avant de pousser un soupir.

— Je reprendrai bientôt contact.

Il fronça les sourcils.

— On va devoir mener une enquête, alors vous ne pourrez pas entrer dans le bâtiment jusqu'à ce qu'on vous en donne l'autorisation. Je suis désolé que vous ayez à vivre ça, mais je vais faire tout mon possible pour découvrir *pourquoi* c'est arrivé.

Même si ça ne ressemblait pas à une menace, Storm ne put s'empêcher de se sentir un peu inquiet.

— M... merci, dit Everly à voix basse. Je... ma librairie.

Elle avait murmuré les deux derniers mots, et Storm eut envie de mettre un coup de poing dans quelque chose. Ce n'était pas lui le violent de la famille, si tant est qu'il y en ait vraiment eu un de violent, et il essayait de s'exprimer avec des mots ou des silences significatifs plutôt qu'avec ses poings. Pourtant, en cet instant, il aurait voulu pouvoir frapper quelqu'un. La personne qui avait mis cette expression dans les yeux d'Everly.

Elle était la personne la plus forte qu'il connaissait. Tellement forte qu'elle le repoussait à chaque fois qu'il essayait de l'aider. Et pourtant, elle avait l'air si fragile en cet instant. Fragile et sans défense.

Il était hors de question qu'il la laisse comme ça parce que quelqu'un avait osé lui voler une partie de ce qui faisait son bonheur.

Les autorités prirent ses coordonnées, et elle récupéra leurs cartes. Comme Storm avait toujours son sac en bandoulière, il fourra les cartes avec ce qu'elle avait réussi à sauver de la boutique avant de le refermer.

— Je te ramène chez toi, dit-il au bout d'un moment. Je ne veux pas que tu prennes le volant comme ça.

Elle poussa un long soupir, et il fut soulagé de ne pas l'entendre tousser.

— Et ma voiture ?

Storm regarda derrière elle le bâtiment qui fumait toujours alors que les premières gouttes commençaient à tomber.

— Tu es garée derrière, je suppose, alors tu es bloquée par les véhicules d'urgence. On récupérera ta voiture demain. Promis. Mais il pleut déjà, et tu as besoin de t'allonger.

Elle pinça les lèvres avant de se tourner pour regarder Sous la Couverture.

— Je ne sais pas ce que je vais faire.

Storm posa une main sur son épaule, sans savoir quoi dire.

— Tu ne seras pas seule.

Elle regarda par-dessus son épaule, avec dans les yeux une tristesse qu'il ne pouvait nommer.

— Je le suis déjà.

Avec un soupir, elle regarda la fumée alors que la pluie commençait à tomber pour de bon.

— Il faut qu'on y aille, dit-il en lui prenant la main. Viens.

Elle retira sa main de la sienne et se tourna en hochant la tête.

— Merci pour le trajet.

Elle était si polie, mais il n'y avait rien derrière ses paroles. Pas d'émotion. Une fois qu'il l'aurait ramenée chez elle avec ses garçons, peut-être que ça changerait, mais il était perdu, là. Il fit signe aux autres qui retournèrent à Montgomery Ink. Everly ne sembla même pas s'en rendre compte. Elle se contenta de marcher rapidement à côté de lui tandis qu'ils passaient derrière le studio de tatouage où il s'était garé. Il l'aida à monter dans la cabine du pick-up et essaya de boucler sa ceinture pour elle, mais elle lui fit signe d'arrêter.

— Ça va, Storm.

Elle secoua la tête.

— Enfin, non, ça ne va pas, mais je m'en sortirai. Je m'en sors toujours.

Sa voix était si morne, Storm avait envie de secouer quelqu'un, mais il n'y avait rien qu'il puisse faire. Il n'y avait jamais rien qu'il pouvait faire quand les choses commençaient à partir en couille.

— Je peux avoir mon sac ? demanda-t-elle.

Il le fit glisser de son épaule et ignora une fois de plus la brûlure lancinante dans son dos. Il s'était blessé en la soulevant, mais il n'avait pas écouté les signaux d'alarme lui disant de ne pas faire l'idiot avec son corps. Mettre Everly en sécurité était plus important que quelques douleurs.

— Merci, murmura-t-elle.

— Ne me remercie pas, rétorqua-t-il d'une voix bourrue. Je n'ai pas pu faire grand-chose.

Elle croisa son regard.

— Tu as fait tout ce qu'il fallait.

Elle ravala ses larmes et regarda devant elle tandis qu'il refermait la porte du pick-up. Il ne savait pas ce qu'elle voulait dire au juste par-là, mais ils étaient tous les deux trop perturbés pour qu'il le lui demande. Alors il fit ce qu'il savait le mieux faire quand il s'agissait d'Everly et il ignora ce qu'il ressentait. Au lieu de cela, il fit le tour du pick-up pour monter du côté conducteur.

Ils ne parlèrent pas tandis qu'il roulait jusque chez elle, mais elle avait sorti son téléphone de son sac pour appeler les parents de Jackson qui étaient apparemment en train de garder les jumeaux. Les essuie-glaces balayaient le pare-brise à toute vitesse, le déluge avait commencé pour de bon.

Au moins, ça éteindrait les flammes. Et si ça, ce n'était pas une pensée tragique.

Quand ils s'arrêtèrent devant chez elle, personne ne sortit de la maison, pas même sous le porche abrité, pour venir les saluer. S'il s'était rendu chez ses parents ou n'importe lequel de ses frères et sœurs après un incendie, toute la famille aurait accouru sous la pluie pour venir le retrouver à la voiture. Ils n'auraient pas attendu une seconde de plus que nécessaire pour vérifier qu'il était sain et sauf.

Mais personne ne vint à la rencontre d'Everly.

Elle avait sorti ses clés de son sac avant de descendre de voiture, alors elle ouvrit sans difficulté la porte toute seule, mais Storm se tenait derrière elle.

— Maman ! cria James en courant vers elle.

Nathan était sur ses talons. Everly laissa tomber son sac par terre et s'effondra à genoux en serrant ses enfants contre son cœur. Ils la lâchèrent un moment pour faire un câlin à Storm aussi avant de retourner vers leur mère. Il aimait ces deux enfants comme si c'était les siens, même si la plupart du temps, il se sentait perdu pour les gérer. Il releva la tête et vit les beaux-parents d'Everly qui le fusillaient du regard.

Storm fourra ses mains dans ses poches et sentit la gêne monter en lui tandis qu'il regardait Nancy et Peter. Les parents de Jackson se tenaient avec raideur à quelques mètres de là, leur dédain clairement affiché. Il n'avait jamais compris pourquoi Everly leur passait tant de choses, mais il supposait que c'était à cause de Jackson. Ses parents n'avaient jamais approuvé leur union et s'étaient toujours montrés un peu froids avec Everly. Bon sang, ils n'appréciaient pas non plus Storm, qu'ils voyaient comme un prolétaire avec un master, plutôt que comme un intellectuel à la hauteur de leur fils. Mais du vivant de Jackson, ils avaient été nettement plus sympathiques avec Ev. Storm s'en souvenait. À la mort de leur fils, ils l'avaient placé sur un piédestal dont personne n'aurait pu le faire descendre, ignorant complètement ses défauts et ses erreurs. Et dans le processus, ils s'étaient mis à asticoter leur belle-fille. Puisque leur fils avait été parfait, alors Everly aurait dû l'être elle aussi.

Et cette froideur n'était que plus apparente comparée à l'attitude qu'on aurait pu attendre alors qu'ils venaient d'apprendre qu'Everly venait non seulement de perdre son magasin, mais avait failli y laisser la vie.

Si elle n'avait pas quitté le bâtiment au moment où elle l'avait fait...

Non, il ne fallait pas qu'il pense à ça s'il voulait rester sain d'esprit.

Everly embrassa les garçons une fois de plus avant de se redresser.

— Merci de les avoir gardés un peu plus tard que ce qui était prévu.

— Ce sont nos petits-fils, fut la seule réponse de Nancy.

Elle ne demanda pas comment allait Everly. Elle ne fit pas de commentaire sur la présence de Storm. C'était tellement... bizarre.

Everly posa les mains sur le dessus de la tête de ses garçons et releva le menton. Elle avait toujours une trace de suie sur la joue, elle était décoiffée, et Storm savait qu'elle avait besoin de s'asseoir. Bon sang, *lui* avait besoin de s'asseoir rapidement s'il ne voulait pas se bloquer le dos.

— Merci.

Les parents de Jackson leur adressèrent un dernier regard avant de rassembler leurs affaires et de partir. Ils dirent au revoir aux garçons, mais ne s'embêtèrent pas à adresser la parole à Storm et n'ajoutèrent rien à l'intention d'Everly. Storm comprenait qu'ils étaient toujours en deuil de leur fils unique, mais il avait à peine reconnu ces gens.

— Mamie a fait des 'pagettis, dit Nathan avec un sourire. C'était pas mal.

Everly eut un sourire triste et passa la main dans ses cheveux clairs.

— Je suis contente que tu aies mangé, mon grand.

Storm se racla la gorge, et tout le monde le regarda.

— Et si tu filais sous la douche, Ev ? Je reste avec les garçons pendant que tu te laves.

Il lança un regard appuyé à ses vêtements noircis, et elle poussa un soupir. Ils n'en avaient pas parlé, mais comme les garçons n'avaient pas eu l'air inquiets du tout et qu'il avait entendu sa conversation avec Nancy au téléphone, il supposait qu'Everly ne voulait pas parler de l'incendie aux enfants pour le moment, et c'était quelque chose qu'il approuvait. Mais les enfants étaient observateurs, même aussi jeunes que les jumeaux, et ils comprendraient vite que quelque chose n'allait pas si Everly et lui ne faisaient pas attention.

— Oh, dit-elle au bout d'un moment avant de baisser les yeux vers ses vêtements à nouveau. Je... tu n'es pas obligé de rester, Storm.

Il attendit qu'elle relève la tête vers lui et croise son regard.

— Si, je t'assure.

— Oh, eh bien, merci.

Elle se racla la gorge.

— Il faut que les garçons se mettent en pyjama et se préparent pour aller se coucher. Le bain, ça sera pour demain.

— Je m'en occupe. Va prendre une douche, Ev.

Il parlait avec gentillesse, mais ça n'en restait pas moins un ordre. Elle lui jeta un regard significatif, mais partit quand même dans la salle de bain tandis qu'il s'occupait des garçons. Ils étaient tout contents que Storm soit là, alors ça prit un peu plus de temps que d'habitude pour les mettre en pyjama, car ils avaient envie de courir dans la pièce avec le bas de pyjama sur la tête. Malgré les événements de la soirée, Storm rit avec eux tandis qu'il les aidait à se préparer.

Quand Everly revint avec un jogging, un débardeur et une robe de chambre, les garçons étaient en pyjama, s'étaient brossé les dents et attendaient qu'on leur lise une histoire.

— Merci, Storm, dit-elle doucement.

Il hocha la tête et embrassa les garçons sur le dessus du crâne avant de partir dans la cuisine. Everly avait probablement envie d'être un peu seule avec ses enfants, après ce qu'il s'était passé, et il ne pouvait pas le lui reprocher.

Au lieu de rentrer chez lui comme il aurait sans doute dû, il passa dans la cuisine, sortit deux tasses et un paquet de cacao qu'elle avait là pour les enfants. À cette heure-ci, il savait qu'Everly préférerait un chocolat avec des marshmallows plutôt qu'un café, et il avait envie qu'elle prenne une boisson chaude avant qu'il parte.

Quand elle arriva dans la cuisine, deux tasses de chocolat fumantes étaient posées sur le plan de travail, et il avait mis une boîte de soupe à la tomate dans une casserole. Le mélange semblait ignoble, mais c'était la seule soupe qu'il avait trouvée sans pâtes avec des formes rigolotes dedans.

— Tu n'étais pas obligé de faire tout ça, dit Everly, les bras serrés autour de sa taille.

— Je sais, mais j'avais envie de le faire.

Il ne savait pas quoi dire d'autre, alors il lui tendit une tasse.

— Merci.

Elle prit le chocolat chaud et referma ses mains autour de la porcelaine brûlante.

— Je crois que je n'ai pas encore vraiment percuté.

— Tu n'as pas besoin de le faire maintenant. Ce qu'il te faut, c'est te réchauffer et dormir. Tu pourras réfléchir à tout ça et voir quoi faire demain.

Il poussa un soupir.

— Je suis tellement désolé, Ev.

Elle croisa son regard, et ses yeux se remplirent de larmes.

— Je déteste pleurer. Je *déteste* ça. Et pourtant, on dirait que c'est la seule chose que je sais faire, en ce moment.

Storm poussa un juron. Il posa sa tasse et retira celle qu'Everly tenait. Il prit son visage entre ses mains.

— Ta librairie a été rasée par un incendie, et il semble que ce soit criminel. Pleure, Everly. Vas-y. Tu en as le droit.

Elle serra les lèvres, et une larme solitaire coula sur sa joue. Il la sécha de son pouce, et elle écarquilla les yeux. Elle recula d'un pas, et il comprit que c'était mieux comme ça.

Avant qu'il puisse dire quoi que ce soit d'autre, elle fronça les sourcils et prit son sac là où elle l'avait posé sur la table de la cuisine.

— J'ai reçu une lettre.

Il se figea.

— Une lettre ?

Elle tira un morceau de papier froissé de son sac.

— Je ne sais pas si j'ai pris l'enveloppe, j'ai ramassé ce que j'ai pu en panique avant de sortir, mais c'est arrivé aujourd'hui. C'était adressé à Jackson, alors je ne pense pas que ce soit lié à tout ça, mais ça reste bizarre.

Elle la tendit à Storm, et il fronça les sourcils.

J'attends toujours.

— Ah. Tu devrais montrer ça aux flics, juste au cas où.

Everly poussa un soupir.

— Je ne sais pas ce que je vais faire.

Il reposa la lettre sur la table et l'attira vers lui.

— Tu as le temps avant de décider quoi que ce soit. Mais je ne te laisserai pas toute seule.

Il s'était promis qu'il serait toujours là pour elle, et pourtant ça n'avait pas suffi. Il ne lui suffisait toujours pas.

Elle enroula ses bras autour de sa taille, et il fit courir sa main de haut en bas dans son dos, dans un geste destiné à les apaiser, autant elle que lui. Quand ils se séparèrent quelques instants plus tard, leurs visages n'étaient qu'à quelques centimètres l'un de l'autre.

Presque comme si quelqu'un d'autre avait pris les commandes, comme s'il n'était pas conscient des conséquences, il abaissa la tête et effleura sa bouche de la sienne. Elle se figea une fraction de seconde avant d'appuyer ses lèvres contre les siennes. Ce contact était une douce agonie qu'il ne fut pas capable de comprendre jusqu'à ce qu'il soit trop tard.

Quand sa langue glissa sur l'ourlet des lèvres d'Everly, elle les entrouvrit pour lui, et leurs souffles se mêlèrent, leurs corps collés l'un à l'autre. Il faillit approfondir le baiser avant de se rendre compte de ce qu'il était en train de faire, et il se retira en tremblant.

— Putain. Je suis désolé, Ev. Je suis vraiment désolé.

Elle cligna des yeux en le regardant, visiblement perdue.

Il ne la laissa pas parler et ne s'autorisa pas à ouvrir la bouche non plus. Au lieu de cela, il passa devant elle en essayant de reprendre le contrôle de lui-même tandis qu'il fuyait sa maison.

Il avait embrassé la femme de son meilleur ami.

La femme de son meilleur ami *décédé*.

Il n'y avait pas de cercle de l'enfer suffisamment sévère pour le punir. Il y brûlerait et il le mériterait. Et pourtant... et pourtant il savait qu'il n'oublierait jamais la douceur de ses lèvres, le goût sur sa langue.

Oui, il était bon pour brûler en enfer.

CHAPITRE SEPT

EVERLY AGRIPPA son téléphone en vérifiant l'heure une fois de plus. Cela faisait plus d'une heure que l'infirmière était venue les voir dans la salle d'attente, et elle était sur le point de péter un câble.

C'était une sensation qui était devenue une habitude, au cours des trois derniers jours.

Depuis l'incendie qui avait ravagé sa librairie, trois jours auparavant, elle en avait fait le récit d'innombrables fois, elle avait parlé à une douzaine de professionnels de ce qu'elle pouvait faire, et désormais, il n'y avait rien d'autre à faire qu'attendre de voir quelle serait la prochaine étape. Elle n'avait pas pu rentrer voir ce qu'il restait de son commerce, mais elle *savait* que le feu n'avait pas pris par hasard.

Un incendie criminel, avait dit le capitaine des pompiers. Criminel. Heureusement, ils ne pensaient pas que c'était elle, ou elle aurait été dans un état encore plus catastrophique. Ils attendaient toujours le compte-rendu, et elle n'avait toujours pas de travail, mais il valait mieux qu'elle n'y pense pas pour le moment.

Parce qu'aujourd'hui, il ne s'agissait pas d'elle ou de la librairie.

Il s'agissait de James.

Son petit garçon était en train d'être opéré, et elle ne pouvait pas l'accompagner. Elle ne pouvait qu'attendre dans cette salle aux canapés mal rembourrés et aux chaises rigides. Mais heureusement, elle n'était pas seule. Ses beaux-parents étaient assis sur la banquette en face d'elle, Peter un livre à la main, et Nancy une expression sévère sur le visage. Et c'était à cause de moments tels que ceux-ci qu'Everly n'avait jamais essayé de faire sortir les parents de Jackson de sa vie. Ils lui donnaient peut-être parfois l'impression de ne pas être à la hauteur de leurs attentes ou d'être une mauvaise mère, mais ils aimaient leurs petits-enfants de tout leur cœur.

Ils n'étaient pas les seuls à être venus, cela dit. Storm était assis sur une chaise à côté d'elle, Nathan endormi sur ses genoux. Elle ne savait pas s'il viendrait puisqu'ils ne s'étaient pas parlé depuis l'*incident* dans sa cuisine l'autre soir. Mais il était au courant de l'heure de l'opération, et il était arrivé avec du café et des bonbons et s'était occupé de tenir Nathan occupé à peu près tout du long depuis qu'ils étaient là. Il n'avait échangé que quelques mots avec Everly, et elle en était plutôt reconnaissante. Ce n'était ni le lieu ni le moment, et puis de toute façon, elle n'avait pas la moindre idée de ce qu'elle dirait.

Même les parents de Storm étaient venus, et elle avait failli pleurer. Marie et Harry Montgomery étaient les personnes les plus géniales au monde. Ils avaient aussi passé bien trop de temps dans cet hôpital à cause des problèmes de leurs enfants, mais elle était honorée qu'ils soient venus. Les parents Montgomery étaient partis à la cafétéria pour ramener du café à tout le monde quelques minutes auparavant, et leur présence lui manquait. Ils tenaient les parents de Jackson à distance, et désormais, il n'y avait plus de barrière.

— Jackson n'aurait jamais laissé ça se produire, intervint soudain Nancy.

Everly se figea.

— Pardon ?

— La librairie. Il ne t'aurait pas laissée garder cette boutique aussi longtemps avec les enfants à la maison. S'il avait été là, tu ne l'aurais pas laissée se faire incendier. Maintenant, tu n'as plus de quoi faire vivre ses enfants, et tu es bien trop stressée pour t'occuper correctement des garçons.

Everly avait dû mal à en croire ses oreilles. De toutes les drôles d'idées que Nancy se mettait dans la tête, celle-ci dépassait vraiment tout ce qu'elle aurait pu imaginer.

— Nancy, gronda Storm. C'est ridicule, et vous le savez.

Il parlait à voix basse tout en caressant le dos de Nathan pour qu'il continue à dormir. Et même si Everly en était reconnaissante, elle n'avait *pas* besoin qu'il la défende.

— Je me débrouille, Storm, dit-il d'une voix basse et calme.

Elle se leva et marcha jusqu'à Nancy en se penchant pour que l'autre puisse l'entendre alors qu'elle murmurait :

— Je sais que vous avez mal. Je sais que vous avez peur. Moi aussi. Mais...

Elle ne put finir, car la porte s'ouvrit à cet instant, et le médecin de James rentra, le visage tranquille. Everly tourna des talons et se dirigea aussitôt vers lui.

— Comment va James ?

— Très bien, dit doucement le médecin.

Les parents de Jackson ainsi que ceux de Storm l'entourèrent, et elle vit du coin de l'œil Storm se lever, Nathan toujours endormi dans ses bras. Il le berçait tout en se levant.

— L'opération s'est bien passée, et il est en salle de réveil. Nous le ramènerons dans sa chambre d'ici un moment, mais vous pouvez venir avec moi maintenant pour qu'on parle. Il se réveille lentement de l'anesthésie, mais il est toujours un peu vaseux, et il restera somnolent encore quelques heures. Il vous a réclamée, ainsi qu'un certain Storm, cela dit. Je ne savais pas trop s'il s'agissait d'un prénom, d'une peluche ou quelque chose comme ça. On va pouvoir parler des détails de l'opération et du processus de guérison en marchant. Est-ce qu'il y a un Storm par ici ? demanda-t-il avec un sourire agréable.

Everly se raidit et refusa de regarder derrière elle afin de pouvoir rassembler ses pensées. Nancy souffla à côté d'elle, mais Everly n'était pas d'humeur à s'occuper d'elle et de son sale caractère.

— Je suis Storm, énonça le concerné. Ev, ça te va si je viens avec toi ? Juste pour qu'il arrive à se rendormir, si c'est ça qu'il lui faut.

Elle se tourna enfin et hocha la tête.

— Je crois que ça lui fera plaisir, même s'il est vraiment sonné.

Storm acquiesça et, au lieu de reposer Nathan sur le canapé, il le passa à Marie qui se mit à roucouler en berçant le petit garçon. Elle avait l'air de passer ses journées à porter des enfants de trois ans, comme si ce n'était pas du tout fatigant. Et vu le nombre de Montgomery qu'il y avait, c'était peut-être bien le cas.

Everly continua à ignorer les parents de Jackson, toujours blessée et agacée par la déclaration de Nancy, et elle suivit le médecin hors de la salle, Storm à ses côtés. Elle avait les nerfs à vif, mais quand il prit sa main dans la sienne, elle entrelaça ses doigts aux siens et se calma un tout petit peu. Elle ne voulait même pas réfléchir à ce que ça voulait dire et, au lieu de cela, elle se concentra sur ce que le médecin disait. Tout s'était bien passé pendant l'opération, et l'implant avait été posé. Ils auraient encore de nombreuses difficultés à surmonter, mais le plus dur était fait. Elle avait envie de fondre en larmes de soulagement, mais elle se retint. Elle avait passé bien trop de temps à pleurer, ces derniers temps, et elle ne pouvait pas se concentrer sur ses enfants si elle sanglotait en permanence.

Le fait que, tout du long, elle avait tenu la main de Storm ne lui échappa pas. Mais c'était surtout le fait que ça l'apaisait qui l'inquiétait.

Quand ils arrivèrent dans la chambre de James, il avait l'air si petit dans le lit, avec tous ces câbles qui partaient de son corps. Ils lui avaient entièrement rasé le crâne plutôt que seulement un côté, car il trouvait que ça ferait cool. Nathan aussi voulait qu'on lui rase le crâne, mais Everly avait des limites et elle l'avait convaincu de ne pas le faire.

Moins d'un mois auparavant, c'était Nathan qui s'était trouvé dans un lit d'hôpital, silencieux et immobile, et voilà qu'elle était de nouveau là, en train de regarder un de ses petits souffrir.

Y avait-il une limite à ce que son âme était capable de supporter ?

— Vous pouvez rester aussi longtemps que vous le désirez, dit doucement le médecin. On peut apporter un lit de camp dans cette partie de l'hôpital si vous le souhaitez.

Elle hocha la tête, la gorge trop serrée pour parler.

— Merci, dit doucement Storm. Nous vous en sommes reconnaissants.

Le médecin sortit, et Everly marcha jusqu'au chevet de James. Une perfusion passait dans sa main, alors elle attrapa son petit poignet en retenant ses larmes. Ça n'était pas sa première opération, mais ce n'était pas pour autant que c'était facile. Et elle ne voulait certainement pas que voir ses enfants souffrir devienne une routine pour elle.

— Salut, mon grand, dit Storm à voix basse quand James entrouvrit les paupières.

James sourit, mais ne répondit pas. Everly supposa qu'il

n'était pas vraiment réveillé et ne se souviendrait pas de ça, mais elle lui parla quand même, comme Storm l'avait fait.

— Tu es tellement courageux, dit-elle doucement. Je t'aime, mon chéri.

Storm et elle lui parlèrent encore quelques minutes avant qu'il se rendorme. Sa poitrine se soulevait et retombait à un rythme régulier. Everly poussa un soupir tremblant et se leva, éprouvant le besoin de rassembler ses pensées.

Storm la suivit vers la salle d'attente et resta à côté d'elle, comme un protecteur silencieux. Ils s'arrêtèrent au milieu du couloir avant d'arriver, comme s'ils avaient tous les deux besoin d'un moment pour se reprendre avant de voir les autres.

— Merci, dit-elle après quelques instants. Je sais que je dis souvent, en ce moment, mais merci.

— Ce sont les enfants de Jackson, Ev. C'est normal que je m'occupe d'eux.

Elle refusa de se sentir blessée par cette déclaration, mais avant qu'elle puisse dire quoi que ce soit, il marmonna un juron.

— C'est un mensonge. Je ne suis pas là à cause de Jackson. Enfin, en partie, mais pas totalement. J'aime ces gamins, Ev. Et je suis là pour toi aussi.

Il poussa un soupir.

— Je ne sais pas trop ce que c'est censé vouloir dire, mais je suis toujours là.

Il tendit la main pour toucher son visage, mais s'arrêta avant et laissa retomber son bras.

Elle ne savait pas ce qu'il se passait, mais elle comprit que quelque chose avait changé.

Le téléphone de Storm retentit à cet instant, et l'infirmière qui se tenait derrière le bureau les fusilla du regard.

— Merci d'aller dans la salle d'attente pour ça. Pas de téléphone ici.

Everly fronça les sourcils alors que le visage de Storm se fermait. Il coupa le son, et ses épaules révélèrent une tension nouvelle.

— Il faut que j'y aille, de toute façon, annonça-t-il au bout d'un moment d'une voix bourrue. Dis au petit que je reviens.

— Qu'est-ce qu'il se passe ?

Son attitude avait changé en un clin d'œil, et elle n'arrivait pas à suivre.

— Il faut que j'y aille. Je suis content que l'opération soit terminée et, bon sang, je suis content de l'avoir vu réveillé, même pour seulement quelques minutes. Est-ce que tu veux que je dise à Nancy et Peter de te rejoindre ? Je suis sûr que mes parents peuvent surveiller Nathan, comme ça vous pourrez être avec lui tous les trois. Tu m'as dit que c'étaient ses grands-parents qui gardaient Nathan ce soir, alors vous avez sûrement besoin de parler.

Il radotait, et elle ne comprenait pas pourquoi. Elle ne comprenait pas grand-chose, ces temps-ci.

— Je... oui, envoie-les-moi.

Elle s'interrompit, soudain inquiète.

— Qu'est-ce qui ne va pas, Storm ?

Il serra les dents.

— Rien de neuf. Il faut simplement que j'y aille.

Là-dessus, il se détourna et la laissa toute seule comme une idiote au milieu du couloir, perdue, un peu blessée, et consciente qu'il fallait qu'elle mette tout ça de côté car ses enfants passaient en premier.

Ils auraient toujours la priorité. Elle était une mère en premier et n'était Everly qu'en deuxième.

C'était la seule manière qu'elle connaissait d'exister, et la seule qu'elle devrait connaître.

CHAPITRE HUIT

— ÇA VA OÙ, ça ? demanda Storm.

Même la boîte légère qu'il tenait était presque trop lourde, après tout ce qu'il avait porté aujourd'hui. Il s'était juré qu'il ne soulèverait rien de plus lourd qu'un stylo d'ici la semaine prochaine, suite à tout ce qu'il s'était imposé ces derniers temps.

— Là-bas, dans le salon, dit Clay avec une grimace. Attends. Non, dans la salle à manger.

Le jeune se passa une main dans les cheveux et lui adressa un sourire gêné.

— J'arrête pas d'oublier comment il faut appeler les pièces ici. Je n'ai jamais vécu dans un truc aussi grand, tu vois ?

Storm se contenta de secouer la tête avec un sourire.

— Mais tu as bien mérité tout cet espace, gamin. Alors appelle les pièces comme tu veux, du moment que tu ne changes pas le nom sans arrêt.

Clay leva les yeux au ciel et souleva un carton bien plus lourd. Il avait presque quinze ans de moins que Storm et n'avait pas de problème de dos, alors il pouvait bien jouer les gros bras.

— Tu sais, j'ai vingt-quatre ans, maintenant. Je ne suis plus vraiment un gamin.

Storm posa le carton avec les autres et se frotta les reins.

— Je vais vers les quarante, Clay. Je pense que tu seras toujours un gamin pour moi.

Le jeune eut un reniflement plein de dérision.

— Très bien, ô grand sage. Si tu le dis. Tu veux faire une pause ? Tu dois avoir le dos en compote avec tout ce qu'on a trimballé.

Storm secoua la tête.

— Ça va.

— Mais...

— Finissons-en, le coupa Storm, pas d'humeur à ressasser le passé.

Bien sûr, c'était inévitable, car c'était ce qu'ils faisaient à chaque fois. La seule raison pour laquelle il se trouvait là à donner un coup de main à Clay dans sa nouvelle maison, c'était parce que leurs destins s'étaient croisés par une nuit tragique il y avait vingt ans de cela.

Putain, est-ce que ça faisait vraiment vingt ans ?

Deux décennies de secrets, de douleur et de cauchemars. Et pourtant, il était certain que ce n'était pas près de s'arrêter. Clay serait toujours en périphérie de la vie de Storm. Un symbole de tout ce qui avait été perdu. Un souvenir de sa pénitence.

Cela faisait deux décennies que Storm aidait Clay et les grands-parents du gamin. Leur lien s'était formé par une nuit pluvieuse durant laquelle le monde avait basculé dans l'enfer dans un fracas de métal... un souvenir qui lui causait toujours des insomnies.

Clay poussa un soupir.

— Très bien, mon vieux. Mais alors, tu t'assois et tu m'aides à défaire les cartons plutôt que de continuer à les trimballer comme ça. Ça fait déjà deux bonnes heures qu'on y est. Je ne pensais pas que tu m'aiderais aussi longtemps.

Storm haussa les épaules.

— Tu emménages dans ta première maison. Tu es propriétaire à seulement vingt-quatre ans. Je suis fier de toi et j'ai envie de m'assurer que tu as tout ce qu'il te faut.

Clay sourit, ce qui lui donna davantage l'air d'un gamin que de l'homme qu'il était devenu.

— Je suis juste content que le prêt ait été accepté. Ça me serait revenu plus cher de louer que de rembourser l'hypothèque.

Storm hocha la tête.

— Le marché immobilier, en ce moment, c'est n'importe quoi, c'est sûr. On fait plus de rénovations que de neuf. Mais j'ai le sentiment que ça devrait changer bientôt. C'est cyclique, ces trucs-là.

Clay saisit un autre carton.

— Tu aimes faire des rénovations ? Je sais que tu es l'architecte de la boîte. Tu ne préfères pas construire quelque chose à partir de rien ?

— Pas forcément.

Ils posèrent tous les deux leurs cartons dans la cuisine avant de passer dans le salon où ils s'assirent sur le canapé. Le dos de Storm l'en remercia, et il poussa un lent soupir avant d'ouvrir le dessus du carton pour commencer à faire des piles pour Clay.

— C'est-à-dire ? insista celui-ci en s'occupant de son propre carton.

Il réfléchit à sa réponse vu qu'il n'y avait pas vraiment pensé jusqu'à maintenant. Il aimait simplement ce qu'il faisait, même si ça le stressait la plupart du temps. Enfin, c'était peut-être dû au fait de travailler avec sa famille en permanence.

— Ce sont des choses qui font appel à des facettes différentes de ma créativité, je suppose. L'intérêt, ce n'est pas toujours de faire quelque chose de nouveau. Des fois, ça me plaît davantage de voir ce que je peux faire à partir de quelque chose qui existe déjà. Le temps laisse des traces sur les maisons et les immeubles, même si on fait tout ce qu'on peut pour s'assurer qu'il ne les affecte pas trop. J'aime partir de ce qui existe déjà et voir comment je peux le transformer pour répondre aux besoins d'aujourd'hui. Il y a quelque chose d'intéressant dans un design et une infrastructure qui ne se contentent pas de faire appel au passé mais se fondent aussi dans la modernité qui nous entoure. Tout est question de fonctions et d'applications.

Clay le regardait avec un grand sourire.

— Quoi ?

L'autre haussa les épaules.

— On dirait que tu aimes ton travail et que tu crois en ce que tu fais. C'est quelque chose que j'ai toujours admiré.

Gêné, Storm balaya ça de la main.

— Et c'est pour ça que tu as décidé de te lancer dans les mathématiques appliquées plutôt que dans l'architecture ? Tu ne comptes pas suivre mes traces ?

— Eh bien, je rêvais d'être ingénieur en aérospatial, alors j'ai trouvé quelque chose qui me convient. J'aime observer quelque chose en train d'être construit, mais je suis plus doué pour comprendre *pourquoi* ça fonctionne, plutôt que de le faire fonctionner moi-même. Mon père était soudeur, tu sais. Il était comme toi, doué de ses mains *et* de son cerveau.

Clay lui fit un petit sourire triste.

— Moi, j'ai tendance à me couper avec des ciseaux pour enfants.

Storm s'était raidi à la mention du père de Clay, et il se força à se détendre. La mention du fantôme entre eux avait toujours cet effet sur lui. Ils avaient parlé de lui de nombreuses fois, tous les deux, ça faisait partie de la thérapie, mais ça ne voulait pas dire pour autant que c'était devenu facile pour Storm d'entendre un souvenir de ce genre évoqué comme ça dans la conversation.

Le fait que Clay était capable de parler de son père avec une telle aisance, cependant, lui permit de se calmer. Il y aurait toujours cette douleur tacite entre eux, mais savoir que Clay pouvait se souvenir de son père en souriant prouvait à Storm qu'il avait guéri, qu'il avait grandi.

Storm n'était pas sûr de pouvoir en faire autant, même si les autres pensaient qu'il aurait dû. Ce n'était pas comme s'il méritait de ne *plus* ressentir cette culpabilité et cette douleur. Il avait brisé des vies au cours de cette nuit de métal hurlant et de cris humains. Il n'aurait pas dû être autorisé à mettre ça derrière lui comme Clay l'avait fait. Le gamin méritait de trouver la paix. Mais pas Storm.

Clay sembla remarquer le manque de réaction de Storm, et il se racla la gorge.

— C'est dommage que tu n'aies pas amené Randy. J'aime bien quand tu viens avec le chien que tu dresses.

Reconnaissant de ce changement de sujet, Storm sourit :

— Il est un peu trop petit pour se balader dans la maison avec tous ces cartons et ces trucs qu'on déplace. Par ailleurs, je vais garder Randy. Je ne le dresse pas pour un autre patient ou une famille.

Le regard de Clay s'éclaira.

— Vraiment ? Ça fait longtemps que tu n'as pas eu de chien à toi.

Storm haussa les épaules et passa à un autre carton.

— Je me suis dit que c'était le moment.

Après quelques secondes de silence, Clay reprit la parole d'une voix douce :

— Les cauchemars sont revenus, alors ?

Storm inspira lentement. Il ne partageait pas tous ses

secrets avec Clay, mais il discutait librement avec lui de tout ce qui concernait ce qui les avait rapprochés. C'était ce qu'il avait décidé quand il s'était présenté pour la première fois afin de s'assurer que le petit Clay de quatre ans avait tout ce qu'il lui fallait.

— De temps en temps. J'ai essayé les médocs un moment avec l'aval de mon psy, mais ça n'a rien changé.

— Avoir un chien à toi pourrait t'aider, tu penses ?

— Peut-être.

Il déglutit.

— Et si ce n'est pas le cas, ce clebs est adorable, avec ses grosses papattes trop grandes pour lui. Pareil pour les oreilles. Il me fait sourire, et c'est déjà quelque chose.

— Tu as une photo ? demanda Clay.

Storm sortit son téléphone de sa poche et fit défiler les photos jusqu'à ce qu'il en trouve une de Randy assis sur son derrière, la tête penchée de côté avec les oreilles qui pendaient de travers. Il avait la gueule ouverte, et sa langue en dépassait. Il était vraiment trop adorable, et ça voulait dire que c'était ultra difficile de le dresser pour en faire un chien d'assistance.

Storm retira le papier bulle du carton qui se trouvait devant lui et fronça les sourcils en voyant une photo posée au-dessus d'un cadre. Elle n'était pas dans un cadre comme les autres mais mise n'importe comment dans le carton. Ce n'est pas à cause de cela qu'il avait froncé les sourcils, mais à cause du visage *très* familier qui le contemplait. Un visage qu'il n'avait pas vu depuis trois ans. Et il y avait des douzaines d'autres photos dans la boîte en dessous. Des douzaines de photos de cette femme et d'un homme que Storm pensait connaître, entourés par des enfants.

Il sentit sa gorge s'assécher alors qu'il sortait la photo du carton d'une main tremblante en essayant de comprendre ce qu'il voyait.

L'homme tenait une femme plus jeune dans ses bras. Ils souriaient tous les deux, et l'homme avait une main posée sur le ventre rond de la femme. Dans n'importe quelle autre situation, ça aurait été une photo de grossesse parfaitement normale.

Pourtant, il n'y avait rien de normal dans le cas présent.

Jackson. C'était le visage de Jackson. Le corps de Jackson. Jackson qui enlaçait une femme enceinte qui n'était *pas* Everly. Qui était cette femme, et pourquoi Clay avait-il une photo de Jackson, ou du moins, d'un homme qui avait *exactement* la même tête que son meilleur ami décédé ?

— Qu'est-ce qui ne va pas, Storm ? On dirait que tu as vu un fantôme.

Sa main se crispa sur la photo, et elle se plia. Il poussa un juron et se força à se détendre.

— On dirait bien, murmura-t-il d'une voix grinçante.

Il tendit la photo vers Clay pour que celui-ci voie ce qu'il tenait.

— C'est qui ?

Clay fronça les sourcils, et son regard s'assombrit.

— Oh. Lui. Tu ne le reconnais pas ? Tu l'avais ramené avec toi, une fois, non ? J'avais totalement oublié. C'est le connard, paix à son âme, qui a fichu ma tante enceinte et l'a laissée tomber. Jackson, ou un truc comme ça.

Un bourdonnement résonna dans les oreilles de Storm, et son pouls accéléra.

— Je... je... je l'avais amené avec moi ?

Clay se passa une main dans les cheveux.

— Oui. Une fois où vous partiez en camping ou je ne sais quoi, et tu avais voulu passer chez nous. C'était il y a un bail, mais ma tante Rachel était chez mes grands-parents et elle avait rencontré Jackson comme ça. Apparemment, le courant est bien passé entre eux.

Clay fit la moue.

— Tu n'es jamais revenu avec lui, et tu n'en parlais jamais, alors je me suis dit que vous n'étiez pas si proches que cela. Et comme rien que de penser à lui, ça m'énerve, je n'en parle pas non plus. Pourquoi ? Qu'est-ce qui ne va pas ?

Storm prit de grandes inspirations en essayant d'analyser ce que Clay était en train de dire. Il essaya de se rappeler quand est-ce qu'il aurait amené Jackson avec lui à Fort Collins et eut un blanc pendant un moment avant de se rappeler un long week-end, une dizaine d'années auparavant. Jackson était déjà avec Everly à l'époque, et Storm sortait avec une certaine Susan. Les deux filles étaient censées venir, mais elles s'étaient retrouvées bloquées par la fac ou leur boulot, si bien que c'était devenu un week-end entre mecs Jackson et lui. Storm en avait profité pour s'arrêter chez Clay pour lui déposer son cadeau d'anniversaire en personne, et comme Jackson était l'un des rares à savoir *pourquoi* Storm fréquentait Clay, il l'avait amené avec lui.

Il y avait eu une femme dans la maison, ce jour-là, se rappela-t-il. Les grands-parents de Clay et sa tante étaient là pour fêter son anniversaire avec un peu d'avance. Rachel, sa tante, avait l'âge d'Everly. Elle jeune et jolie, avec des cheveux roux flamboyant et un regard de braise. Il n'y avait pas prêté attention. Jackson sortait avec Everly et il l'avait épousée peu de temps après.

— Est-ce que tu es en train de dire que Jackson est le père de tes cousins, demanda-t-il d'une voix grondante.

Clay fronça les sourcils.

— Vous étiez toujours amis, alors ? Je pensais que ce n'était pas le cas, comme tu ne parlais jamais de ses enfants.

Parce que Storm n'avait pas été au courant qu'il en avait en dehors des jumeaux. Putain de merde.

— Réponds-moi, aboya-t-il.

Clay écarquilla les yeux.

— Je ne sais pas grand-chose, je ne parle pas à Rachel. C'est une connasse.

Il grimaça.

— Désolé. Mais c'est vrai. Elle n'est pas cool et elle ne s'est jamais entendue avec mon père. Mais oui, elle était plus ou moins avec Jackson. Ils n'ont jamais vécu ensemble, mais ils ont eu trois enfants. Le plus jeune a trois ans, il est né environ une semaine avant la mort de Jackson.

Clay s'interrompit.

— Qu'est-ce qu'il se passe, Storm ?

Trois enfants. Jackson avait eu *trois* enfants avec une autre femme. Et tout du long, il sortait avec ou était marié à Everly. Le plus jeune des enfants avait le même âge que les jumeaux. Putain. Storm ne connaissait pas du tout cet homme qu'il avait considéré comme son ami. Il n'arrivait pas à réfléchir et n'avait pas la moindre idée de ce qu'il allait faire, mais il savait que ce n'était pas en restant assis sur le canapé de Clay qu'il ferait quelque chose.

— Il faut que j'y aille.

Clay se leva avec lui.

— Attends, mon vieux. Explique-moi ce qu'il se passe.

Storm secoua la tête mais garda la photo dans sa main.

— Je ne peux pas. Pas tout de suite. Je t'expliquerai tout bientôt. Il faut que je prenne ça, dit-il en désignant la photo.

Clay lui fit signe que c'était bon.

— Prends-la. Je ne m'étais même pas rendu compte que je l'avais. Tu es en état de conduire ?

Il pâlit en prononçant ces mots, et Storm poussa un juron. Il s'avança et serra l'épaule du jeune homme.

— Oui, je suis en état de conduire. Promis. Il faut simplement que j'y aille. Je t'expliquerai tout bientôt.

Mais il fallait qu'il parle à quelqu'un d'autre d'abord.

S'il en était capable.

— Envoie-moi un SMS quand tu seras arrivé, ordonna Clay.

Storm hocha la tête avant de partir. Il avait une heure de conduite devant lui pour réfléchir à ce qu'il ferait, mais il savait qu'il aurait besoin de davantage de temps que ça.

Il prit la direction du sud et fit en sorte de garder son attention sur la route, il n'était pas du genre à laisser ses pensées le distraire pendant qu'il conduisait, il ne l'était plus. Mais même concentré sur sa conduite, il n'arrivait pas vraiment à accepter ce qu'il venait d'apprendre.

Jackson avait une autre famille ? C'était n'importe quoi. Son ami était quelqu'un de bien. Un peu étourdi parfois en ce qui concernait les tâches ménagères ou l'échéance des factures, mais il avait toujours été si concentré sur ses études et ses recherches que Storm le lui pardonnait. Et Everly faisait de même. Elle s'occupait de la maison et des factures. Elle s'était aussi occupée de la plupart des préparatifs pour l'arrivée des jumeaux, même si Storm se rappelait que Jackson avait été très heureux, bien qu'un peu perdu, à l'idée de devenir père.

Storm agrippa le volant avec davantage de poigne. En réalité, il semblait que Jackson avait déjà connu la paternité trois fois au moment où il était mort et que les jumeaux étaient nés. Merde. Le plus jeune de Rachel avait le même âge que les garçons d'Everly.

Comment diable Jackson avait-il trouvé l'énergie de gérer deux familles ?

La bile tapissa la langue de Storm alors que la réponse lui apparaissait.

Les déplacements professionnels. Jackson faisait d'innombrables voyages pour son travail, et même si certains devaient être réels puisqu'il était mort au retour d'un de ces déplacements, il était évident que ce n'était pas le cas pour tous. Il était impensable qu'il ait passé tant de temps hors de Denver et n'en ait pas profité pour se rendre auprès de Rachel. L'idée que Storm était celui qui les avait présentés l'un à l'autre le rendait malade. Il n'avait pas su que cette rencontre bouleverserait à jamais sa réalité, mais aussi celle d'Everly.

Il se gara devant chez lui, le front couvert d'une pellicule de sueur. Il allait devoir le lui dire. Il n'y avait pas moyen de faire autrement. Il allait devoir trouver une façon de lui dire, lui montrer la photo, l'informer de son rôle dans tout cela.

Faire exploser son univers.

Il ne pouvait pas lui mentir, et il était impossible qu'il parvienne à lui cacher un secret aussi énorme, mais il ne savait pas du tout comment faire pour trouver les bons mots. Y avait-il de *bons mots* pour un truc du genre ? Il n'en savait rien. Et tout était si bizarre entre eux depuis leur baiser dans la cuisine. Il ne savait toujours pas quoi faire à ce propos, mais maintenant, cela semblait trivial. Elle ne voudrait plus rien avoir à faire avec lui dès qu'il lui aurait révélé ce qu'il savait. La douleur dans sa poitrine lui signala qu'il ressentait pour elle quelque chose de bien plus fort que ce qu'il osait reconnaître.

Il coupa le moteur et fronça les sourcils en apercevant le pick-up de Wes garé à sa droite. Il s'était tellement concentré pour se garer en essayant d'éviter la migraine qu'il avait loupé le fait que son jumeau se trouvait probablement chez lui en cet instant. Le contraire de ce qu'il lui fallait. Davantage de questions. Davantage de regards. Davantage de raisons pour Wes de le détester parce que Storm ne pouvait pas s'ouvrir à lui.

Mais ce secret ne lui appartenait pas.

Il descendit avec raideur de la cabine. Son dos lui faisait un mal de chien. Il referma la portière avant de progresser avec précaution jusqu'à sa porte d'entrée. Il ouvrit et poussa un soupir.

Wes était allongé au milieu de son salon, les bras tendus, et il lançait une balle en l'air si bien que Randy courait autour de lui et sautait avec maladresse pour la rattraper. Ça n'aurait pas été un problème, normalement, mais le chiot n'arrêtait pas de sauter sur le torse et le ventre de Wes, voire d'autres zones sensibles, pour attraper la balle. Ce n'était pas le genre d'éducation qu'il fallait à Randy, et Wes le savait, ou du moins, Storm pensait qu'il le savait. C'est ce qu'il se passe quand on garde des secrets : on oublie ce que les autres savent.

— Tu fais quoi au juste dans mon salon, à laisser mon chien courir partout ? demanda Storm en laissant tomber sa clé dans le bol prévu à cet effet à côté de la porte.

Wes se redressa et sourit alors que Randy gigotait dans ses bras et lui léchait l'oreille.

— J'avais des trucs à voir avec toi, et comme tu n'étais pas là, j'ai décidé de passer un peu de temps avec mon chouchou.

Il caressa le ventre de Randy, pour le plus grand bonheur de celui-ci.

— Tu aurais pu appeler, dit Storm en s'asseyant sur le canapé.

Il dut faire appel à toute sa volonté pour ne pas montrer la douleur qui émanait de sa colonne vertébrale. Bon sang, il aurait besoin de prendre un long bain, ce soir. Il avait fait n'importe quoi avec son corps, au cours des dernières semaines.

— J'aurais pu mais je voulais te voir, de toute façon. On pourrait dîner ensemble ou quoi.

Wes se leva et posa Randy par terre. Storm tendit la main, et Randy trotta jusqu'à lui avant de s'asseoir sur le tapis pour répondre à son ordre. Il câlina un peu le chien avant que celui-ci retourne jouer avec Wes.

— De quoi tu as besoin de me parler ? demanda Storm en se pinçant l'arête du nez. Je suis crevé. Ça ne peut pas attendre demain ?

Wes souffla visiblement.

— Qu'est-ce qu'il t'arrive, mon vieux ? Tu deviens de plus

en plus grognon, ces temps-ci, et tu t'enfermes dans ta bulle. Qu'est-ce qu'il se passe ?

Storm secoua la tête.

— Rien, mentit-il. Je suis juste crevé et j'ai eu une longue journée.

Et il avait besoin de temps pour examiner les ramifications de ce qu'il avait appris aujourd'hui.

— Il faut qu'on parle de ce projet puisque Tabby part en vacances avec Alex et que Harper a sa lune de miel avec Arianna. J'ai besoin que tu te déplaces sur le chantier. Je ne peux pas m'en occuper tout seul, et il *faut* que Tabby prenne ces vacances parce que ça fait des années qu'elle n'a pas pris de congés.

Ça, c'est bien vrai, pensa Storm. Et elle venait de se fiancer à leur frère, Alex, qui avait lui aussi connu l'enfer. Ils méritaient de pouvoir s'éloigner un peu des autres Montgomery. Il n'avait pas spécialement envie de quitter le bureau et d'accentuer la blessure à son dos, mais il ne pouvait pas en vouloir aux autres de prendre le temps de vivre. Ce n'était pas comme si Storm avait eu une famille, lui.

— Je verrai ce que je peux faire, dit-il enfin.

Wes le fusilla du regard.

— C'est tout ? Tu *verras ce que tu peux faire* ? D'abord, tu embauches ta petite amie, et maintenant, tu me laisses tomber ? Je croyais qu'on était associés, Storm, mais tu fais des secrets. On est jumeaux, tu te rappelles ? Je le vois très bien. Mais apparemment, je ne suis pas digne de ta confiance. Fais juste en sorte de ne pas couler notre boîte et notre famille pendant que tu essaies de déterminer ce qui cloche chez toi.

Le regard de son jumeau s'emplit de douleur, et Storm eut désespérément envie de tout lui raconter. Mais il ne l'avait pas fait vingt ans auparavant à cause de la honte, et il ne pouvait toujours pas le faire ce soir. Pas après ce qu'il venait d'apprendre.

Wes pinça les lèvres devant son silence et poussa un long soupir.

— J'aimerais que tu me parles, Storm. Je suis toujours ton jumeau.

Là-dessus, il sortit et laissa Storm seul avec ses pensées et ses démons.

Il était en train de tout foirer et pourtant, il savait que les choses allaient encore empirer.

C'était toujours comme ça.

CHAPITRE NEUF

EVERLY PASSA la main dans les cheveux de Nathan et se pencha pour l'embrasser sur le front. Elle en avait déjà fait de même avec James, mais elle avait dû faire attention à cause de ses bandages. C'était le premier jour qu'ils étaient de retour chez eux après l'opération, et c'était la sieste. James avait besoin de plus de repos que d'habitude pendant qu'il cicatrisait, et Nathan avait voulu faire la sieste aussi, par solidarité. Ses garçons lui brisaient le cœur, et elle ne les avait jamais aimés autant qu'en cet instant.

Elle fronça les sourcils en sentant son téléphone vibrer dans sa poche. Qui cela pouvait-il être ? Elle regarda l'écran, mais le mot *Inconnu* s'y affichait. Normalement, elle aurait laissé l'appel atterrir sur le répondeur, mais comme elle attendait un appel de sa compagnie d'assurance ainsi que de la police, elle répondit dès qu'elle fut hors de portée d'oreille des garçons.

— Allô ?

Personne ne répondit.

— Allô ? répéta-t-elle.

Il y eut un instant de silence avant que la personne ne raccroche. Elle fronça les sourcils.

C'était bizarre. Avec un soupir, elle remit le téléphone dans sa poche et retourna vaquer à ses occupations. Elle avait une liste de choses à faire longue comme le bras et zéro énergie.

Elle avait mal au dos, et cela faisait des jours qu'elle n'avait pas dormi plus que quelques heures par nuit, mais malheureusement, elle ne pouvait pas se joindre à la sieste des garçons. Elle n'avait tout bonnement pas le temps pour ça. Avec tout le temps passé à l'hôpital, elle avait pris du retard dans les tâches ménagères et le reste de son planning. Sans mentionner que les tests d'audition et la thérapie de James devaient commencer bientôt, et il fallait qu'elle prépare toute la famille pour cela. Ils prenaient aussi des cours de langue des signes en famille parce que même si l'opération de James lui permettrait d'entendre des deux oreilles, elle avait envie que leur éducation soit la plus complète possible et leur donne une compétence supplémentaire en matière de communication.

Bien sûr, il fallait aussi qu'elle s'occupe de la paperasse et qu'elle parle avec le capitaine des pompiers, vu qu'ils ne l'avaient toujours pas laissée entrer à l'intérieur de sa librairie pour voir les dégâts. Un nuage noir planait au-dessus d'elle, et elle savait que si elle se laissait aller à ses inquiétudes, elle risquait de se briser.

Elle posa la main contre son ventre qui se tordait à la pensée de tout ce qu'elle avait perdu. Elle avait vu l'extérieur de Sous la Couverture et savait que pas grand-chose, si tant est qu'il y ait quelque chose, ne pourrait être sauvé. Elle avait passé des années à faire de ce lieu un endroit où elle se sentait bien, un refuge pour ceux qui avaient besoin de livres et de nouveaux mondes, et tout ça avait disparu. Elle n'avait aucune idée de l'identité de la personne qui avait incendié sa librairie, elle ne voyait personne qui pouvait la détester assez pour cela.

Et s'il n'y avait pas eu ce mot adressé à Jackson au courrier, elle aurait pu penser que c'était l'œuvre d'un vandale qui s'en était pris à elle au hasard. Mais désormais, elle n'en était plus si sûre.

On frappa à la porte, et elle grimaça en regardant ses petits en train de dormir. Elle soupira de soulagement en voyant que ça ne les avait pas réveillés. Elle se hâta d'aller répondre pour que la personne ne se décide pas à utiliser la sonnette et les réveille pour de bon.

Elle regarda par l'œilleton, pleine de nervosité, avant d'ouvrir la porte.

— Storm, dit-elle doucement. Je ne t'attendais pas.

Il avait les mains dans les poches et les sourcils froncés. Ce n'était pas exactement inhabituel, c'était plus ou moins la tête qu'il faisait quand elle était là, ça, ou bien un visage qui n'affichait aucune émotion. Depuis la mort de Jackson, les jours où Storm lui souriait étaient rares. Elle poussa un soupir tremblant, agacée du tournant qu'avaient pris ses pensées.

Elle avait *embrassé* l'homme qui se tenait devant elle, et maintenant, c'était à son mari qu'elle pensait ? Storm avait été le meilleur ami de Jackson, et pourtant elle n'arrivait pas à arrêter de revoir ce baiser... et de se demander ce que Storm aurait pu faire d'autre avec cette bouche.

Ça suffisait.

— Je peux entrer ? demanda-t-il dans ce grondement bas qui plaisait à Everly, même si elle ne l'aurait jamais avoué.

Elle recula, et il avança de quelques pas pour qu'elle puisse refermer la porte derrière lui.

— Qu'est-ce qui ne va pas ? demanda-t-elle.

Il y avait forcément un problème. L'espace d'un instant, elle se demanda si c'était à propos du baiser, mais sans trop savoir comment, elle était persuadée que c'était autre chose. Il n'aurait pas eu l'air aussi torturé qu'en cet instant, si ça avait simplement été à cause de ce qu'il s'était passé entre eux.

— Il faut que je te dise quelque chose, annonça-t-il en l'épinglant de son regard, et ça ne va pas te plaire.

Elle poussa un soupir.

— Eh bien, tu ferais aussi bien de me le dire vu que je suis en train de faire la lessive et que ça ne me plaît pas non plus. Autant faire les deux d'un coup.

Storm tendit la main vers elle, mais dut changer d'avis et la laissa retomber. Elle essaya de ne pas se sentir blessée par cela.

— Je vais te donner un coup de main, dit-il doucement.

— Si tu en as envie.

Elle gagnait du temps, et ils le savaient tous les deux. Elle n'avait aucune idée de ce qu'il était sur le point de lui dire, mais elle n'avait pas envie de l'entendre. Mais elle était une adulte, alors elle l'écouterait, même s'il fallait qu'elle s'occupe les mains ce faisant tellement elle était nerveuse quand il était dans les parages, ces temps-ci.

— Les garçons sont en train de faire la sieste alors il ne faut pas faire trop de bruit.

Il hocha la tête et lui emboîta le pas.

— Je me suis dit qu'ils devaient être fatigués après cette grosse semaine. C'est pour ça que j'ai frappé au lieu d'utiliser la sonnette.

Tout le monde n'était pas aussi prévenant et attentionné. La personnalité de Storm était bien plus complexe que ce que la plupart des gens en voyaient.

— Merci.

Elle commença à sortir les vêtements mouillés de la machine, en jeta une partie dans le sèche-linge mais en pendit la plupart pour qu'ils sèchent à l'air libre. Storm l'aida en silence en mettant les vêtements des garçons dans le sèche-linge : ils étaient à peu près tous en coton et pouvaient supporter la chaleur. Ses vêtements à elle avaient tendance à partir en lambeaux parce qu'apparemment, c'était impossible de fabriquer des vêtements pour femme qui soient à la fois jolis et solides. Et voilà qu'elle se perdait à penser aux vêtements et aux programmes du sèche-linge plutôt qu'à ce que Storm avait à lui dire. Elle était passée en mode expert pour ce qui était de faire l'autruche.

— Dis-moi, Storm. Ne fais pas traîner les choses. Visiblement, ça te ronge.

Elle marqua une pause.

— C'est à propos du baiser ? lâcha-t-elle.

Elle le regretta aussitôt.

— Je veux dire, laisse tomber. Fais comme si je n'avais rien dit.

Elle mit le sèche-linge en route et commença à charger à nouveau la machine à laver, mais Storm enserra son poignet d'une main légère, pour la faire s'arrêter. Elle le laissa la faire pivoter de façon à ce qu'elle soit face à lui, dos au sèche-linge qui vibrait, tout contre Storm.

— Ce n'est pas à propos du baiser, dit-il à voix basse. Je ne le regrette pas.

Il soupira, et elle serra les lèvres en se demandant où partait cette conversation.

— J'ai quelque chose à te dire, et tu risques de me haïr pour ça, mais il faut que tu saches.

Elle fronça les sourcils.

— Qu'est-ce qui pourrait me faire te haïr ?

Il recula légèrement et sortit une photo de sa poche. Elle se figea, consciente que quoi qu'il y ait sur cette photo, c'était quelque chose qu'elle n'avait pas envie de voir.

— Je rendais visite à un ami, dit-il. Je l'aidais à déménager, et en déballant un carton, j'ai trouvé ça.

Il lui tendit la photo, face vers le bas, et elle refusa de la prendre.

— C'est quoi ? demanda-t-elle d'une voix creuse.

Il y avait quelque chose qui n'allait, quelque chose qu'elle n'arrivait pas vraiment à nommer.

Il retourna la photo, et elle baissa les yeux. Elle sentit son monde voler en éclats.

— Clay, le gars que je connais, est le neveu de cette femme. Apparemment, Jackson a été avec elle pendant des années.

Sa voix se brisa.

— Ils ont trois gosses, Ev. Trois gosses, putain, et je n'en savais rien.

Elle déglutit, les yeux emplis de larmes, mais au lieu de se briser, au lieu d'être débordée de chagrin, tout ce qu'elle ressentit fut de la rage.

— Pourquoi tu me montres ça ? Ce n'est pas lui.

Elle refusa de regarder la photo à nouveau et repoussa sa main.

— C'est quelqu'un qui lui ressemble ou je ne sais quoi. Mon mari ne m'aurait jamais trompée. Il m'*aimait*. Il est le père de mes enfants, pas des siens. Je ne sais pas quels mensonges on t'a racontés, mais tu n'as aucun droit de venir les répandre chez moi. Jackson était *mon mari*.

Alors même qu'elle parlait, le doute s'insinua en elle. Il avait toujours été du genre à flirter avec les serveuses et d'autres femmes devant elle, mais il était si subtil, si charmant, que ça avait toujours davantage ressemblé à de la gentillesse qu'à du flirt. Et il était si souvent en déplacement professionnel, il était *mort* au cours d'un de ces voyages...

Mais non. Ce n'était pas possible. Son mari n'avait pas une autre famille.

— Ev...

— Non. Tais-toi. Ne dis rien de plus. Quoi que ce Clay t'ait raconté, c'est un mensonge. C'est obligé. Jackson n'était pas comme ça. C'était un homme bien. Un homme merveilleux. Il est mort, Storm. Rien ne le ramènera, et salir sa mémoire comme ça ne fait qu'empirer les choses.

Les mains tremblantes, elle repoussa Storm. Elle avait besoin d'air. Il recula en chancelant, de la douleur dans le regard. L'espace d'un instant, elle pensa que c'était à cause de ce qu'elle venait de dire mais non, c'était une douleur *physique*.

— Qu'est-ce qui ne va pas ? demanda-t-elle. Je t'ai fait mal.

Il grinça des dents.

— Ça va.

Ça n'avait pas l'air. Alors elle releva son tee-shirt et passa les mains sur les muscles tendus de son flanc et son dos. Il y avait le relief de fines cicatrices sous ses doigts, des cicatrices qu'elle n'avait jamais remarquées auparavant, car il avait tendance à lui cacher son dos. Elle fronça les sourcils.

— Qu'est-ce que tu t'es fait ? Oh mon Dieu, je t'ai fait mal ?

Elle fit courir ses mains le long de ses flancs, et il se tendit. Quand elle releva la tête, elle se figea devant la chaleur dans son regard, qui la crucifia sur place.

Il passa lentement sa main sur sa joue, et son pouce caressa sa peau avec une douceur incroyable. Son pouce était calleux là où il tenait son crayon, et cette rugosité la fit frémir. Un peu trop.

— Tu ne me fais pas mal, Ev.

Elle déglutit, et ses pensées partirent dans mille directions, et pourtant elles revenaient toutes à elle dans ses bras. Elle n'avait pas envie de réfléchir, elle n'avait pas envie de faire quoi que ce soit à part *être* là, dans ses bras, si proche de lui qu'elle pouvait sentir la chaleur de son corps à travers le fin chemisier qu'elle portait.

Il fallait qu'elle réfléchisse à ce qu'il venait de lui dire, il fallait qu'elle se rappelle que ses enfants dormaient à l'autre bout de la maison et que son commerce avait brûlé. Mais elle repoussa toutes ses pensées de son esprit, rien que pour cette fois, et décida de faire quelque chose pour elle.

— Embrasse-moi, murmura-t-elle. J'ai besoin que tu m'embrasses.

Besoin. Un si petit mot pour quelque chose de si énorme. Elle ne se laissait plus éprouver de besoins. C'était toujours ceux des autres dont elle se préoccupait, et ce n'était pas quelque chose qu'elle regrettait. Mais en cet instant, dans sa buanderie, avec le poids du monde sur les épaules, si lourd qu'elle arrivait à peine à respirer, elle n'avait pas envie de penser à quoi que ce soit.

Rien qu'elle. Rien que Storm. Rien qu'*eux*.

Sa main se déplaça pour venir se poser derrière la nuque d'Everly en lui tirant un peu les cheveux au passage. Elle entrouvrit la bouche, et il inclina la tête.

— Je ne devrais pas faire ça.

Elle cambra le dos.

— Fais-le quand même.

Elle avait besoin d'oublier, de se perdre. Elle le regretterait peut-être plus tard, mais là, elle avait besoin d'être dans cet instant, dans ses bras, d'être avec *lui*.

Vu comment il la regardait, elle savait qu'elle n'était pas la seule à penser comme ça. Puis il pencha la tête et l'*embrassa*. Leurs bouches se rencontrèrent dans un entrelacement de désir et de gémissements ; la main de Storm se resserra encore davantage dans ses cheveux, et l'autre remonta le long de son flanc. Elle fit courir ses propres mains dans son dos. Les contours de ses cicatrices étaient si ténus qu'elle les aurait manqués si elle n'avait pas été si sensible à la sensation de sa peau sous ses doigts. Elle avait envie de savoir ce qu'il s'était passé, de connaître ses secrets, mais elle ne demanda rien. Ce n'était pas le moment pour les secrets, ce n'était le moment pour rien de ce qui ne concernait leur désir, leurs bouches, leurs mains. Elle s'inquiéterait de tout le reste plus tard.

Il la fit reculer d'un pas, si bien qu'elle se retrouva appuyée au sèche-linge dont la chaleur et les vibrations envoyèrent des ondes de choc dans son organisme. Elle n'avait jamais embrassé comme ça, n'avait jamais roulé des pelles à quelqu'un dans la buanderie tandis que les vibrations déclenchaient des sensations délicieuses en elle. Jackson avait toujours voulu faire l'amour au lit, dans le noir, pour qu'ils « s'explorent » mutuellement en douceur. Avant lui, elle n'avait couché qu'avec un seul autre homme, et ça ne lui avait jamais fait beaucoup d'effet. Elle n'avait jamais eu d'orgasme avec son premier petit ami, et elle en avait rarement avec Jackson. Il lui fallait une éternité pour se mettre dans l'ambiance, et le temps qu'elle y arrive, son partenaire avait déjà terminé. Elle savait qu'elle n'était pas la seule femme à avoir ce problème, alors elle n'y avait pas accordé beaucoup d'importance.

Cependant, à la façon dont Storm appuyait son érection longue et dure contre son ventre, elle avait le sentiment qu'elle risquait de manquer un truc si elle ne jouissait pas avec lui. Mais les pénis magiques n'existaient pas, et elle savait qu'il lui faudrait davantage que cette impressionnante érection pour lui donner un orgasme.

Storm lui tira les cheveux à nouveau, et cette fois, il se retira pour la regarder dans les yeux.

— Je t'ai perdue, gronda-t-il. Est-ce que tu es déjà en train de regretter ?

Elle secoua la tête.

— Je me suis égarée dans mes pensées.

C'était son problème au lit. Elle se mettait à penser à ce qui lui manquait ou ce à qu'elle oubliait, au point de ne pas être capable de profiter de l'instant. Ce n'était la faute de personne, c'était simplement la façon dont elle était câblée.

Il inclina la tête.

— Alors c'est que je ne fais pas mon job comme il faut.

Il posa les mains sur sa taille, et elle écarquilla les yeux.

— Je vais devoir te demander de sauter un peu, Ev. Comme tu as vu, mon dos n'est pas au mieux de sa forme.

Il pencha la tête et l'embrassa rapidement.

— Pas de questions. Pas maintenant. Je ne crois pas qu'aucun de nous deux n'ait envie de ça en ce moment.

Comme elle était d'accord avec lui sur ce point, elle ne posa pas de questions sur son dos. À la place, elle posa les mains derrière elle sur le sèche-linge et, avec son aide, elle se hissa pour s'asseoir sur le dessus de la machine. La chaleur et les vibrations se répercutèrent directement dans son clitoris, et elle poussa un hoquet qui la surprit elle-même.

Ça fit sourire Storm, et il n'en fut que plus beau gosse. Elle aurait menti en prétendant n'avoir jamais remarqué à quel point il était attirant. Il était bien trop beau pour son propre bien, mais même dans ses rêves les plus fous, elle ne se serait jamais imaginée enserrer sa taille de ses jambes alors qu'elle était assise sur le sèche-linge.

— C'est bon ? demanda-t-il en se balançant contre elle.

Elle loucha et resserra sa prise sur lui.

— Mmh-mmh.

Il mordilla son menton avant de l'embrasser à nouveau, cette fois avec un peu plus de passion, un peu plus longtemps.

— Dis-moi quand m'arrêter, murmura-t-il à son oreille avant de mordre délicatement son lobe.

Son corps fut parcouru de frissons, et elle incrusta ses seins contre son torse.

— Ne t'arrête pas.

C'était de la folie. Elle le savait. Il le savait. Et pourtant, aucun d'eux ne s'arrêterait. Elle n'arrivait pas à croire qu'elle était en train de faire ça, et pourtant, alors qu'il faisait courir sa main sur son ventre et passait sous son legging, elle se cambra, toute pensée de ce qu'ils devraient faire ou non désertant son esprit.

Son pouce calleux passa sur sa culotte, leur faisant prendre conscience à tous les deux qu'elle était trempée. Elle dut se cambrer légèrement pour qu'il puisse glisser sa main sous le coton humide et atteindre sa chaleur. Leurs regards se croisèrent tandis qu'il passait le doigt entre les replis de chair pour atteindre son clitoris.

Elle frissonna et se mordit la lèvre alors qu'il commençait à bouger la main, l'amenant de plus en plus près du point de non-retour. Ils ne parlèrent pas, et elle en fut reconnaissante, car elle n'était pas sûre qu'elle aurait été capable de former des mots. Il la pénétra de ses doigts, et elle trembla. Cela faisait si longtemps qu'elle n'avait pas été avec quelqu'un qu'elle hoqueta, et son corps se crispa autour de lui. Elle n'utilisait pas de godemichés non plus, car la stimulation clitoridienne lui suffisait pour jouir.

Il continua à s'occuper d'elle, toujours sur le sèche-linge, et les vibrations sous ses fesses s'ajoutaient aux sensations. Mais alors qu'elle était sur le point de jouir, elle recula sans en avoir l'intention, focalisée sur ce qu'il pourrait se passer plutôt que sur ce qu'il se passait effectivement. C'était toujours comme ça au lit, et elle détestait ça. Si seulement elle avait pu se concentrer, elle aurait peut-être réussi à avoir un orgasme.

De son autre main, Storm tira sur son chemisier et exposa son soutien-gorge. Il l'embrassa à travers la dentelle et laissa là une marque humide avant de passer à l'autre sein. Elle inclina la tête en arrière, brûlante de la chaleur du sèche-linge et du pouvoir de son contact.

— Plus de doigts, Ev ? gronda-t-il. Ou bien tu veux que je me concentre sur son clito et tes seins ?

Elle cligna des yeux en le regardant, toute tremblante.

— Hein ? demanda-t-elle, dans le brouillard.

— Tu n'arrêtes pas de te rapprocher et de reculer. Dis-moi ce que tu aimes, et je ferai en sorte que ça arrive. Je peux lire ton langage corporel, mais c'est encore mieux de t'entendre le dire. Tu te connais. Dis-moi comment te faire jouir.

Personne ne lui avait jamais demandé ça. Bon sang, elle ne pensait même pas s'être demandé ça à elle-même.

— Heu, en général, je n'ai pas d'orgasme avec la pénétration.

Même si ses doigts étaient *en* elle à cet instant, la phrase la fit quand même rougir. Il y avait quelque chose de bien plus intime dans le fait de parler de la manière dont il pourrait lui donner du plaisir que de le faire.

— En général.

Il hocha la tête.

— D'accord, on peut partir là-dessus.

Il passa la main derrière elle et changea le programme du sèche-linge avant de lui sourire.

— On va passer à la vitesse supérieure.

Elle sourit mais poussa un gémissement alors que les vibrations sous elle augmentaient, et elle se retrouva à se frotter sur sa main. Il continua à l'embrasser, sur la bouche, dans le cou, sur les seins, tandis que ses doigts faisaient de la magie avec son clitoris. Elle se retrouva au bord de la jouissance une fois de plus, mais avant qu'elle puisse penser à quelque chose qui la ferait retomber, il appuya sur son clitoris tout en pinçant son téton et en l'embrassant en même temps.

Elle jouit avec un hoquet, tout le corps tremblant, et ses hanches se soulevèrent contre sa main et le sèche-linge brûlant. Il continua à l'embrasser, étouffant ses gémissements tandis qu'elle redescendait en douceur. Alors que le cycle du sèche-linge se terminait, elle s'appuya en arrière, le corps chaud et lourd. Il retira la main de sa culotte, les yeux dans les siens, et lécha chaque doigt un à un. Lentement.

Ça suffit presque à la faire jouir à nouveau.

— Je... je n'ai jamais joui aussi vite. De toute ma vie. Genre, souvent, mes orgasmes ne sont même pas assez forts pour que je sois sûre que ça ait marché et...

Elle referma la bouche d'un coup, horrifiée d'avoir été si franche. Le regard de Storm s'adoucit, et il se pencha pour capturer ses lèvres en un baiser lent et doux.

— Tu es belle quand tu jouis, déclara-t-il d'une voix bourrue. Et il va falloir que je te revoie faire ça.

Elle se lécha les lèvres et baissa les yeux vers la bosse qui déformait son jean.

— Et toi ?

— Quoi, moi ? la taquina-t-il, une lueur dans les yeux.

Mais avant qu'elle puisse glisser la main entre eux, la sonnette retentit, et la réalité s'invita. Elle soupira, et il poussa un juron.

— La prochaine fois, dit-il aussitôt.

Elle se figea. Il y aurait une prochaine fois ? Bon sang. Elle ne pouvait pas réfléchir à ça en cet instant. Tout ce à quoi elle avait essayé de ne pas penser quand elle était dans les bras de Storm revint d'un coup, et elle se sentit gelée.

— Putain.

Il l'aida à retrouver son équilibre, et elle glissa du sèche-linge. Quand la sonnette retentit une deuxième fois, elle jura à son tour.

— Mince. Je viens.

Le double sens la fit rougir, mais elle passa devant Storm.

— Tu peux vérifier si les garçons dorment toujours ? Je vais aller répondre.

Storm hocha la tête et passa de l'autre côté de la maison sans un mot de plus. Elle le sentait toujours en elle, l'écho de ce souvenir si intense qu'elle comprit qu'il ne disparaîtrait peut-être jamais tout à fait. Et désormais, elle n'avait aucune idée de ce qu'ils allaient faire, car la vie, ce n'était pas une histoire de brefs instants de plaisir, c'était beaucoup plus compliqué, et ils avaient une histoire plus compliquée que la plupart des gens, même si elle ne connaissait pas tous ses secrets.

Elle repoussa ses pensées de son esprit en ouvrant la porte, pour découvrir une femme rousse dont le visage lui était familier.

Elle venait de voir ce visage sur une photo dont elle avait juré qu'elle ne pouvait être réelle.

C'était impossible.

La femme leva le menton.

— J'ai entendu dire que Clay avait tout balancé. Je pense qu'il est temps qu'on ait une petite conversation.

Everly cligna des yeux en se demandant pourquoi tout semblait se mouvoir au ralenti, comme si elle n'arrivait pas à former de pensées cohérentes. C'était la femme qui avait apparemment eu une liaison avec son mari et avait trois enfants de lui.

Ça ne peut pas être elle, pensa-t-elle.

Elle était en train de rêver.

De cauchemarder.

Parce que même si Everly avait perdu presque tout ce à quoi elle tenait, ceci ne pouvait pas être sa vie. Elle ne pouvait pas être tombée si bas.

Et pourtant, elle savait que non seulement, c'était possible, mais qu'elle effectivement tombée si bas.

CHAPITRE DIX

STORM ENTENDIT une voix de femme qui semblait sortir d'un souvenir lointain alors qu'il quittait la chambre des garçons. Ils étaient écroulés de fatigue après cette semaine stressante et, heureusement, ils ne s'étaient pas réveillés pendant l'interlude dans la buanderie ni à cause de la sonnette. Mais vu à qui il pensait que cette voix appartenait, il savait que le pire était encore à venir.

— On peut avoir cette conversation sur le pas de la porte pour que les voisins entendent tout, ou je peux entrer, et on peut parler de tout ça comme des adultes.

Storm se hâta vers l'entrée, les poings serrés. Il n'arrivait pas à croire que Rachel ait le culot de se pointer chez Everly, après tout ce temps. Parce que c'était forcément elle. Dès qu'il la vit sur le seuil, il la reconnut. Il n'avait pas la moindre idée de ce qu'elle faisait là, mais il savait que rien de bon ne pouvait en sortir. Bon sang, il avait toujours l'odeur d'Everly sur lui, et son sexe rigide de désir lui faisait mal. Pourtant, tout cela, ainsi que les questions qui tourbillonnaient dans son esprit depuis leur petite session sur le sèche-linge, disparut dès qu'il vit la rousse qui se tenait à la porte.

Putain.

Il rejoignit aussitôt Everly et posa une main sur son épaule pour qu'elle sache qu'elle n'était pas seule. Il vit Rachel plisser les paupières en regardant sa main et comprit que c'était peut-être une erreur de sa part, mais il s'en fichait. Everly avait besoin de lui en cet instant, même si elle ne voulait pas le reconnaître.

Rachel sourit en écarquillant les yeux.

— Oh, Storm. Tu es là. Tu vas pouvoir m'aider à tout expliquer à Everly.

Celle-ci se raidit, et il crispa la mâchoire.

— Je ne sais pas trop ce que tu veux que je dise, Rachel. J'ai appris ça hier et je suis venu dès que possible ce matin.

— Vous pouvez entrer, dit Everly d'une voix calme, même s'il savait qu'elle ne l'était certainement pas. Mais seulement parce que j'en ai marre de ces allusions vagues. Vous partirez quand je vous le dirai. C'est compris ?

Rachel lui fit un sourire et hocha la tête.

— Bien sûr. Cela doit être difficile pour vous.

Storm avait déjà envie de la fiche dehors, mais Everly fit quelques pas en arrière et le fit reculer lui aussi. Rachel entra, la tête haute, et inspecta la maison. Seigneur, si on en croyait Clay, cette femme était un sacré numéro. Mais Everly avait besoin de réponses, alors ils les obtiendraient. Et Storm ferait tout ce qui était en son pouvoir pour les protéger, elle et les jumeaux.

Ils s'assirent dans le salon, Rachel dans le fauteuil à haut dossier, Everly d'un côté du canapé et lui de l'autre. Il lui laissa de l'espace, car elle semblait en avoir besoin. Si jamais il avait l'impression qu'elle avait besoin de plus de soutien, il se précipiterait contre elle. Il ne savait pas comment cette conversation se déroulerait, mais ça n'allait probablement pas bien se passer.

Rachel ouvrit la bouche pour parler, mais Everly leva la main. Elle était stoïque, si rigide qu'il avait peur qu'elle ne se brise. D'autres auraient pu ne pas voir l'émotion qui bouillait sous cette façade glaciale, mais Storm ne comprenait pas comment on pouvait le manquer.

— Avant que vous ne vous lanciez dans ce qui est certainement un récit fascinant, je vais vous dire ce que je sais, et vous ferez oui ou non de la tête selon si c'est vrai ou faux.

Rachel étrécit les yeux, mais ne parla pas.

— Si tout cela est un malentendu, alors je suis sûre qu'on saura aller de l'avant, mais à la façon dont vous êtes entrée ici avec le sourire plutôt qu'avec angoisse, j'ai dans l'idée que vous allez ressortir sans tarder.

— Vous pensez que vous savez tout ? cracha Rachel. Vous ne savez rien.

Storm dut faire appel à toute sa maîtrise de lui pour ne pas parler, mais Everly n'avait pas besoin qu'il prenne le contrôle de la situation. Elle la tenait fermement en main et ferait ce qu'elle avait à faire. Si elle avait besoin de lui, il serait là. Pour l'instant, il n'était que son soutien visible.

— Je vous ai dit de faire oui ou non de la tête. Je ne vous ai pas dit de parler. Vous êtes *chez moi*. Dans la maison où je vivais avec mon mari. Un mari, je le crains, qu'il est possible que nous ayons partagé.

Storm faillit prendre sa main à ces mots, mais il s'arrêta juste à temps.

— Il paraît que vous aviez une liaison avec mon mari, peut-être même à l'époque où Jackson et moi n'étions pas encore fiancés. Est-ce exact ?

Rachel la fusilla du regard mais elle hocha la tête.

Everly serra les poings sur ses genoux, seul signe qu'elle

était en train de craquer intérieurement. Storm avait envie de régler tout ça. Il avait envie de mettre Rachel à la porte, de remonter le temps et de foutre une trempe à Jackson. Mais il ne pouvait rien faire à part regarder Everly s'occuper de cette affaire par elle-même et garder autant de contrôle que possible. Il refusait de le lui arracher.

— Vous avez couché avec Jackson Law, mon mari devant la loi, pendant des années.

Rachel hocha la tête.

— Combien ? Et, oui, vous pouvez parler.

Storm ne savait pas pourquoi Rachel laissait Everly contrôler la situation, mais il avait le sentiment qu'elle comprenait comme lui qu'Everly n'allait pas se laisser faire.

— Dix ans, cracha l'autre femme. On a été ensemble pendant dix ans. Il m'aimait. Il avait une *vie* avec moi. Je sais qu'il a été obligé de vous épouser pour une raison ou une autre, mais pendant ces dix ans, il était *à moi*.

Seigneur. Storm connaissait la chronologie car c'était lui qui avait emmené Jackson à Fort Collins, mais l'entendre de la bouche de Rachel ne faisait que rendre la situation plus réelle. Où Jackson avait-il eu la tête ? Et comment avaient-ils pu être aussi aveugles face à ses agissements ?

— Dix ans, répéta Everly.

Elle s'interrompit un moment, et Storm se força une fois de plus à ne pas la prendre dans ses bras. Elle lui en voudrait s'il la couvait devant Rachel.

— Et vous avez des enfants ?

Le dernier mot avait été chuchoté, et il *sut* qu'elle était sur le point de se rompre.

Rachel hocha la tête.

— Trois. Jackson a neuf ans. Holden, sept. Et Mariah a trois ans.

Jackson. Ils avaient nommé leur fils *Jackson*, putain. Les

mains de Storm se mirent à trembler, et il essaya de se rappeler si l'homme qu'il considérait comme son ami s'était trahi un jour. Storm avait-il été tellement dans les nuages qu'il avait loupé tous ces mensonges ? Qu'il n'avait pas vu que Jackson était quelqu'un d'horrible, capable de blesser Everly même depuis la tombe ?

Everly cligna des yeux.

— Trois ans.

Rachel eut un sourire plein d'amertume.

— Oui, le même âge que vos enfants. Il n'a pas passé autant de temps avec moi que d'habitude, au cours de la grossesse, parce que vous l'accapariez trop.

Rachel essuya une larme invisible, et Storm fut persuadé qu'elle faisait semblant.

— Nous nous aimions. Non, il n'était pas avec nous autant qu'il l'aurait fallu, mais je comprenais. Il avait des responsabilités envers vous et son travail. Il avait fait des promesses et refusait de les briser. Je trouvais ça noble. Il m'aimait, vous voyez. Il m'aimait tellement qu'il revenait toujours. Il était un si bon père.

Rachel sourit à nouveau, le regard rêveur cette fois.

— Il me manque tellement. Il ne verra pas ses enfants grandir.

— Non, en effet.

La voix d'Everly était si tranchante qu'elle aurait pu couper de l'acier.

— Il ne verra pas *mes* garçons grandir. Il n'a jamais rencontré ses enfants.

— Il a connu les miens, cracha Rachel.

— Qu'est-ce que vous voulez ? demanda Everly au bout d'un moment.

Storm sentit son propre pouls battre à ses tempes.

— Je veux qu'on fasse connaissance, répondit simplement Rachel.

Mais Storm savait que ce n'était pas tout. Et à la façon dont le dos d'Ev se raidit, elle en était consciente elle aussi.

— Qu'est-ce que vous voulez ? répéta-t-elle, les mains raidies alors qu'elle desserrait les poings.

L'autre femme soupira.

— Très bien. Ce n'est pas facile d'élever trois enfants. Élever les enfants de *Jackson* sans lui, c'est dur. Vous avez de l'aide. Il vous a tout laissé, mais il n'a pas pu faire de même pour moi.

Il le savait. C'était pour l'argent. Bien sûr. Rachel n'avait pas obtenu un penny de l'héritage, mais elle avait eu une part de Jackson qu'Everly n'avait jamais pu toucher.

— Ce que dit le testament n'est pas de mon ressort, Rachel.

Storm avait envie de serrer Everly dans ses bras jusqu'à ce que tout ça disparaisse, mais il savait que c'était impossible.

Rachel étrécit les yeux l'espace d'une seconde avant de se forcer à prendre une mine plus innocente.

— Je le mérite, Everly. Mes *enfants* le méritent. Si vous ne m'écoutez pas maintenant, je ferai en sorte que vous m'écoutiez bientôt. Vous pouvez en être sûre.

— Ça suffit, dit Everly d'une voix calme, même si elle ne l'était pas du tout. Ça suffit vraiment.

Rachel étrécit les yeux, et Storm ouvrit la bouche pour parler avant de se raviser. C'était le choix d'Everly, mais il ferait quitter les lieux à Rachel de force, s'il le fallait.

— Sortez, dit Everly avec calme.

— Nous n'en avons pas fini, cria Rachel.

— Si. Maintenant, sortez avant que je vous jette dehors. Avant que je laisse Storm faire ce qu'il a envie de faire depuis que vous avez franchi le seuil de ma maison et qu'il vous mette à la porte.

Everly se leva, et Storm fit de même. Il était plus que prêt à jeter cette femme hors de chez Ev pour qu'ils puissent parler. Il n'arrivait pas à croire que Rachel s'était pointée comme ça après tout ce temps en pensant que ça allait bien se passer. Il *savait* que ce n'était pas tout, mais il n'arrivait pas à mettre le doigt sur l'élément qu'il manquait.

— Je ne peux pas partir. Nous n'en avons pas fini.

— Si. Maintenant, sortez.

Il n'avait pas eu l'intention d'intervenir, mais il en avait plus que marre. Et à voir Everly se tenir parfaitement immobile comme ça, il savait qu'elle aussi.

— Tu savais ! cria Rachel. Tu savais. C'est toi qui nous as présentés.

Un des garçons fit du bruit à l'autre bout de la maison, et Storm retint un juron en voyant la joie perverse dans le regard de Rachel. Il y avait quelque chose qui clochait sérieusement chez cette femme.

— Sortez, dit Everly avec un peu plus de fermeté. Sortez avant que j'appelle la police.

Elle fit un pas vers Rachel, et l'autre femme se releva du fauteuil en hâte.

— Ce n'est pas terminé, dit Rachel en fonçant vers la porte.

— Je le crains, mais pour le moment, je m'en fiche. Maintenant, sortez de chez moi.

Rachel passa la porte en furie, ses cheveux flottant au vent derrière elle. Everly claqua la lourde porte en bois derrière elle et la ferma à clé.

— Je vais voir les garçons, dit doucement Storm. Je reviens.

Everly se tourna pour le regarder, les yeux pleins de colère.

— J'ai besoin d'un moment pour réfléchir, merci.

Il se pencha pour l'embrasser avant de se raviser, car il ne savait pas du tout ce qu'il était en train de faire, et il partit à petites foulées vers la chambre des garçons. James dormait toujours, son ours en peluche dans les bras, mais Nathan était assis dans le lit et regardait autour de lui, complètement éveillé.

— Tonton Storm ? demanda-t-il en se frottant les yeux.

— Salut, mon grand, dit-il doucement pour ne pas réveiller James. Ça va ?

Il s'agenouilla à côté du lit et passa une main dans les cheveux blonds de Nathan.

— Mmh. J'ai entendu des gens qui parlaient fort.

Putain, Rachel.

— C'était quelqu'un à la porte. La personne est repartie. Tu veux jouer avec tes camions dans la salle de jeux pour que James puisse continuer à dormir ?

Nathan hocha la tête et tendit les mains pour qu'on le porte. Le cœur de Storm se serra en saisissant le petit garçon qui n'avait jamais connu son père. Mais maintenant que Storm en savait davantage sur qui cet homme était vraiment, il n'était plus aussi sûr que ce soit une mauvaise chose.

Il se tourna, Nathan dans les bras, et vit Everly sur le pas de la porte, les bras serrés autour de sa taille.

— Eh, dit-il doucement.

— Eh, répondit-elle avant de regarder Nathan, un léger sourire aux lèvres. Je t'amènerai un petit goûter tout à l'heure si tu joues en étant bien sage. Qu'est-ce que tu en dis ?

Nathan se blottit contre le cou de Storm et hocha la tête.

— D'accord.

— Comment vont tes poumons ? demanda-t-elle à son fils alors que Storm avançait vers elle.

— Bien.

Nathan poussa un gros soupir mouillé dans le cou de Storm, et celui-ci fit de son mieux pour se retenir de grimacer. Il passait son temps à se faire baver dessus par des gosses, même s'il n'en avait pas à lui. Mais il avait des tonnes de nièces et neveux, en plus des jumeaux. Ça ne le dérangeait pas. Contrairement à d'autres, il aimait les enfants.

Everly fit la moue, les yeux pétillants de rire l'espace d'une seconde, avant que la réalité ne lui revienne. Storm déglutit et la suivit dans la salle de jeux où ils laissèrent Nathan retrouver ses jouets. Everly prit l'écran de la caméra de sécurité pour pouvoir le surveiller pendant que Storm et elle parleraient dans le salon. Il savait qu'en général, elle gardait les jumeaux sous ses yeux autant que possible, mais là, ils ne pouvaient pas parler devant eux.

Ils retournèrent dans le salon, et il passa la main sur ses joues qui commençaient à piquer en se disant qu'il allait bientôt devoir se raser.

— Je... je ne sais pas quoi dire.

— Tu savais ? demanda aussitôt Everly. Je veux dire, tu en savais assez pour me le dire aujourd'hui, mais Rachel a dit que c'est toi qui lui as présenté Jackson. Et même si je n'ai pas envie de croire le moindre mot qui sortait de sa bouche, ça fait un peu trop de coïncidences que tu les aies connus séparément, Jackson et elle, et que tout ça sorte maintenant.

Storm prit sa main dans la sienne. Elle le laissa faire, mais ils ne s'assirent pas. Il savait qu'ils étaient tous les deux trop pleins de nervosité pour ça.

— Je ne savais pas que Jackson avait une autre famille jusqu'à hier soir. J'ai passé la nuit à me retourner en tous sens en essayant de trouver comment te le dire. Je sais que j'aurais peut-être dû venir ici directement, mais j'avais besoin d'un peu de temps pour faire le point et m'assurer que la chronologie tienne avant de faire une connerie en venant te raconter tout ce que Clay m'a dit, pour me rendre compte plus tard que ce n'était pas vrai.

— Qui est Clay ? Et tu n'as toujours pas répondu à ma question.

Storm lâcha Everly et se passa la main dans les cheveux.

— Tout ça, ça marche ensemble. Oui, c'est à cause de moi qu'ils se sont connus.

Everly prit une brève inspiration, et Storm poussa un juron.

— Mais je n'avais pas la moindre idée de ce que j'avais déclenché à l'époque. Je connais le neveu de Rachel, Clay. C'est lui qui m'a passé cette photo.

Il essaya de mettre de l'ordre dans ses pensées et n'y arriva pas vraiment, alors il continua avec ce qu'il lui passait par l'esprit en premier.

— Tu te rappelles ces vacances en camping que j'ai faites avec Jackson il y a une dizaine d'années de cela ? Tu voulais venir mais tu n'as pas pu.

Everly étrécit les yeux, mais elle hocha la tête.

— Je me rappelle.

— Eh bien, en chemin, on est passé chez Clay pour que je lui donne son cadeau d'anniversaire. Rachel était là, et je suppose que c'est comme ça qu'elle a rencontré Jackson. Je n'en sais pas plus. Je ne savais pas qu'ils s'étaient revus. Bon sang, moi, je n'ai dû la voir qu'une ou deux fois, après ça, et toujours en coup de vent. Je savais qu'elle avait des enfants mais je ne connaissais pas le père. Je ne connaissais même pas le nom des gamins. Rien n'aurait pu me laisser imaginer que l'homme que je pensais connaître, que je considérais comme mon meilleur ami, était un putain de menteur et qu'il trompait sa femme.

Everly se serra dans ses propres bras, et Storm avança vers elle. Il lui ouvrit ses bras et elle s'y laissa tomber. Quand il la serra contre lui, un sanglot lui échappa, et ses larmes trempèrent ses vêtements. Elle se mit à pleurer, et Storm s'en voulut encore plus. Il détestait le fait d'avoir pris part à tout ça, même à son insu.

— Comment tu connais Clay ? demanda Everly au bout de

quelques minutes, la voix rauque. Il y a quelque chose que tu ne me dis pas.

Il fit courir ses mains le long du dos d'Everly et soupira.

— Il y a très peu de gens à qui j'ai parlé de lui.

— C'est ton fils ? demanda-t-elle soudain.

Storm secoua la tête mais elle ne pouvait pas le voir.

— Non, dit-il au bout d'un moment. Ça serait plus simple si c'était le cas. Clay n'est pas mon fils, mais il est entré dans ma vie quand il avait quatre ans.

Il recula pour pouvoir regarder Everly dans les yeux tandis qu'il lui raconterait cet épisode de sa vie que si peu de gens connaissaient. *Elle mérite de savoir*, pensa-t-il. Elle méritait tellement mieux que lui.

— Quand j'avais vingt ans, j'étais à la fac avec Jackson, comme tu le sais. Je rendais souvent visite à ma famille à Denver et à Wes à sa fac ; on n'était pas allés à la même parce qu'on avait eu des bourses différentes. On s'était dit que ça nous ferait du bien parce que tout le monde nous voyait comme « les jumeaux », et on était toujours collés ensemble. Et puis Jackson et Wes ne s'entendaient pas très bien, alors c'était plus simple pour tout le monde que mon frère et moi apprenions à exister par nous-mêmes plutôt que simplement en tant que Montgomery.

Everly prit sa main et le tira vers le canapé.

— Je crois qu'il vaut mieux qu'on soit assis tous les deux.

Il hocha la tête et se plaça à côté d'elle, sa main toujours dans la sienne.

— Je revenais à la maison après avoir rendu visite à Wes, et il pleuvait. J'étais fatigué mais alerte.

Il entendait toujours le son des gouttes sur son pare-brise. Il sentait toujours le vent sur son visage au moment où la glace s'était brisée.

— Un homme s'est endormi au volant et est passé du

mauvais côté de la route. Comme il pleuvait, je ne conduisais pas très vite, mais quand même à une bonne vitesse. Il m'a percuté de plein fouet. La voiture était en miettes, je ne me suis pas rompu la colonne vertébrale, mais pas loin.

Il souffla, et Everly serra sa main.

— Les médecins ont dit que mon dos était si mal en point qu'une vertèbre cassée aurait été plus facile à traiter. C'est pour ça que j'ai autant de problèmes de dos et que je ne passe pas autant de temps sur les chantiers que le reste de ma famille. Je n'arrive plus à gérer l'effort physique. Je travaillais malgré la douleur, quand j'étais plus jeune, mais je ne peux plus, maintenant.

Il était en train de chouiner sur son sort plutôt que de lui raconter ce qu'il s'était passé, il fallait qu'il arrête.

— J'ai eu de la chance, déclara-t-il d'une voix râpeuse. J'ai survécu. Ça n'a pas été le cas de l'autre conducteur. Il est mort sur le coup. Son fils de quatre ans, Clay, s'en est tiré sans une égratignure parce qu'il était derrière, bien attaché dans son siège auto, mais il est devenu orphelin. Il avait déjà perdu sa mère, qui était morte en couche, et à cause de moi, il a perdu son père aussi.

Storm ravala ses larmes, la gorge brûlante d'une douleur familière.

— J'ai tué un homme, Everly.

Elle secoua la tête, des larmes sur les joues.

— Non. Ce n'était pas de ta faute.

— Si. En tout cas en partie. Peut-être que j'aurais dû ralentir. Peut-être que c'était trop dangereux d'être sur la route par ce temps. Peu importe. Un homme est mort, et c'est moi qui conduisais.

Il poussa un soupir.

— Il n'y a que mon père et Austin qui soient au courant. C'est eux qui étaient à la maison quand l'hôpital a appelé.

Il pinça les lèvres en essayant de rassembler ses pensées.

— Je ne l'ai jamais dit à Wes.

Comment aurait-il pu ? Comment aurait-il pu laisser les autres connaître sa honte ?

— Oh, Storm.

Elle se rapprocha sur le canapé, et il bougea son bras pour qu'elle puisse venir se coller contre lui. Il avait besoin de cette chaleur, même s'il n'en avait pas eu conscience jusqu'à maintenant.

— Je ne l'ai jamais dit à Wes parce que je ne le pouvais pas. Pas sur le moment. Et au fil des années, c'est devenu de plus en plus dur. Il a toujours su que je lui cachais quelque chose, mais on est passés outre. En tout cas, je le pensais. Maintenant, il est encore plus soupçonneux, et je sais qu'il faut que je lui dise, sinon je vais casser quelque chose de si essentiel entre nous que je ne serai pas capable de réparer les dégâts.

Elle l'embrassa au coin de la mâchoire, les surprenant tous les deux.

— Mais tu l'as dit à Jackson ?

Il déglutit et resserra sa prise autour d'elle.

— Oui. On était colocs à la fac, alors il savait que j'avais été opéré et que j'avais besoin de temps pour me remettre. Austin est venu et a loué un appartement, alors je suis allé vivre avec lui pendant que je guérissais. Je pouvais marcher, mais ça faisait un mal de chien, tu vois ?

— Pourquoi tu n'es pas revenu à Denver ? Auprès de ta famille ?

Storm baissa la tête et essaya de trouver les mots.

— Je ne pouvais pas. Je ne pouvais pas les laisser me voir comme ça et je ne pouvais pas leur dire ce que j'avais fait.

— Ce n'était pas de ta faute, Storm.

— J'ai toujours l'impression que si, même si ce n'est pas moi qui me suis endormi. Il y a tellement de « et si », et pourtant rien que je ne puisse faire au final. Mais Jackson était au courant. Il était là quand je suis revenu à la fac après avoir manqué un semestre. Il vivait avec moi quand je criais dans mon sommeil ou que je faisais des crises.

Il baissa les yeux vers elle.

— Je souffre toujours d'un syndrome de stress post-traumatique, même si je suis une thérapie qui m'aide. J'ai eu un chien qui s'appelait Ben pendant un moment, c'était un chien d'assistance certifié, et il m'aidait à me calmer quand il y avait trop de bruit ou que quelque chose me rappelait l'accident. Quand il est mort, je n'en ai pas repris un autre, mais j'aide à en dresser pour le programme.

Everly posa la main sur son torse, et il poussa un soupir.

— C'est ça que tu fais avec Randy ?

Il l'embrassa sur le dessus du crâne, il avait besoin de son contact.

— Oui, mais je vais le garder, dit-il avec un sourire. Je dresserai d'autres chiens, mais Randy, ça sera le mien.

— Il faut encore que je fasse sa connaissance, dit-elle au bout d'un moment.

— Ça viendra.

Ils restèrent silencieux un moment, et leurs respirations s'apaisèrent. Il n'avait jamais parlé à une autre âme de ce qu'il s'était passé par cette nuit pluvieuse, depuis qu'il l'avait dit à son père, Austin et Jackson, et pourtant il l'avait raconté à Everly sans s'effondrer. Cela devait vouloir dire quelque chose. Pour tout dire, c'était même plus que ça. Il pouvait lui parler... mais il fallait aussi qu'il en parle à sa famille. Il ne pouvait pas garder ce secret plus longtemps sans leur faire encore plus de mal que ce n'était déjà le cas.

— Qu'est-ce que je vais faire ? demanda-t-elle à voix basse.

— Je ne sais pas, Ev, répondit-il avec franchise. Mais je ne te laisserai pas affronter ça seule.

Il la tint encore quelques minutes dans ses bras avant qu'ils ne se lèvent pour aller voir les enfants. Il avait été franc en lui disant qu'il ne savait pas quelle serait la prochaine étape, mais quoi qu'il arrive, il ne l'abandonnerait pas. Il serait là, pour elle, pour les garçons... pour tout ce qui résulterait de ce qu'il était en train de se passer entre eux. Toujours.

CHAPITRE ONZE

MÊME SI EVERLY n'avait plus de lieu de travail, elle avait toujours des factures à payer et de la paperasse à remplir. Les autorités ne l'avaient toujours pas laissée entrer dans Sous la Couverture, et elle commençait à se sentir nerveuse. Ils n'arrêtaient pas de lui dire qu'ils devaient collecter davantage de preuves et que l'enquête n'était pas terminée. Et même si elle voulait entrer et commencer à voir ce qu'elle pouvait sauver, elle savait aussi que cette attente lui faisait du bien. Du moins, c'est ce qu'elle se disait, car elle savait qu'une fois qu'elle serait rentrée dans ce qui avait été son deuxième chez-elle, elle ne serait plus capable de faire comme si tout irait bien.

Parce que rien ne serait plus jamais comme avant.

Le message qu'elle avait reçu le soir de l'incendie continuait à la perturber. S'il n'y avait pas eu de cachet postal, elle aurait pu penser que c'était lié à l'incendie, mais plus elle y pensait, plus elle se disait que ça devait venir de Rachel. L'autre femme était le secret que Jackson lui avait caché, alors la lettre pouvait venir d'elle. Ou bien l'homme qui avait été son mari et qu'elle avait considéré comme le grand amour de sa vie avait encore d'autres squelettes dans le placard. Il n'était pas logique que la lettre et l'incendie soient liés, pas maintenant qu'elle savait pour Rachel.

L'incendie était probablement simplement l'œuvre d'un pyromane, et ce n'était pas elle ou sa boutique en particulier qui étaient visées.

Elle soupira, agacée contre elle-même de se mettre à gamberger une fois de plus sur l'incendie. Les autorités ne lui disaient rien, à part qu'ils enquêtaient toujours, et tout ce qu'elle pouvait faire c'était rester là à attendre et faire comme si elle maîtrisait la situation. Son sanctuaire avait disparu, et rien ne le ramènerait. Elle pouvait reconstruire, mais ça ne serait pas la même chose.

Son téléphone sonna, et elle décrocha sans prendre le temps de lire l'affichage. Il semblait sonner toutes les trente secondes, ces jours-ci, et elle avait envie de planquer le satané appareil au fond de son bureau.

— Allô ?

Pas de réponse.

Elle fronça les sourcils et regarda l'écran.

— Inconnu ? Encore ? marmonna-t-elle.

Elle était épuisée, mais se rappelait avoir déjà reçu un appel similaire.

— Allô ?

On raccrocha, et elle reposa le téléphone. Elle espérait que ça passerait vite à la personne qui s'amusait à l'appeler comme ça, parce que ça commençait à devenir pénible. Avec un peu de chance, c'était un faux numéro, mais une drôle de sensation s'était emparée d'elle. Ça faisait un peu trop, et elle était sur les nerfs.

Elle finit sa paperasse et la mit dans le tiroir de son bureau. Elle éteignit l'ordinateur et se leva pour aller voir les garçons. Cela faisait vingt minutes qu'ils jouaient avec leurs cubes dans la salle de jeux, et même si elle les voyait à l'écran, cela leur laissait bien assez de temps pour faire des bêtises.

En marchant vers la salle de jeux, elle regarda sa montre et retint un juron. Il lui restait moins d'une heure avant qu'Alex et Tabby viennent pour surveiller les garçons. Ils s'étaient portés volontaires ce soir, car Everly avait quelque chose de prévu.

Pour tout dire, elle avait un rendez-vous.

Avec Storm.

Leur premier rendez-vous. Elle essaya de ne pas se laisser gagner par la panique, mais ce n'était pas simple. Elle ne savait comment, elle était passée de l'amie de Storm qui semblait toujours le mettre sur les nerfs à une femme qu'il avait fait jouir sur un sèche-linge et avec qui il avait désormais envie de sortir en public. Elle était tellement paumée que ce n'était même pas drôle.

— Maman ! s'écria Nathan avec jubilation. Les cubes !

Elle sourit en s'asseyant entre eux.

— Oui, les cubes ! Tu peux me construire une tour ?

Entre les visites à l'hôpital et les soins post-opératoires, ils n'avaient pas pu aller à l'école maternelle aussi souvent qu'elle l'aurait voulu, ces derniers temps, alors elle faisait de son mieux pour les aider à développer leur motricité fine autant que possible. Elle posa la main sur le genou de James.

— Vous pouvez en construire une ensemble ?

— Mmh, répondit le petit garçon, concentré sur les blocs qui se trouvaient devant lui.

Il les observa en silence avant de hocher la tête. Les garçons alternaient dans le rôle du gamin le plus bruyant de la journée, et parfois, ils décidaient de l'être tous les deux en même temps, et les oreilles d'Everly souffraient. Ils devenaient de petits hommes avec des personnalités uniques, et elle avait hâte de les voir grandir. Elle avait pris au sérieux ce que Storm lui avait dit quelques soirs auparavant sur le fait que Wes et lui avaient eu besoin de devenir eux-mêmes en plus de qui ils étaient en tant que jumeaux et membres de la famille. Elle avait peut-être le défaut d'appeler souvent ses fils « les jumeaux », mais elle faisait aussi en sorte de parler de leurs réussites et de leurs besoins individuels. Et maintenant qu'elle en était encore plus consciente, elle ferait attention à continuer.

Ils jouèrent avec leurs cubes jusqu'à ce qu'on sonne à la porte, et Everly retint un nouveau juron en regardant l'horloge. Une heure avait passé depuis qu'elle s'était assise et maintenant, non seulement ses genoux allaient lui faire payer d'être restée aussi longtemps dans cette position, mais en plus elle n'avait presque plus de temps pour se préparer.

— La porte ! cria Nathan.

Il se leva pour courir vers le salon. James et lui adoraient aller ouvrir la porte avec elle, mais elle ne voulait pas qu'ils le fassent seuls.

Heureusement, elle était plus rapide qu'eux et elle cala Nathan sous un de ses bras avant de se pencher pour ramasser James de l'autre. Ses biceps protestèrent sous le poids, et elle retint un soupir. Ses bébés n'étaient plus des bébés, et trimballer des jumeaux comme ça devenait de plus en plus dur au fur et à mesure qu'ils grandissaient.

Elle parvint à les porter tant bien que mal et à ouvrir la porte après avoir regardé par l'œilleton et vu ses baby-sitters sur le seuil.

— Alex ! glapit James.

— Tabby ! hurla Nathan en même temps.

Everly eut un reniflement amusé devant leur joie et recula pour laisser le couple entrer. Alex tendit les bras vers James, et Tabby vers Nathan. Everly les laissa prendre les jumeaux et referma la porte derrière eux.

Les garçons étaient tout contents et gloussaient en disant bonjour à Tabby et Alex. Ils connaissaient Tabby depuis qu'ils étaient nés, et même si Alex n'était entré dans leurs vies que depuis peu, ils s'étaient vite entichés de lui. Everly supposait que c'était parce que Alex ressemblait énormément à Storm, en un peu plus buriné. Alex avait connu l'enfer, mais il en était ressorti à la force de sa volonté, et Everly l'admirait pour cela.

— Tu n'es pas habillée, la taquina Tabby.

Elle envoya les garçons jouer avec Alex dans le salon. Il *fallait* qu'ils lui montrent tous leurs jouets un par un. De nouveau.

Everly regarda son legging et sa tunique, et elle grimaça.

— Non, et je ne me suis pas maquillée non plus.

Tabby poussa un soupir en regardant les garçons.

— Alexander, tu peux les surveiller cinq minutes ? Je vais donner un coup de main à Everly.

Alex releva la tête et fit un clin d'œil à sa fiancée.

— Pas de souci, ma belle. Je gère. Pas vrai, les garçons ?

Il contracta son bras fort joliment musclé et grogna. Everly se retint de rire alors que les garçons l'imitaient. Ils étaient trop mignons.

Elle passa dans sa chambre avec Tabby et remarqua que son amie essuyait une larme.

— Qu'est-ce qui ne va pas ?

Tabby secoua la tête.

— C'est rien. Je t'assure.

Elle sourit avec chaleur.

— C'est simplement que je suis émue quand je vois Alexander avec des enfants.

Elle ne développa pas davantage, et Everly supposa qu'il y avait une histoire personnelle derrière ces larmes.

Elle serra son amie dans ses bras et posa la tête sur son épaule. Elles s'étaient soutenues l'une l'autre depuis qu'elles s'étaient rencontrées, et pourtant, elles avaient chacune des secrets qu'elles n'avaient pas révélés à l'autre. Elle n'avait pas parlé à Tabby de Rachel ou de l'autre famille de Jackson et ne savait pas comment aborder le sujet. Elle savait qu'il lui faudrait en parler un jour ou l'autre pour éviter que cela ne la mine de l'intérieur, mais pour l'instant, elle devait réfléchir à ce qu'elle allait faire. Storm était au courant, pensa-t-elle. Storm était au courant, et il la soutiendrait.

Elle poussa un soupir.

Et ce soir, ils sortaient ensemble.

Elle ne savait toujours pas trop comment c'était arrivé. Il avait annoncé presque l'air de rien qu'il voulait l'emmener dîner pour qu'ils puissent respirer un peu après leur conversation sur le canapé, l'autre soir. Au début, elle avait cru qu'il voulait dire elle et les garçons, mais elle avait vu le feu dans son regard. Et même si elle avait la certitude qu'il serait heureux d'emmener les jumeaux dîner, elle aussi voulait une soirée rien que pour eux.

Et voilà comment elle s'était retrouvée là, absolument pas prête, en train de serrer sa meilleure amie dans ses bras parce qu'elle n'avait pas la moindre idée de ce qu'elle faisait.

— C'est ton premier rendez-vous depuis Jackson, n'est-ce pas ? demanda Tabby d'une voix prudente.

Everly retint une grimace à la mention de son nom. Ça faisait tellement mal de penser à lui, désormais, et pas à cause du deuil. Comment aurait-elle pu être en deuil de quelque chose qui n'avait jamais existé ?

— Oui, mais c'est Storm.

— Oui, c'est *Storm*.

Tabby poussa un soupir.

— Avec ces Montgomery, c'est tout ou rien, hein ?

Everly se massa les tempes.

— Je ne sais pas comment on en est arrivés là, mais maintenant, il faut que je me trouve une tenue qui ne soit pas ce que je mets au travail ou pour jouer avec les gosses et que je fasse quelque chose de mes cheveux.

Elle tira sur sa queue de cheval.

— Je crois que j'ai oublié comment on utilisait un fer à friser.

Tabby leva les yeux au ciel et tira sur l'élastique qui maintenait les cheveux d'Everly. Ses longs cheveux couleur de miel auraient eu besoin d'une coupe, mais il n'y avait pas le temps. Elle les attachait tout le temps. Des fois, elle faisait une couleur plus foncée en utilisant une teinture du commerce, mais elle s'affadissait en quelques semaines seulement.

— Tu les as lavés ce matin ? demanda Tabby.

Everly essaya de se rappeler et en fut incapable. Son amie renifla.

— Bon, si tu es obligée de te creuser la cervelle, c'est sûrement que non. Va prendre une douche pendant que je te choisis une tenue.

— Je n'ai pas le temps. Ça prend une éternité de me coiffer.

— Pas avec le sèche-cheveux que j'ai amené. Je te ferai un brushing en trois minutes chrono. C'est la star des sèche-cheveux.

Everly haussa les sourcils.

— Dis-moi que tu n'as pas acheté le Dyson.

Tabby plongea la main dans la sacoche qu'elle portait en bandoulière et qu'Everly avait pris pour un grand sac à main.

— J'ai acheté le Dyson.

Un chœur céleste sembla s'élever quand son amie sortit de son sac le sèche-cheveux hors de prix mais miraculeux. Il était sur la liste d'Everly pour quand elle serait riche ; il ne coûtait pas non plus le prix d'une voiture de sport, mais c'était tout comme.

— C'est Alex qui me l'a offert, expliqua Tabby en rougissant. Sa dernière commande a très bien marché, et je crois qu'il en avait marre que je me plaigne de mes cheveux. Je t'autorise à l'utiliser ce soir pour que tu aies des cheveux magnifiques pour ton rendez-vous. Tu n'auras même pas besoin de les lisser ou quoi que ce soit, grâce aux accessoires.

Everly dut avoir l'air sceptique car Tabby eut un grand sourire.

— Je te donnerai un coup de main. Promis. Maintenant, file.

Everly décampa dans la salle de bain et se débarrassa de ses vêtements. Elle faisait confiance à Tabby pour lui trouver quelque chose à mettre. C'était chouette d'avoir une copine et de se sentir comme une femme, pour une fois, et pas uniquement comme une maman ou une commerçante. Cela faisait bien trop longtemps qu'elle n'avait pas ressenti ça.

Elle se savonna, se rinça, se rasa et fit de son mieux pour ne pas tomber en allant trop vite. Elle sortit de la douche en un temps record. Elle se donna un coup de peigne, mit un peu de produit et s'enduisit de son lait pour le corps préféré, parfumé à la fleur d'oranger. Elle espérait que ça plairait à Storm.

Elle s'interrompit.

Elle s'était *rasée,* et voilà qu'elle s'inquiétait de l'odeur de sa peau.

Elle comptait coucher avec Storm Montgomery ce soir.

Et d'après leur petite aventure dans la buanderie, ce serait chaud-bouillant et très cochon.

Elle poussa un soupir et ignora son ventre qui se tordait. Elle était capable de faire ça. C'était Storm. Ce n'était pas un inconnu, c'était quelqu'un en qui elle avait confiance et à qui elle tenait. Et c'était bien ça, le problème.

— Arrête de réfléchir comme ça, dit Tabby en rentrant dans la salle de bain. J'ai sorti la robe bleue avec le boléro noir qui étaient au fond de ton placard. Tu n'as pas besoin de collants ou quoi que ce soit, on crève de chaud, et je te laisserai mettre mes sandales compensées. Avec la robe flottante, tu vas être adorable. Bon, occupons-nous de tes cheveux, et ensuite, on verra quels bijoux mettre pendant que tu te maquilles.

— On croirait entendre un sergent-chef.

— Merci, répliqua Tabby avec un clin d'œil. Bon, donne-moi ta brosse et laisse-moi te montrer les miracles qu'accomplit Dyson. Pas *le* Dyson, Dyson tout court. C'est son petit nom.

En moins de dix minutes, Everly se retrouva avec un brushing, du maquillage, et elle était en train d'enfiler ses chaussures quand Tabby recula avec un sourire.

— Épatant, non ? Le sèche-cheveux. Je veux dire, tu es... oh mon Dieu, tu es tellement canon, là, que Storm va tomber à la renverse en te voyant, mais je parlais de mon sèche-cheveux.

Everly éclata de rire, un peu plus à l'aise quant à l'amour de Tabby pour un objet inanimé.

— Si je n'étais pas certaine de me faire défoncer vu que tu prends des cours de boxe avec Alex, j'essaierais de te le piquer.

Tabby étrécit les yeux, mais son sourire la trahit.

— Je gagnerais, Everly. N'essaie pas de te battre avec moi pour Dyson.

— Je crois qu'entre lui et moi, c'est lui qu'elle choisirait, intervint Alex sur le pas de la porte.

Tabby souffla un baiser vers lui.

— Ça serait un sacré dilemme, en tout cas.

Alex plaqua une main sur son cœur et recula d'un pas.

— Aïe, ça fait mal.

Everly sourit un instant avant de froncer les sourcils et de ramasser son sac.

— Attends. Où sont les garçons ?

— Je les ai laissés jouer dehors avec la tronçonneuse. C'est pas bien ?

Elle grogna pour de faux.

— Alex Montgomery.

Il leva les mains, un sourire sur le visage. Ça faisait plaisir à voir, car avant de trouver Tabby, il ne souriait guère.

— Storm a frappé au lieu d'utiliser la sonnette. James et Nathan sont en train de lui montrer leurs cubes de nouveau.

Everly se figea.

— Storm est là ?

Alex hocha la tête.

— Oui, et tu vas lui en mettre plein la vue, Everly. Tu es superbe.

— Si je n'avais pas une pleine confiance en toi et que je n'étais pas du même avis, tu te prendrais une baffe, là, dit Tabby en faisant la moue pour de faux.

Le cœur d'Everly se mit à tambouriner, et elle ne savait pas si c'était à cause de leurs taquineries ou parce que Storm était arrivé.

— Va retrouver ton homme, dit Tabby. Il t'attend.

Everly poussa un soupir.

— Ok, allons-y.

Elle passa devant le couple et entra dans le salon en priant pour ne pas tomber à cause de ses chaussures. C'était plus facile de marcher avec des semelles compensées que des talons, mais ça faisait une éternité qu'elle ne portait que des chaussures plates.

Storm leva la tête quand elle entra et se figea. Il portait une chemise anthracite et un pantalon encore plus sombre. Il n'avait pas mis de cravate ou de nœud papillon, mais c'était très bien comme ça. Everly aurait pu le croquer. Le lécher. Il était ultra sexy.

Et il était *sien*, au moins pour cette nuit.

Il se leva lentement en parcourant son corps du regard.

— Tu es superbe.

Sa voix s'était faite rauque, et elle serra les cuisses pour contenir son désir.

— Je pensais la même chose de toi.

— Maman elle est jolie, dit James en souriant.

Nathan rougit et vint toucher le bas de sa robe.

— Bleu.

Elle s'accroupit et les serra tous les deux dans ses bras.

— Merci, les garçons. Ça me fait très plaisir d'entendre ça.

Elle les aimait tellement, elle aurait fait n'importe quoi pour eux, mais là, c'était leur soirée, à Storm et à elle. Elle pouvait le faire. Il fallait qu'elle prenne ce risque.

Storm lui tendit une main pour l'aider à se relever, et elle poussa un soupir.

— Prête ?

— Autant que faire se peut.

Il renifla, mais serra sa main.

— Ça me va.

Ils dirent au revoir, et elle ignora les regards entendus des deux autres adultes alors qu'ils partaient vers la voiture de Storm.

— Laisse-moi t'aider, dit-il en passant de son côté.

— Et ton dos ?

Il haussa les épaules.

— Tant que tu m'aides, ça va. Je vais éviter de te porter, par contre, parce que j'ai pas envie de nous faire mal.

Elle fronça les sourcils alors qu'il l'aidait à monter dans la cabine du pick-up.

— Tu m'as portée le jour de l'incendie.

Son visage se fit sérieux, et il prit sa joue dans sa main.

— Tu étais blessée. J'aurais fait n'importe quoi pour toi.

Elle déglutit, les mains tremblantes.

On sort ensemble ce soir, se répéta-t-elle. C'était Storm. *Son* Storm. Même si elle ne savait pas quand il était devenu sien. Il fallait qu'elle vive dans l'instant présent, pour une fois.

Rien que pour cette fois.

· · ·

Ils se rendirent dans un restaurant-grill qu'ils aimaient tous les deux, ils mangèrent beaucoup trop et rirent pendant le repas. Elle n'aurait pas pensé qu'il serait possible de se sentir aussi détendue avec lui, mais une fois dépassée la gêne initiale qui découlait du fait que ce soit leur premier rendez-vous, ça avait été merveilleux.

Ensuite, ils partirent chez lui pour qu'elle voie son chiot. Et même si c'était une excuse crédible, ça restait une excuse.

Ils allaient chez lui pour faire l'amour, coucher ensemble, faire des trucs très cochons. Ils le savaient tous les deux même s'ils ne l'avaient pas formulé. Et elle était peut-être nerveuse, mais elle avait hâte aussi.

Il se gara devant chez lui et coupa le moteur.

— Prête à rencontrer Randy ? Il est dans sa cage, mais je crois bien qu'elle est plus grande que mon lit.

Elle eut un petit rire.

— J'aime les chiots. Je voudrais en prendre un pour les garçons, mais je n'ai pas le temps.

Storm hocha la tête et sortit du pick-up. Elle fit de même, plus lentement, et ils se retrouvèrent devant la grille. Il prit sa main, et elle la serra.

— Ça prend du temps, oui. Quand il sera un peu plus grand, je l'emmènerai travailler avec moi. Pour le moment, il jappe trop, et ça énerverait les clients. Moi, je m'en fiche qu'ils soient énervés, mais Wes et Tabby m'en voudraient, alors on va attendre encore un peu.

Il ouvrit la porte et la fit entrer. D'ici, elle pouvait déjà entendre les jappements en question, et Storm leva les yeux au ciel.

— Ses aboiements deviendront plus graves en grandissant. Ce n'est pas aussi horrible qu'au début, alors je vais peut-être bien l'emmener dès cette semaine, en fait. Je déteste devoir le laisser ici.

Elle s'appuya contre son bras un instant alors qu'ils traversaient la maison. Elle était déjà venue chez lui, même si ça faisait quelques années de cela, alors il n'avait pas besoin de lui faire visiter. Ils partageaient tout un passé ensemble, mais ce n'était plus comme avant. Tout avait changé.

— Tu es quelqu'un de bien, Storm Montgomery.

Il passa un bras autour de ses épaules et l'embrassa sur le dessus du crâne.

— Si tu le dis. Maintenant, prépare-toi à faire face à une avalanche de câlins.

Il lui fit un clin d'œil.

— Pas les miens. Pas tout de suite.

Il ouvrit la cage, et Randy bondit à l'extérieur. Ses oreilles et ses pattes étaient trop grandes pour son corps.

— Assis, Randy, ordonna Storm d'une voix grave qui donna envie à Everly d'obéir elle aussi.

Le chiot s'assit aussitôt, mais il gigotait tellement qu'il tomba à la renverse. Everly vit les lèvres de Storm frémir, mais il ne sourit pas. Il était en plein dressage, alors elle couvrit sa bouche de sa main pour ne pas se mettre à rire tellement ils étaient adorables, tous les deux.

— C'est bien, dit Storm en caressant la tête du chien. Allez, on va dehors, maintenant.

Le chien devait connaître cette phrase, car il se mit à courir en sautillant vers la porte de derrière. Il glissait sur le carrelage.

— Il n'utilise pas ses griffes, dit-elle alors qu'ils attendaient sous le porche que Randy fasse ses besoins.

— Des fois, si, mais il apprend à ne pas rayer mon sol. Il est malin, déclara Storm avant de gémir parce que Randy s'était retrouvé les quatre fers en l'air en courant vers lui. Et une fois que le reste de son corps aura rattrapé ses pattes, il sera énorme mais, avec un peu de chance, un peu plus gracieux.

Il tapota sa cuisse.

— Allez, mon grand. Viens dire bonjour à Everly.

Malgré sa robe et ses semelles compensées, elle se pencha pour être à la hauteur du chiot.

— Bonjour, Randy.

Le chiot lui donna la patte, et elle craqua. Elle lui serra la patte comme elle aurait serré la main à quelqu'un, et tout le corps du chien bougea avec elle. Elle se mit à rire et caressa la fourrure toute douce de son dos.

— Tu es tellement joli.

Elle releva les yeux vers Storm.

— Et ne te fiche pas de moi parce que je dis à un chien qu'il est *joli*. Regarde-moi cette fourrure. Il est magnifique.

— Ce n'est pas moi qui vais dire le contraire, répliqua Storm en haussant les épaules. Il est joli. Et mignon. Et tous ces mots adorables que les mecs font semblant de ne pas connaître. Tu peux le prendre dans tes bras, si tu veux, pour qu'on rentre.

Il grimaça.

— Enfin, ne salis pas ta robe.

Elle saisit aussitôt Randy et le souleva dans ses bras en se redressant. Le chiot lui lécha le visage et elle frotta son nez contre lui.

— Il est tellement doux.

Storm tendit la main et caressa sa joue.

— Toi aussi.

Elle poussa un soupir.

— Storm.

Il se pencha au-dessus du chien et l'embrassa tendrement. Mais Randy s'en mêla et réclama des bisous lui aussi. Heureusement, ils reculèrent assez vite tous les deux pour éviter sa langue.

Ils se mirent à rire, et Storm secoua la tête.

— Idiot de chien. Et si on allait se débarbouiller avant que je vérifie à quel point tu es douce.

Il glissa sa main sur sa taille, et elle se colla à lui. Elle en voulait davantage.

— J'ai envie de toi, Ev. De toi tout entière. J'ai envie de te goûter. De te lécher. Partout. Et de te défoncer avec ma queue. D'y aller fort et vite au début, puis doucement, lentement. Tout ce que tu voudras, Ev. Tout.

Elle serra ses cuisses l'une contre l'autre, mais avant de pouvoir répondre quoi que ce soit, son téléphone sonna.

— Merde. C'est la sonnerie de Tabby.

Storm prit le chien, et elle attrapa son téléphone et décrocha à la sonnerie suivante.

— Tabby ? Qu'est-ce qui ne va pas ?

— Nathan a mal au ventre. On les a séparés, mais si c'est une gastro, James l'a peut-être déjà chopée. Alex est avec Nathan en ce moment, et moi, je reste avec James, mais je me suis dit que tu aurais peut-être envie de rentrer voir tes enfants. Ils réclament leur maman.

Everly poussa un soupir, et son cœur se serra pour ses garçons. Les enfants, ça tombe malade, elle le savait, mais elle détestait quand c'était *ses* enfants.

— J'arrive, répondit-elle. Dis-leur que je les embrasse.

Elle raccrocha et regarda Storm avec dépit.

— J'ai entendu, dit-il aussitôt. Le son était fort. On va prendre Randy avec nous comme ça il ne sera pas obligé de rester dans sa cage encore plus longtemps.

— Je suis désolée.

Storm passa une main derrière sa nuque et l'embrassa avec passion.

— Ne sois pas désolée. Ces garçons sont incroyables, et tu es l'une des meilleures mamans que je connaisse. Rentrons, et puis si tu veux, je pourrai rester et délivrer Tabby et Alex. Seulement si ça te convient et que la présence de Randy ne te dérange pas.

Elle caressa la tête du chien.

— Je crois que ça ferait plaisir à tout le monde.

Elle soupira.

— Merci, Storm.

— Tu n'as pas à me remercier de m'occuper de ces garçons.

Elle le savait. Il avait toujours été là pour ses fils et elle, même quand il y avait cette drôle de tension entre eux. Et même si elle crevait d'envie de sauter sous la couette avec lui, elle avait conscience que ce délai involontaire était peut-être une bonne chose. Cela leur donnerait plus de temps à tous les deux pour réfléchir et définir si c'était vraiment ce qu'ils voulaient.

Parce que même si elle avait envie de vivre dans l'instant présent, elle ne le pouvait pas. C'était bien plus compliqué qu'une simple aventure, ce qu'il se passait entre eux, et tandis qu'ils roulaient jusque chez elle, elle savait qu'ils étaient chacun en train de se pénétrer de cette idée.

Ses choix quant à Storm ne seraient jamais simples, mais peut-être, juste peut-être, que les complications en valaient le coup.

Elle n'en avait cependant aucune certitude.

CHAPITRE DOUZE

STORM AVAIT MAL à la tête et avait super mal dormi la nuit précédente, mais c'était de sa faute : il avait dormi sur le canapé d'Everly. Les garçons n'avaient pas voulu qu'il parte après les avoir bordés et, pour être franc, lui non plus n'avait pas eu envie de partir. Et voilà qu'il était à son bureau, en train d'engloutir une quantité astronomique de café pour essayer de faire fonctionner son cerveau.

— Tu as regardé le fichier que je t'ai envoyé ? demanda Wes. Et tu sais que tu as une sale tronche ?

Storm lui fit un doigt d'honneur.

— Tu es au courant qu'on est jumeaux ? Peut-être que tu devrais éviter ce genre de remarques.

— Faux jumeaux, ça ne compte pas. Qu'est-ce qui ne va pas, Storm ?

Wes avait baissé la voix sur la fin, et Storm se sentit con. Il fallait qu'il révèle à son frère ce qui lui pesait depuis des années, et il le ferait, mais ce n'était pas le lieu pour cela. Il avait été lâche bien trop longtemps et désormais, il fallait qu'il trouve un moyen d'expliquer à Wes ce qu'il était arrivé et pourquoi il ne lui en avait pas parlé avant.

C'était surtout ça qui l'inquiétait. Il n'avait pas de bonne raison pour ne pas lui en avoir parlé, à part la honte qu'il ressentait. Et avec le recul, ce n'était pas une bonne raison du tout.

— Storm ?

Il se tira de ses pensées.

— Désolé. J'ai passé la nuit chez Everly et je n'ai pas bien dormi.

Wes haussa les sourcils.

— Est-ce que ça veut dire ce que je pense ?

Ils étaient seuls au bureau pour l'instant, alors ça ne dérangeait pas Storm de lui expliquer. Il avait dit à Alex qu'il sortait avec Everly pour qu'il vienne garder les enfants, mais il n'en avait pas parlé aux autres. Et il aurait dû, bon sang. Il avait passé tellement de temps à garder des secrets qu'il oubliait de dire aux gens qu'il aimait les choses qui comptaient.

— Pas vraiment.

Il poussa un soupir.

— J'y suis allé avec Randy hier soir parce que Nathan était malade et qu'Ev avait besoin d'aide.

Wes se raidit.

— Une crise d'asthme ? Est-ce que ça va ?

Même si Wes ne s'était pas rendu compte d'à quel point Storm s'était occupé d'Everly et des garçons après la mort de Jackson, depuis que Tabby et Alex s'étaient mis ensemble, toute la famille Montgomery avait fait entrer Everly dans son cercle. Le fait que Wes s'inquiète comme ça pour les garçons prouvait qu'il était quelqu'un de bien.

Et bon sang, il fallait que Storm se reprenne et devienne le genre d'homme qu'était son jumeau, même si Wes pouvait se montrer super chiant, parfois.

— Juste une petite gastro qui semblait être passée ce matin.

Mais comme James vient de se faire opérer, on voulait éviter qu'il tombe malade lui aussi, et du coup il a fallu les séparer. Tu te rappelles, quand on était gamins, on supportait très mal de ne pas être ensemble, donc il a fallu que je sois là pour distraire James.

— Je suis content que ça aille mieux.

Wes s'interrompit et parut rassembler ses pensées tandis qu'il se laissait tomber sur la chaise devant le bureau de Storm.

— Alors, il y a un truc entre toi et Everly, désormais ?

Storm hocha la tête.

— Oui ?

— C'était une question, ça, pas une réponse.

Storm souffla.

— Oui, il y a un truc, mais je ne sais pas quoi, comme truc. On a eu notre premier rendez-vous hier soir, et ça s'est fini au chevet des gosses.

Il ne mentionna pas l'épisode dans la buanderie. Ça ne regardait qu'Everly et lui.

— C'est comme ça quand tu sors avec une femme qui a des enfants, mais tu peux gérer ça. Mais vous avez un passif, tous les deux. Est-ce que ça ira ?

Dire qu'ils avaient un passif, c'était un euphémisme. Il n'avait pas parlé à Wes de l'autre famille de Jackson, et il ne le ferait pas tant qu'il n'en aurait pas la permission explicite d'Everly. Ce n'était pas son histoire, même s'il y était mêlé.

— On y travaille, répondit-il avec franchise. Je ne sais pas. Mais je ne risquerais pas mon amitié avec elle si ce n'était pas important. Tu vois ce que je veux dire ?

Wes hocha la tête.

— Oui, je vois.

Il ouvrit la bouche pour ajouter quelque chose, mais s'interrompit quand Jillian entra en faisant la moue, une tache sur son tee-shirt. Il n'avait *vraiment* pas envie de savoir ce que c'était comme tache, étant donné qu'elle était plombière.

— Tu es en retard, annonça Wes d'une voix pincée.

Storm retint un soupir. Il ne comprenait vraiment pas pourquoi ces deux-là n'arrivaient pas à s'entendre, mais ce n'était pas son affaire. Ils étaient adultes et allaient devoir régler leurs problèmes comme des grands. Il en avait déjà assez de son côté.

Jillian mit les mains sur ses hanches et fronça les sourcils.

— Une de mes anciennes clientes avait un problème avec son évier, ce matin. Quand j'ai signé avec vous, c'était avec un accord pour que je continue à m'occuper de certains de mes anciens clients. J'ai appelé Tabby pour la prévenir, c'est son boulot, après tout, de gérer les emplois du temps. Et je n'ai pas de rendez-vous prévu avant encore deux heures. J'ai peut-être du retard sur la paperasse, mais ça veut dire que je resterai plus tard pour finir. Pas d'inquiétude, Mr Montgomery, mon travail sera fait.

Elle poussa un soupir et se tourna vers Storm.

— On m'a dit que les jumeaux étaient malades. Ça va ?

Storm hocha la tête et supposa que c'était Tabby qui lui en avait parlé. Ils étaient tous en train de devenir amis.

— Oui. Ça devrait aller. Tu peux appeler Everly si tu veux leur faire un petit coucou.

Elle haussa un sourcil.

— Je ne sais pas si c'est une bonne idée pour le moment.

— Ça veut dire quoi ce genre de remarque cryptique ? souleva-t-il en fronçant les sourcils.

Wes souffla.

— Ça veut dire que peut-être ton ex ne devrait pas appeler ta nouvelle copine alors que tout est encore si récent et qu'elles ne sont pas encore au point sur leurs places dans ta vie. Et pour l'amour de Dieu, ne nous fais pas ton laïus comme quoi ce ne sont pas tes copines. J'ai mes limites.

La mâchoire de Jillian se décrocha, et Storm se pinça l'arête du nez. Wes pouvait être terriblement perceptif, quand il le voulait, mais Jillian ne le savait pas encore.

Wes se leva et effleura Jillian en passant, un contact visiblement accidentel. Ils se raidirent tous les deux avant de s'éloigner rapidement l'un de l'autre. Bon sang. Il savait que ce serait difficile pour eux de travailler ensemble, mais il n'avait pas imaginé que ce serait à ce point. Il allait falloir qu'ils trouvent un moyen de dépasser ça, parce que Jillian et Wes étaient tous les deux excellents dans leurs domaines respectifs. Montgomery Inc. avait tout à gagner à ce qu'ils travaillent ensemble. Il fallait simplement qu'ils le comprennent.

— Tu as reçu le fichier ? demanda soudain Wes. Celui dont je te parlais ?

Storm hocha la tête.

— Oui, c'est sur ma liste. Il me faut un café en plus avant de m'y mettre.

Wes fit signe que ce n'était rien.

— Tu as passé la nuit avec un gamin malade. Tu n'as pas besoin d'en dire plus.

Là-dessus, il retourna à son bureau comme s'il ne venait pas de s'amuser à griller Storm et Jillian. Son frère lui foutait la migraine, mais au moins, il avait de bonnes intentions.

Jillian retourna à son bureau, à côté de celui de Luc, dans le fond, et elle se mit au travail. Ils étaient la plombière et l'électricien principaux de la compagnie, si bien qu'ils ne passaient pas beaucoup de temps au bureau ; du coup, ils partageaient leur espace. Decker et Harper partageaient aussi un bureau dans l'autre coin, vu qu'ils passaient aussi la majeure partie de leur temps sur les chantiers. Storm pensait qu'ils allaient devoir s'agrandir un jour ou l'autre ou changer carrément de locaux car leur entreprise, tout comme leur famille, grandissait à toute allure.

Il se frotta la nuque, ouvrit le fichier que Wes lui avait envoyé et le parcourut rapidement. La porte s'ouvrit à nouveau, mais cette fois, ce fut Everly qui la franchit en se mordant les lèvres. Storm se leva aussitôt et se précipita vers elle.

— Qu'est-ce qui ne va pas ?

Elle n'était jamais venue le voir au bureau jusqu'alors, même quand ils étaient seulement amis. Ça l'inquiétait. Everly secoua la tête.

— Tout va bien. Je veux dire, aussi bien que possible si on considère que j'ai perdu ma boutique et que mes employés sont au chômage technique. Mais tu as oublié ton portefeuille en partant et tu ne répondais pas au téléphone.

Elle avait murmuré la dernière phrase, et il supposait que c'était parce qu'il avait passé la nuit chez elle. Il l'embrassa tendrement, conscient que son frère les regardait. Jillian ne pouvait pas les voir d'où elle était, car il y avait l'escalier entre eux, si bien que ça ne le dérangeait pas d'afficher sa nouvelle relation avec Everly. Il ne voulait pas la mettre sous le nez de Jillian, mais il trouverait une façon pour que ça fonctionne.

— Salut, dit-il au bout d'un moment.

Everly recula en même temps que lui, les joues roses.

— Salut.

— Merci de m'avoir apporté mon portefeuille. Mon téléphone est sur silencieux parce que j'ai eu une réunion. Je n'ai pas dû sentir le vibreur. Désolé.

Elle haussa les épaules et fit le tour du bureau des yeux. Il voyait que ses épaules étaient tendues, et il comprit qu'il fallait qu'il la mette à l'aise alors qu'ils se tenaient debout, là, au milieu, après s'être embrassés.

— Ce n'est pas un problème, dit-elle après un moment.

— Où sont les enfants ?

Il se demandait pourquoi ils n'étaient pas là. Everly étrécit les yeux.

— Ils sont avec Nancy et Peter. Les parents de Jackson passent de plus en plus de temps, avec eux ces temps-ci, et je ne sais pas ce que ça veut dire.

Ça veut dire que ce sont des enfoirés qui veulent contrôler tout ce que tu fais, pensa-t-il, mais il ne le dit pas. À la place, il la tira par la main et l'emmena vers une des pièces du fond où ils pourraient parler sans qu'Everly ait l'impression d'être sous le feu des projecteurs. Il savait qu'il n'aurait sans doute pas dû l'embrasser comme ça en public mais il n'avait pas été capable de s'en empêcher. Il faudrait qu'il fasse mieux, la prochaine fois.

Jillian les salua alors qu'ils passaient derrière, et Everly se raidit tandis que son regard passait de lui à l'autre femme. Bon, voilà qui était gênant.

— Qu'est-ce que tu fais aujourd'hui ? demanda-t-il.

Il savait qu'elle avait toujours des tonnes de choses à faire, même si elle ne pouvait pas retourner à la librairie, et il voulait détourner son attention du fait qu'il travaillait avec Jillian.

— De la paperasse, et je travaille sur mon planning. Je savais que tu avais embauché Jillian, mais ce n'est pas bizarre, pour toi ? lâcha-t-elle. Je veux dire, je ne sais pas si je pourrais travailler avec mon ex.

La douleur se lut sur son visage, et il comprit qu'elle pensait à Jackson.

Bon sang, tout était si compliqué.

— C'est bizarre seulement quand les gens en parlent, dit-il en reniflant. On travaille dans deux zones différentes de l'entreprise, si bien qu'on ne se voie que dans les moments comme ça, quand elle a de la paperasse à faire.

Il poussa un soupir.

— C'est toujours mon amie, Ev. Est-ce que ça pose un problème ?

Everly fronça les sourcils, mais elle secoua la tête.

— Non, je veux dire, ça ne devrait pas en être un.

Elle se pinça l'arête du nez.

— Tu sais, il y a seulement quelques jours, j'aurais dit que ça n'en était pas un du tout. Et ça ne l'est pas. C'est simplement...

— Tu es toujours en train d'accuser le coup de ce qu'il s'est passé avec Jackson.

Il serra les poings le long de ses flancs et prit une grande inspiration.

— Moi aussi. Bon sang, si je pouvais je trouverais un moyen de lui casser la gueule pour avoir osé te trahir ainsi.

Everly posa une main sur son torse.

— Il t'a trahi, toi aussi. Il avait une autre *famille* et il n'est plus là pour s'en expliquer. Je ne sais pas ce que je vais faire ou comment le dire à ses parents, parce qu'il va bien falloir leur dire, mais ça ne va pas disparaître parce que j'en ai envie.

Et Storm savait que cela voulait dire qu'il serait plus difficile pour elle de lui faire confiance. Il le savait, et bon sang, il le comprenait, mais ça n'en était pas pour autant plus facile à accepter.

— On va y aller à notre rythme.

Il coinça une mèche de cheveux derrière l'oreille d'Everly.

— Je ne sais pas quelle est la bonne réponse par rapport à Jackson, mais je serai là si tu as besoin de moi. Quant à Jillian, nous sommes amis. C'est peut-être un peu bizarre en ce moment parce qu'on est tous en train de définir comment les choses vont se passer, mais j'ai envie de dire qu'on va rester amis. Si ça doit être un problème pour toi, j'ai besoin de le savoir.

Elle secoua la tête.

— Je ne sais pas ce qu'il y a entre nous, mais je sais que tu n'es pas du genre à tromper ta partenaire. Tu en serais incapable. Tu fais toujours passer tout le monde avant toi, quelque chose que Jackson n'a jamais fait et qu'on ne lui a jamais reproché. Alors peut-être qu'on est responsables.

Storm fit glisser ses mains le long des bras d'Everly.

— Non, c'est lui le responsable. À cent pour cent.

Il la serra contre lui, car il était incapable de ne *pas* la toucher en cet instant, et elle entoura sa taille de ses bras. Il ne savait pas ce qu'ils faisaient, mais c'était important, alors il refusait de se planter. Et parce que ça commençait à être un peu trop sérieux et un peu trop embrouillé dans son esprit, il lui donna une petite tape sur les fesses. Il se mit à rire comme elle se raidissait un instant avant de se dresser sur la pointe des pieds pour venir lui mordre le menton.

— Attention, Storm. Tu es au travail.

Il lui fit un clin d'œil, ramenant un peu de légèreté.

— C'est moi le patron.

Elle leva les yeux au ciel, et il l'embrassa.

— On va partir déjeuner à Taboo d'ici une ou deux heures. Tu veux venir ? Enfin, si tu n'as rien de prévu. Je crois que Tabby ne peut pas venir alors tu risques de ne pas connaître grand-monde.

Elle se mordit la lèvre.

— Je n'ai rien de prévu, dit-elle lentement. Et comme je n'ai pas de travail, je crois que je peux prendre le temps de déjeuner.

— Bon sang. J'aimerais que la police puisse t'en dire plus. C'est horrible que tu ne puisses rien faire pour la librairie pour le moment.

— On aurait pu croire qu'on me laisserait au moins faire une visite rapide pour examiner les dégâts, mais ils refusent catégoriquement que j'approche, c'est pénible.

Elle fronça les sourcils.

— Enfin, Taboo est juste en face alors au moins je pourrai la voir de l'extérieur de nouveau. Bon sang, ça avait vraiment l'air en sale état, la dernière fois que je suis passée, Storm. Je ne crois pas qu'on pourra sauver quoi que ce soit. Rien, que dalle.

Il la serra dans ses bras.

— Je suis tellement désolé, Ev. J'espère qu'ils vont choper celui qui a fait ça et te laisseront rentrer dans ton magasin. Oui, ça sera dur, mais tu ne seras pas seule.

Elle n'aurait pas été seule, même avant qu'ils se lancent dans un nouveau genre de relation. Les choses avaient peut-être changé entre eux, mais il avait toujours essayé d'être là pour elle, par le passé aussi.

— Et Ev ? Tu connais des gens qui peuvent t'aider à reconstruire, tu ne seras pas seule, répéta-t-il.

Elle soupira contre lui.

— Je sais.

Elle avait une si petite voix qu'il eut envie de frapper ceux qui l'avaient mise dans cet état.

— C'est simplement trop. J'ai envie de faire front, mais je suis *fatiguée*.

Il lui caressa le dos.

— Tu as le droit d'être fatiguée, Ev. Tu t'es montrée si forte, pendant tout ce temps. Si tu as besoin de t'appuyer sur quelque chose, c'est à ça que servent mes épaules.

Elle se blottit contre lui, et il la serra dans ses bras, conscient que ce n'était que le début. Il ne savait pas comment ça se terminerait, et peut-être qu'il avait commis une grosse erreur en changeant la direction de leur relation, mais en cet instant, tout ce qui comptait, c'était la femme dans ses bras.

Et il aurait combattu le monde entier pour elle.

Même si elle était capable de le faire elle-même.

WES

WES ne s'était jamais senti aussi peu à sa place qu'en cet instant, et il ne comprenait pas pourquoi. Ils étaient assis dans son café préféré, celui où il était venu des centaines de fois. Taboo avait une porte qui donnait sur le studio de tatouage de sa famille, Montgomery Ink, alors il venait là au moins une fois par semaine, si ce n'était pas carrément une fois par jour, pour prendre un café ou manger. Ce n'était pas à côté de son lieu de travail ou de sa maison, mais il avait ses préférences et aimait passer du temps avec sa famille. Donc ce n'était pas le lieu qui clochait.

Et ce n'était pas non plus les gens, pas vraiment. Ils ne faisaient pas souvent ce genre de déjeuner en semaine avec sa famille, car ils travaillaient tous, mais de temps en temps, ils arrivaient à caler ça sur leur emploi du temps. Tous les Montgomery n'étaient pas là, comme il y en avait quasi une quarantaine dans le coin, mais il y en avait suffisamment pour qu'il se sente en terrain connu. Son beau-frère et chef de chantier, Decker, était assis en face de lui. L'épouse de Decker, Miranda, était prof, si bien qu'elle était au travail à cette heure-ci, sinon elle aurait été là elle aussi. Meghan et Luc étaient là, blottis côte à côte tandis qu'ils riaient d'une histoire à propos d'un de leurs enfants. Ils travaillaient tous les deux à Montgomery Inc. et en possédaient une part, donc c'était logique qu'ils aient pu être là. Maya et Austin étaient les propriétaires du studio de tatouage, si bien qu'ils avaient franchi la porte pour manger avec eux, même si leurs époux respectifs n'avaient pas pu se joindre à eux. Les maris de Maya étaient en plein dans un projet, et la femme d'Austin, Sierra, devait gérer un afflux soudain de clients dans la boutique qu'elle possédait de l'autre côté de la rue.

Ce n'était même pas l'absence de Hailey, la propriétaire de Taboo, qui lui faisait bizarre. En général, elle les servait et venait manger avec eux et son mari, Sloane, artiste-tatoueur. Mais elle avait pris un coup de froid et était restée se reposer avec Sloane qui devait sûrement lui faire de la soupe. Les autres avaient eu un sourire attendri quand les employés d'Hailey avaient mentionné cela, mais Wes savait que son propre sourire devait avoir l'air faux.

Il se sentait simplement... bizarre. Peut-être était-ce parce que Storm et lui étaient les deux derniers Montgomery à ne pas être mariés ou bien partis pour l'être. Il n'avait jamais eu l'intention de se retrouver à faire partie des derniers célibataires, mais tous les autres avaient trouvé leur âme sœur, et il s'était retrouvé seul avec Storm.

Mais à le voir serré contre Everly, en train de discuter en privé avec elle, Wes avait le sentiment que Storm tomberait bientôt amoureux à son tour, si ce n'était déjà fait, et Wes se retrouverait seul. C'était une drôle de situation, vu qu'Everly avait été mariée au meilleur ami de Storm, un type que Wes ne pouvait pas voir. Il se disait que ce n'était pas de la jalousie, seulement qu'il n'avait jamais apprécié Jackson. Et maintenant,

Storm était avec sa veuve. Dire que c'était compliqué aurait été un euphémisme.

Et le plus compliqué dans tout ça était assis à l'autre bout de la table.

Jillian.

L'ex de Storm. Ou pas vraiment son ex. Uniquement son amie. Ou son plan cul. Cette femme avait tenu son frère par les couilles et lui avait fait perdre tellement de temps dans une relation qui n'était pas sérieuse. Oui, Wes avait ses problèmes à lui, et il y avait des raisons à son célibat, mais ce n'était pas à cause d'une relation « un jour oui, un jour non » qui s'était terminée en eau de boudin.

Et en plus de tout ça, elle s'était retrouvée à travailler avec eux.

Le fait qu'elle était la meilleure plombière qu'ils aient jamais eue ne faisait que l'agacer davantage. Pour une raison ou une autre, Jillian lui portait sur les nerfs, et il n'arrivait pas vraiment à définir pourquoi. Il y a des gens avec qui c'était comme ça, voilà tout, mais d'habitude, Wes n'envoyait pas chier la personne direct.

Visiblement, c'était différent avec Jillian.

Il *savait* qu'il lui fallait grandir et agir de façon professionnelle. Il s'était entendu quand il se plaignait d'elle à Storm et avait essayé de s'arrêter, mais il y avait *un truc* chez elle qui le poussait à se comporter comme un idiot.

Et ça ne faisait que l'énerver davantage.

Bien sûr, son comportement à elle n'aidait pas. Elle regarda vers lui et fronça les sourcils avant de lui faire un clin d'œil et de reprendre sa conversation avec Maya.

Seigneur, il fallait qu'il se ressaisisse. Parce qu'il n'aimait pas la personne qu'il était en train de devenir. Et s'il était effectivement le dernier des Montgomery à être célibataire, il ferait bien de remettre sa vie en ordre. Et vite.

CHAPITRE TREIZE

EVERLY AURAIT PRÉFÉRÉ PRENDRE un bain glacé et manquer de mourir de froid que faire ce qu'elle s'apprêtait à faire. Elle aurait préféré s'épiler entièrement à la cire que d'aller ouvrir la porte quand ils arriveraient chez elle. Elle aurait préféré ne manger que des choux de Bruxelles pendant une semaine, et même pas bien préparés, braisés avec de la sauce soja. Non, des choux de Bruxelles bouillis sans sel ni poivre. Elle aurait préféré ça à la situation actuelle.

Mais comme elle était une adulte et qu'elle savait ce qu'il fallait faire, elle le ferait. Mais ça ne voulait pas dire que ça devait lui plaire.

— J'ai mis un film à James et Nathan dans la salle de jeux et je vais rester avec eux comme tu me l'as demandé, pendant que tu parles à tes beaux-parents, mais si tu as besoin de moi, je suis là, dit Storm en passant dans le salon.

Il entoura sa taille de son bras, et elle se laissa aller contre lui en fermant les yeux pour se concentrer sur le contact, et non ce qu'elle devait faire. Ils n'avaient pas couché ensemble, même s'ils s'en étaient beaucoup rapprochés au cours des derniers jours. Elle savait que ça viendrait bientôt, et leur relation passerait au stade suivant. Mais elle ne pouvait se permettre de penser à ça pour le moment, alors qu'elle avait un millier d'autres trucs à régler dans sa vie.

— Je pense que ça ira, dit-elle en se retirant.

Elle se tourna pour lui faire face.

— Ce n'est pas une conversation que j'ai envie d'avoir avec eux et, franchement, si j'avais pu trouver le moyen de faire autrement, je l'aurais fait. Mais il faut qu'ils soient au courant de l'existence de cette femme et de ce qu'il risque d'advenir.

Elle se pinça le haut du nez et sentit ce mal de tête familier qui lui donnait le tournis.

— Il faut que je parle de nouveau à Rachel. J'ai besoin de déterminer si ce qu'elle raconte est vrai, même s'il commence à y avoir pas mal de preuves. J'ai besoin de décider si et quand en parler aux garçons, et comment je vais gérer le fait qu'ils ont des demi-frères et une demi-sœur. Je ne sais pas non plus ce que Rachel veut, même si j'ai le sentiment que comme elle n'était pas mentionnée *du tout* dans le testament, ça doit être une histoire d'argent, or je n'ai pas vraiment d'argent en dehors de la maison et des économies pour les études des garçons.

Elle poussa un soupir.

— Donc, oui, j'ai tout ça qui m'inquiète, et je ne sais pas ce que je suis en train de faire, mais cacher tout ça à Nancy et Peter ne fera qu'empirer les choses, au final. Même si ça se révèle être un mensonge et que je transmets cette horreur aux parents de Jackson, au moins je ne leur aurais pas menti par omission.

Storm écarquilla un peu les yeux tandis qu'elle parlait, et elle grimaça. Elle avait commencé à radoter un peu, mais franchement, tout ça était si éloigné de son expérience qu'elle avait du mal à garder de l'ordre dans ses pensées. Elle avait essayé de s'entraîner à dire ce qu'elle voulait expliquer à ses beaux-parents devant un miroir, et tout ce qui lui était venu était que leur fils était un gros enfoiré. *Potentiellement* un gros enfoiré.

Ça n'aidait pas des masses.

— Comme je te l'ai dit, j'ai envie de casser la gueule à Jackson. Et je sais que la violence ne résout rien, mais...

— Là, ça aiderait quand même un minimum, finit Everly à sa place.

Il fit courir une main dans son dos, et même si elle n'en avait pas envie, elle le laissa la réconforter, juste un peu.

— Je serai derrière avec les garçons, comme ça ils n'entendront rien et n'auront pas à gérer ça. Et tu n'auras pas à t'inquiéter d'eux. Mais je serai là si tu as besoin de moi. Tu le sais.

— Oui, mais...

Elle ne savait pas comment exprimer ses réserves sans mettre les pieds dans le plat, mais comme c'était de toute façon un peu le programme de la soirée, elle décida de foncer.

— Je ne sais pas si c'est le bon moment pour les informer que toi et moi sommes ensemble. Je veux dire, si on est ensemble. Ou je ne sais quoi.

Les pieds dans le plat.

Une fois de plus.

Storm se raidit avant de baisser les yeux vers elle. Elle pensa voir de la douleur dans son regard mais elle n'en était pas sûre. Il toucha son visage, et elle eut envie de se laisser aller contre lui à nouveau, mais ne le fit pas.

— On est *ensemble*. Mettons ça au clair. Quant au fait de ne pas le dire à Nancy et Peter ? Je comprends. Ça ne me plaît pas. Mais je comprends. Donc je vais rester derrière avec les enfants, et si tu as besoin de moi, je serai là, mais je ne leur laisserai pas entrevoir ce qu'il y a entre nous.

Elle ferma les yeux et se pencha vers l'avant pour venir appuyer sa tête sur son torse. Il caressa son dos, et elle soupira.

— C'est un secret, ça aussi. Le truc dont je ne voulais *pas*, mais je ne peux pas tout leur dire d'un coup. Et ce sont les parents de *Jackson*. Pas les miens. Ils n'ont pas leur mot à dire sur ma vie privée, alors ils vont devoir faire avec. Mais pour le moment, je ne vais pas leur rajouter un stress supplémentaire alors que je suis sur le point de leur dire que leur fils n'était pas si parfait que ça.

Et que son parfait mari n'était pas l'homme qu'elle pensait qu'il était.

Non, pensa-t-il. Il n'avait jamais été parfait à ses yeux, et ça lui avait convenu. Elle avait pensé qu'il était *sien*. C'était ça, le problème. Mais il avait été à Rachel aussi... et peut-être même à d'autres, car s'il était capable de la tromper avec une femme, il pouvait sans doute le faire avec plusieurs. Apparemment, il était ce genre d'homme, et elle ne s'en était pas rendu compte. Peut-être qu'elle avait choisi de ne pas le voir, mais elle refusait de s'en vouloir. Elle n'avait ni le temps ni l'énergie pour ça.

Storm l'embrassa doucement, la tirant de ses pensées, ce dont elle lui fut reconnaissante.

— Ça ne va pas leur faire plaisir, mais ça fait des années qu'ils te mènent la vie dure parce qu'ils ne savent pas gérer leur deuil sans s'en prendre aux autres. Je sais qu'ils ne le prendront pas bien, mais j'espère qu'ils ne feront pas trop d'histoires.

— Que Dieu t'entende, répondit-elle doucement.

La sonnette retentit à cet instant, et elle soupira.

— Je ferais mieux d'en finir.

Storm l'embrassa à nouveau et la serra fort. Elle ne savait pas ce qu'elle pensait du fait que son soutien la réconforte comme ça. Oui, elle réfléchissait trop à ce qu'il voulait dire pour elle, mais en réalité, il fallait qu'elle s'empêche de tomber amoureuse de lui. Si elle se reposait trop sur lui ou qu'elle se laissait ressentir quelque chose qu'elle ne devrait pas, elle serait blessée à nouveau. Voir son univers s'effondrer une fois à cause d'un homme était déjà de trop.

Storm partit dans la salle de jeux, et Everly tira sur sa robe en coton avant d'aller ouvrir la porte.

— Quand faut y aller, faut y aller, murmura-t-elle en tournant la poignée.

Ses beaux-parents se tenaient sur le seuil avec sur le visage cet air légèrement élitiste qui leur était habituel.

— Nancy, Peter, merci d'être venus en ayant été prévenus aussi tard.

Elle leur avait demandé la veille, alors ce n'était pas un délai si court que ça, mais elle ne voulait pas se mettre Nancy à dos dès le départ.

Peter lui fit un signe de tête et suivit Nancy à l'intérieur. Celle-ci ne dit pas un mot mais couva Everly de son regard critique avant de faire le tour du salon des yeux. Everly avait fait le ménage bien avant qu'ils arrivent et avait gardé les enfants hors de la zone pour que la pièce reste propre un peu plus que vingt minutes. Normalement, elle n'y aurait pas prêté autant d'attention, mais elle n'avait pas envie de démarrer par une dispute. Il fallait qu'elle choisisse ses batailles.

— Est-ce que je peux vous offrir un thé ? Un soda ? De l'eau ?

Peter secoua la tête et s'assit, son livre à la main. Il avait tendance à ne pas parler beaucoup, Nancy le faisait pour eux deux.

Nancy s'assit à côté de son mari, son sac sur les genoux.

— Non, merci. De quoi est-ce que tu voulais nous parler ? Est-ce que c'est parce qu'on veut s'occuper plus souvent des enfants ? Je suis sûre que tu comprends qu'avec le... chaos qu'est ta vie en ce moment depuis l'incendie, et même avant comme tu travaillais à temps plein, des jeunes garçons comme eux ont besoin qu'on s'occupe d'eux et qu'on les guide. Peter et moi sommes disponibles et prêts à nous en charger.

Elle leva la main comme pour empêcher Everly d'intervenir et lui adressa un petit sourire.

Seigneur, ça allait être encore plus dur qu'elle ne le pensait. Si Nancy pensait pouvoir s'imposer comme tutrice pour elle ne savait quelle drôle de justification, elle allait en être pour ses frais quand elle comprendrait qu'Everly était prête à tout pour ses garçons.

— Nous ne réclamons pas la garde, bien sûr. Ce sont tes enfants, après tout. Mais ce sont aussi ceux de Jackson. Et comme il n'est plus parmi nous...

Elle s'interrompit et essuya une larme, une larme sincère, Everly en était sûre.

— Nous souhaitons nous assurer qu'il continue à vivre dans la mémoire de ses fils.

Everly cligna des yeux, emplie d'une rage étrange. Elle avait passé la plupart de son mariage à essayer de correspondre aux attentes de Nancy, et à échouer. Elle avait appris à vivre avec cela, même si elle essayait d'arrondir les angles, mais Nancy délirait complètement si elle pensait que ce qu'elle était en train de dire était approprié.

— Est-ce que vous allez vous assurer que les autres enfants de Jackson reçoivent les mêmes soins ? lâcha-t-elle, les poings serrés.

Peter la fixa sans comprendre, mais Nancy s'empourpra.

— Qu'est-ce que tu racontes, Everly ?

Bon, elle n'avait pas eu l'intention de présenter les choses comme ça, mais elle n'avait pas réussi à s'arrêter.

— Jackson a trois autres enfants. Vous étiez au courant ? Il en a peut-être même d'autres, vu que je ne connaissais pas l'existence de ces trois-là, alors, qui sait, si ça se trouve, il en a une bonne vingtaine dans d'autres villes qui attendent que papa rentre à la maison.

Everly s'était levée en parlant, et Nancy avait fait de même.

Peter avait l'air en état de choc, toujours assis, comme s'il ne pouvait trouver l'énergie pour se lever.

— Arrête de *mentir*, Everly, cracha Nancy. Je ne vois pas pourquoi tu penses que raconter des mensonges sur mon fils va t'aider, mais tu ne fais que te faire du mal.

Ses lèvres n'étaient plus qu'une ligne fine, et ses sourcils s'étaient pincés.

— Tais-toi. Notre fils n'aurait jamais été faire ce que tu racontes. Il était *parfait*. Il est mort bien trop jeune, et je ne te laisserai pas ternir son souvenir. Tu n'étais pas assez bien pour lui quand tu l'as épousé et tu n'es à l'évidence pas assez bien pour élever ses enfants aujourd'hui.

Everly sortit la photo de Jackson et Rachel. Ses mains ne tremblaient pas, mais son ventre était au bord de la révolte. Ça se passait encore plus mal qu'elle ne s'y était attendue, mais elle ne pouvait plus revenir en arrière désormais.

— Voilà votre fils si parfait en train d'enlacer une femme enceinte en l'embrassant sur la joue. Voilà l'homme qui ne pouvait avoir aucun tort d'après vous.

Everly aurait dû se douter que Nancy attaquerait, mais elle ne comprit qu'après coup, la joue brûlante de sa gifle. Elle porta la main à son visage et cligna des yeux.

— La ferme ! cracha Nancy.

— Est-ce que vous m'avez *frappée* ? demanda lentement Everly en touchant sa joue.

Elle était chaude sous sa main, et il y resterait une marque rouge quand elle retirerait ses doigts.

— Je le referai s'il le faut. Comment *oses*-tu accuser Jackson d'avoir eu des enfants avec cette *femme* ?

— Il vaudrait mieux pour vous ne pas la toucher à nouveau, intervint Storm depuis le couloir.

Everly résista à l'envie de fermer les yeux en gémissant. Ça n'allait pas bien se terminer.

Peter s'était levé quand Nancy l'avait giflée, et il posa la main sur le bras de sa femme.

— Nancy, calme-toi. Je suis sûr qu'il y a une explication rationnelle.

Nancy se tourna vers son mari.

— Ah oui ? C'est une menteuse. Une menteuse qui pense pouvoir ternir la mémoire de mon fils.

Elle se tourna vers Storm.

— Et qu'est-ce que tu fais là à une heure pareille ? Tu n'as jamais rien été d'autre qu'un boulet pour notre fils de son vivant, et maintenant, tu viens ici et tu penses pouvoir me dire ce que j'ai le droit de faire ou non ? Tu penses que tu peux le *remplacer* ? Tu ne lui arriveras jamais à la cheville.

Everly en avait marre.

— Nancy. Taisez-vous et asseyez-vous, ou bien sortez de chez moi.

Nancy se tourna vers Everly, les yeux écarquillés un instant, avant de plisser les paupières.

— Pardon ?

Storm se rapprocha, mais Everly leva la main pour l'arrêter avant de se tourner vers sa belle-mère.

— C'est *ma* maison. *Ma* famille. Comment osez-vous me parler sur ce ton ? Comment osez-vous me *frapper* ? Vous m'avez traitée comme une moins que rien pendant plus de dix ans, et je vous ai laissé faire parce que c'était la solution de facilité, mais c'est terminé. Si vous pensez que vous pouvez continuer à me traiter ainsi, je ferai en sorte que vous ne voyiez plus *jamais* vos petits-fils.

Everly prit une grande inspiration, elle n'avait pas terminé.

— Et je ne vous parle pas de l'autre famille de Jackson pour vous blesser. Je vous le dis parce qu'il faut que vous soyez au courant de leur existence et de la réalité du passé de votre fils. Je ne sais pas ce que je vais faire quant au fait qu'il avait trois enfants hors de notre mariage, mais ce que je sais, c'est que je ne peux pas faire comme si de rien n'était. Et vous savez quoi ? Ça pourrait fort bien être un mensonge.

Elle souffla fort, toujours en colère.

— Je ne pense pas que ça l'est, mon instinct me dit que ce n'est pas le cas, mais on ne sait jamais. Je vais vérifier parce qu'il le faut, mais je pensais ce soir vous faire la politesse de vous dire ce que je sais. Mais à l'évidence, vous êtes incapable d'écouter la moindre chose qui pourrait fracturer l'image de perfection que vous avez de votre fils. Eh bien devinez quoi, Nancy. Il n'était pas parfait. Je n'ai jamais pensé qu'il l'était, même avant d'apprendre ça. Mais je pensais qu'il était mien. Apparemment, je me trompais. Parce que même s'il n'est pas le père de ces enfants, il y a quand même cette photo de lui avec une autre femme dans les bras, et elle a été prise *après* que nous nous soyons mis ensemble. Je me rappelle cette chemise, murmura-t-elle. Je me rappelle l'avoir achetée pour lui. Je me rappelle quand il portait ce bouc affreux. Et lors de tout ça, nous étions *déjà* en couple.

— Tu mens, gronda Nancy. Tu n'es qu'une putain de bas étage qui a réussi à séduire mon fils, et maintenant, tu essaies de ternir sa réputation auprès de ses petits garçons.

— Sortez.

La voix de Storm était basse et pleine d'autorité, et ça ne fit *pas* plaisir à Everly. Elle pouvait se débrouiller et n'avait pas besoin d'un homme pour faire les choses à sa place. Jackson avait agi ainsi bien trop souvent. Elle n'avait pas besoin que Storm s'y mette à son tour.

Peter tira sur le bras de Nancy, et son regard passa de Storm à Everly.

— On va en rester là pour ce soir, dit-il doucement.

— Pardon ? glapit Nancy.

Il se courba et passa son sac à main à sa femme.

— Il faut qu'on en parle et qu'on digère tout ça. Quand on sera un peu plus calmes, dit-il en jetant un regard entendu vers sa femme, on reprendra contact.

Il s'interrompit un moment tandis que Nancy le regardait en marmonnant dans sa barbe des mots qui n'étaient sûrement pas très charitables.

— Je... j'espère que ce n'est pas vrai.

Là-dessus, il tira sa femme à l'extérieur de la maison tandis qu'elle criait et maugréait. Storm les suivit pour s'assurer qu'ils ne détalent pas.

Il ferma le verrou derrière eux et se retourna, le visage de marbre.

— Je n'arrive pas à croire qu'elle t'ait frappée. Je vais aller te chercher de la glace.

— Ça va, pas la peine, rétorqua Everly.

— Non, ça ne va pas.

Il s'avança en tendant la main.

— Ta joue est toute rouge.

Everly recula, elle n'avait pas envie qu'il la touche en cet instant. Il eut l'air blessé et abaissa la main.

— Je n'allais pas te frapper, Ev, dit-il d'une voix bourrue.

Elle secoua la tête.

— Je sais.

— Alors pourquoi tu recules ?

Elle leva le menton.

— Je m'en sortais, Storm.

Il étrécit les yeux.

— Elle t'a *frappée*.

— Et elle n'aurait pas recommencé. Elle m'a surprise la première fois, mais je ne l'aurais pas laissée me gifler une seconde fois.

Elle poussa un soupir, elle ne se sentait plus aussi en colère, mais elle était vidée.

— Tu ne peux pas prendre sa place, Storm. Tu ne peux pas entrer dans ma vie et faire comme si tu étais capable de tout régler. Ce n'est pas possible. Tu n'es pas mon mari, et apparemment, mon mari n'était pas vraiment mon mari non plus.

Sa voix se brisa sur cette dernière phrase, et elle s'en voulut. Elle gérait tout ça n'importe comment, mais à un moment donné, c'était devenu un peu trop.

— Everly, murmura-t-il. Je n'essaie pas de prendre sa place.

— C'est ce que tu as fait, si. Je... N'essaie pas de le remplacer, Storm.

Elle ferma les yeux en retenant ses larmes.

— Rentre chez toi. J'ai besoin que tu t'en ailles. J'ai besoin d'être seule avec mes fils, ce soir.

— Ev...

— Rentre chez toi.

Elle ouvrit les yeux et le regarda rester immobile quelques instants avant de se détourner et de partir sans un mot de plus. Quand la porte se referma derrière lui, elle eut envie de se laisser tomber à genoux et de maudire Jackson en éclatant en sanglots. Au lieu de cela, elle carra les épaules, ferma le verrou et retourna dans la salle de jeux où ses garçons étaient en train de regarder un film bien sagement. Elle les mettrait au lit, les borderait et leur lirait une histoire, et puis quand ils dormiraient, elle se ferait couler un bain et pleurerait tout son soûl.

Parce qu'avec chaque jour qui passait, elle perdait davantage de son passé, elle perdait davantage du rêve qu'elle pensait avoir eu avec l'homme qu'elle aimait. Elle avait peur, si elle arrêtait d'avancer, si elle arrêtait d'essayer d'être forte, de perdre encore davantage.

Elle s'était perdue quand elle avait perdu son mari, et elle ne s'en était même pas rendu compte.

Elle ne pouvait pas recommencer.

Même pour Storm.

Son téléphone sonna, et elle baissa les yeux vers l'écran.

Inconnu.

Des larmes coulèrent sur son visage alors qu'elle décrochait.

— Allô ?

Pas de réponse.

— Qui est à l'appareil ? cria-t-elle. Pourquoi vous ne me laissez pas tranquille ?

Ses mains tremblaient, et quand ça raccrocha, elle lança le téléphone sur le canapé. Elle se laissa tomber par terre, et sentit la bile monter dans sa gorge.

Elle n'y arriverait pas. C'était trop.

Tout ça, c'était trop.

CHAPITRE QUATORZE

STORM AVAIT COMMIS quelques erreurs au cours de sa vie, mais la soirée de la veille se posait là en termes de conneries. Il était ami avec Everly depuis suffisamment longtemps pour savoir qu'elle n'aimait *pas* quand les gens parlaient à sa place. Pour tout dire, c'était le cas de toutes les femmes qu'il connaissait. Et qu'est-ce qu'il avait fait ? Il s'était pointé et avait parlé au-dessus de sa voix pour exiger que les parents de Jackson quittent sa demeure. Puis il avait continué à grogner dans le salon et les avait suivis jusqu'à ce qu'ils passent la porte, comme un homme des cavernes.

Pas étonnant qu'Everly l'ait foutu dehors, lui aussi.

— Tu restes tard, dit Jillian en se présentant devant son bureau.

Il émergea de ses pensées et leva la tête.

— Toi aussi.

Elle haussa les épaules et coinça une mèche derrière son oreille. Elle s'était débarrassée de son habituelle queue de cheval, ce qui le surprit. Pour tout dire, elle ne portait pas sa tenue de travail normale. Au lieu de ça, elle avait l'air prête pour un rendez-vous galant, avec sa petite robe noire et ses talons.

— Tu sors ? demanda-t-il en se renfonçant dans son fauteuil pour étirer son dos.

Il avait passé la plus grande partie de la journée plié en deux sur son bureau parce que depuis qu'il en avait eu l'idée, il voulait coucher sur le papier son dernier projet perso le plus vite possible. Jillian lui fit un petit sourire avant de lever les yeux au ciel.

— Oui, on est vendredi soir, et j'ai un rendez-vous. J'avais oublié mon téléphone sur mon bureau parce que je suis une idiote. Heureusement, je dois retrouver ce mec au restau, alors avec un peu de chance, je n'aurais pas manqué son appel.

— Ne le laisse pas venir te chercher chez toi avant d'avoir eu quelques rendez-vous avec lui. Tu ne sais jamais sur qui tu vas tomber.

Jillian se mit à rire et partit récupérer son téléphone. Elle le consulta rapidement tandis que Storm haussait un sourcil.

— Pourquoi tu rigoles ?

— Parce que tu joues les protecteurs. C'est mignon.

Il fronça les sourcils.

— Ce n'est pas mignon.

Jillian lui tapota la joue avant de reculer.

— Mais si. Je n'ai pas de frères, alors c'est plutôt chouette que tu viennes grogner sur les gens avec qui je sors.

— On a couché ensemble, quand même, alors j'espère vraiment que tu ne me vois pas comme un frère.

— Oh, c'est pas la peine d'être dégueu. C'est simplement cool d'avoir quelqu'un qui se soucie de moi, tu vois ?

Storm se renfonça dans son siège.

— Je me suis toujours soucié de toi, Jilly.

— Je sais. Et je tenais à toi aussi. Je *tiens* à toi. Mais pas comme il l'aurait fallu. Et ce truc entre Everly et toi ? C'est exactement ça qu'il te faut, pas ce qu'on essayait de fabriquer entre nous parce qu'on se sentait seuls. Donc maintenant je drague et j'essaie de trouver l'homme idéal pour moi.

Ça faisait beaucoup à traiter d'un coup, maintenant que son cerveau fonctionnait un peu, et une chose qu'elle venait de dire lui rappela une conversation précédente.

— Tu as vu ça arriver, dit-il au bout d'un moment. Everly et moi, tu l'avais pressenti.

Jillian rougit, même si elle haussa les épaules comme pour dire que ce n'était rien.

— Il m'a semblé voir entre vous quelque chose qui pourrait être génial, et je n'avais pas envie d'être un obstacle. Je ne savais pas quoi exactement, mais j'ai compris qu'il y avait du potentiel.

— Et moi, je n'ai rien vu pendant si longtemps.

— Elle avait besoin de temps pour guérir, et vous n'étiez pas encore prêts. Maintenant vous l'êtes. Et puis, on ne voit jamais le potentiel quand on est trop impliqué dans la situation.

Il ne savait pas trop quoi penser de tout ça, mais il le mit de côté pour l'instant, car il avait d'autres choses à l'esprit.

— Je ne me suis jamais senti seul avec toi, Jillian. On était amis. On l'est toujours.

Elle lui adressa un sourire triste.

— On ne se sentait peut-être pas seuls ensemble, mais il n'empêche que ce n'était pas ce dont nous avions vraiment besoin. Je ne regretterai jamais ce qu'il y a eu entre nous, mais je suis heureuse qu'on puisse trouver une façon d'avancer chacun de notre côté sans pour autant devoir dire adieu à l'autre.

Elle marqua une pause.

— Enfin, si ça ne dérange pas Everly. Certaines femmes n'apprécieraient pas que l'ex de leur copain, même si je ne suis pas vraiment ton ex, reste dans les parages.

Elle n'avait pas tort.

— On a un peu parlé de toi tous les deux, et je crois que ça lui convient, mais peut-être qu'une fois que les choses seront un peu plus posées on trouvera un moyen de devenir amis tous les *trois*. Je ne veux pas te perdre, Jilly, mais Ev ? Elle est...

— Elle est tout pour toi. Ou en tout cas, elle le deviendra. Maintenant, tu comptes me dire pourquoi tu travailles aussi tard alors que tu pourrais être avec ta copine ? Je veux dire, je suis à peu près certaine que tu n'as pas encore couché avec elle, alors pourquoi tu n'es pas en train de le faire plutôt que de traîner dans un bureau mal éclairé ?

— Comment tu sais si j'ai couché avec Everly ou pas ?

— Je vois tout. Je sais tout.

Il lui fit un doigt d'honneur, et elle se mit à rire.

— Je compte aller chez elle d'ici peu, si tu veux vraiment le savoir. J'avais quelques trucs à finir, et je pense qu'elle avait besoin que je la lâche un peu, de toute façon.

Jillian étrécit les yeux.

— Qu'est-ce que tu as fait ?

Il leva les mains.

— Un truc idiot que je vais régler. Ou du moins essayer. On est encore en train de prendre la température tous les deux, et j'ai fait une erreur. Je la regrette et je ferai pénitence.

— Je n'ai pas envie de devoir te faire mal.

— Je croyais que tu étais mon amie, pas la sienne.

Jillian haussa les épaules.

— Je les aime bien, ses garçons et elle. Tabby est un peu occupée, en ce moment, alors Everly a besoin d'un peu de solidarité féminine en rab.

Storm sourit malgré lui.

— Je crois qu'elle serait ravie d'entendre ça.

Il soupira.

— Tu ferais mieux d'y aller ou tu vas manquer ton rendez-vous. Je suis là si tu as besoin de parler, Jillian. Ne l'oublie pas.

Elle sourit, mais ses yeux restèrent froids.

— Tu es quelqu'un de bien, Storm Montgomery. Débrouille-toi pour ne pas tout foutre en l'air parce que tu réfléchis trop.

Il ramassa ses affaires et raccompagna Jillian à sa voiture. Elle savait se débrouiller seule, et ils avaient des caméras de sécurité, mais ils avaient eu des problèmes récemment, et il n'avait pas envie de prendre de risques quand il faisait noir. Ils partirent chacun de leur côté, et il prit le chemin de la maison d'Everly en espérant qu'elle le laisserait entrer et ne lui claque-rait pas la porte au nez. Il ne l'avait pas appelée ni ne lui avait envoyé de message de la journée, car il savait qu'elle avait besoin de respirer un peu et ne voulait pas l'étouffer, mais bon sang, elle lui avait manqué.

Elle ouvrit la porte dès qu'il frappa, et il s'emplit les yeux de son image. Elle portait un pantalon en coton et un débar-deur, et ses cheveux étaient rassemblés sur le dessus de son crâne. Elle sentait le savon, celui qu'elle utilisait pour le bain des garçons, et il dut se retenir pour ne pas la serrer dans ses bras et refuser de la lâcher.

— J'ai vu tes phares quand tu es arrivé. Merci de ne pas avoir sonné, je viens de coucher les garçons.

Il avait coincé sa tablette sous son bras, sinon il aurait fourré ses mains dans ses poches pour ne pas la toucher malgré lui.

— C'est ce que je me suis dit. Tu penses que je peux entrer ? Je promets de ne pas rester si tu veux que je m'en aille.

Elle recula et lui fit signe d'entrer.

— Je suis contente que tu sois là. Je comptais t'appeler, pour tout dire. Je suis vraiment désolée, Storm. Je ne voulais pas me défouler sur toi, mais je crois que ça faisait un peu trop, et j'ai craqué.

Il fronça les sourcils et posa sa tablette sur la console à côté de la porte.

— Ne t'excuse pas. C'est moi qui devrais te présenter mes excuses. Je suis intervenu parce que je déteste te voir blessée, mais ce n'était pas à moi de le faire. Bon sang, tu sais te débrouiller toute seule, et j'aurais dû être là en soutien au lieu de prendre le contrôle de la situation. Je suis désolé, Ev. Tu n'as pas besoin que je me comporte comme un connard et que je te donne l'impression que tu ne peux pas faire les choses par toi-même.

Elle secoua la tête et enlaça sa taille. Quand il l'entoura de ses bras et la serra contre lui, elle posa la tête sur son torse.

— C'est simplement parti un peu dans tous les sens avec... avec tout ça.

Elle soupira contre lui, et il fit glisser sa main dans son dos.

— Oui, en effet. Et je suis désolé d'être venu et d'avoir essayé de m'imposer. Mais c'est que... tu comptes tellement pour moi, et quand elle t'a frappée, j'ai craqué.

Elle releva la tête, les yeux écarquillés.

— Tu comptes beaucoup pour moi aussi, Storm.

Il prit son visage entre ses mains et effleura ses lèvres des siennes.

— Bon, j'ai fait un truc qui ne va peut-être pas te plaire, ou peut-être que tu vas penser que je suis taré d'y penser mais...

Il se détacha d'elle et tendit la main vers sa tablette. Everly fronça les sourcils.

— Tu m'inquiètes.

— Je ne savais pas comment m'occuper, alors j'ai réfléchi un peu à ce qu'on pourrait faire avec Sous la Couverture.

Everly pâlit, les yeux ronds, et il eut envie de se donner des baffes.

— Tu as fait quoi ?

— Merde. Je savais que c'était une mauvaise idée.

Il avait apporté les plans sur lesquels il avait travaillé et alluma l'écran pour les lui montrer.

— On avait les données parce qu'on avait déjà fait des travaux, tu te rappelles. Certaines choses auront besoin d'être changées mais je me suis dit que je pourrais déjà commencer à voir. Tu avais mentionné vouloir une meilleure circulation dans le fond entre les zones où s'asseoir et les étagères, alors j'ai imaginé quelque chose d'intégré à la construction pour que ça prenne moins de place.

Elle regarda l'écran, la main au-dessus, avant de relever la tête vers Storm.

— Tu as fait tout ça ?

Il hocha la tête et fit défiler plusieurs idées différentes.

— Et tu as le droit de ne rien aimer de tout ça, ce n'est pas grave. Quand je suis stressé, je travaille. Et comme designer est un des trucs qui me calme, j'ai travaillé là-dessus pour toi. Je sais que tu n'as pas eu l'occasion de me dire ce que tu voulais, alors c'est vraiment une ébauche, et je peux balancer tout ça. C'est peut-être aussi trop tôt, et je le comprends. Bon sang, on ne sait même pas ce qu'il reste du bâtiment, mais je n'arrivais pas à m'arrêter de cogiter, alors j'ai fait ça.

Elle cligna rapidement des yeux, et il sut qu'il avait merdé. La librairie c'était son truc à *elle,* et il était intervenu pour se mettre en première ligne. De nouveau.

— Merde, merde, merde. Je suis désolé. Je n'aurais pas dû faire tout ça. J'ai agi à ta place, j'ai refait exactement la même bêtise qu'hier.

Elle tendit le bras et plaqua une main sur sa bouche.

— Arrête de parler, Storm.

Il embrassa le bout de ses doigts, incapable de s'en empêcher. Elle soupira, et il se tut en espérant qu'elle le laisse rester et lui donne une autre chance.

— Je n'arrive pas à croire ce que tu as fait, murmura-t-elle.

— Je suis désolé.

Elle secoua la tête.

— Je n'arrive pas y croire parce que c'est *génial*. Tu as tellement de talent. Je sais que tu as fait plusieurs croquis, mais ils me plaisent tous pour différentes raisons, et je n'ai même pas encore eu l'occasion de les étudier à fond. Et tu n'as pas fait ça en pensant que ta méthode était la seule valable, tu l'as fait parce que tu voulais essayer de faire quelque chose qui te permette de te vider la tête et de me rendre heureuse. Je comprends. Ça me plaît.

Elle souffla.

— Et je ne dis pas ça comme il faut, mais, Storm ? Merci. Merci de penser à moi et merci d'avoir écouté tous les petits trucs que je disais au fil des années puis d'avoir utilisé ça dans tes designs. Tu as raison sur le fait qu'on ne sait pas où on en est avec le bâtiment.

Sa voix se fit un peu tremblante, et elle prit une brève inspiration.

— Mais au final, ça n'a pas d'importance. Je veux dire, ça en a mais je *sais* que tu sauras m'aider quand le moment viendra.

Il prit le visage d'Everly entre ses mains et relâcha enfin la respiration qu'il avait retenue jusqu'alors.

— Ça te plaît ? demanda-t-il d'une voix rauque.

— Oui.

Il sourit alors.

— Quand le moment viendra et que tu seras prête à reconstruire, tu pourras faire tout ce qu'il te faudra, et je serai là pour le faire avec toi. Pas *à ta place*. J'espère que tu le comprends.

— Oui.

Elle traça le contour de ses lèvres du bout des doigts.

— Les garçons dorment, murmura-t-elle.

Il déglutit et se mit à bander contre son jean.

— Ah oui ?

— Viens au lit avec moi.

Elle se mordit la lèvre, l'air un peu timide.

— S'il te plaît ?

Il posa à nouveau la tablette.

— Tu es sûre que tu es prête ?

— Je suis prête depuis bien plus longtemps que je ne voulais l'avouer, dit-elle en rougissant.

— Ça, c'est le genre de déclaration qui fait plaisir, répliqua-t-il avec un sourire.

Il l'embrassa. Au début, ce ne fut qu'un contact chaste de ses lèvres ; et puis il approfondit le baiser en appuyant son corps contre le sien tandis qu'elle enlaçait sa taille. Ils gémirent l'un contre l'autre, explorant leurs bouches. Elle était plus sucrée qu'un dessert.

Ils continuèrent à s'embrasser et à s'explorer de leurs mains tout en reculant vers la chambre. Il aurait voulu la soulever dans ses bras et l'y porter, mais ils savaient tous les deux qu'il ne ferait que se blesser. Elle *connaissait* la cause de ses douleurs, et pas seulement de celle que lui causait son désir d'elle. Cela ne faisait que lui donner encore plus envie d'elle. Il lui avait fait confiance en lui livrant la part la plus secrète de lui, et voilà qu'elle était sur le point de faire de même.

Il tira sur l'élastique dans ses cheveux, et ses mèches cascadèrent dans son dos, suffisamment longues pour qu'il puisse les enrouler autour de sa main et tirer dessus s'il le souhaitait. Mais il ne savait pas quel genre de contact elle aimait, comment elle voulait qu'on l'aime. Ils s'étaient peut-être approchés de cet instant auparavant, et elle avait joui sous sa main, mais il ne savait pas encore pleinement ce qu'elle aimait.

Et il avait hâte de le découvrir.

Elle glissa ses mains sous son tee-shirt, et ses ongles vinrent effleurer son dos alors qu'il se balançait contre elle et sentait son érection s'incruster contre son ventre. Ils gémirent tous les deux, quasiment en train de trembler.

— Doucement ou fort ? s'enquit-il, le sourire aux lèvres.

— Les deux ? répliqua-t-elle, les yeux brillants. Peut-être doux au début, ensuite carrément fort, puis doux de nouveau ?

Il renifla, amusé, avant de s'emparer de ses lèvres à nouveau.

— Je n'ai plus vingt ans, alors il va peut-être me falloir un petit temps de repos entre.

Elle rit et mordit son menton.

— Je trouverai un moyen.

Elle fit glisser sa main entre eux et le saisit à travers son jean.

— Ah oui ?

Il donna un coup de reins pour qu'elle le sente encore davantage.

— Et si tu me montrais ça ?

— Il ne faut pas qu'on fasse de bruit, dit-elle à voix basse en faisant lentement courir sa main sur lui. Les garçons dorment, mais ils pourraient se réveiller.

Il l'embrassa tendrement, fou du goût qu'elle avait.

— Tu vas devoir mordre un oreiller ou trouver un moyen d'étouffer tes cris, alors.

Elle haussa un sourcil.

— Tu penses pouvoir me faire crier ?

Il baissa les mains jusqu'à ses fesses et les serra. Elle gémit avec un grand sourire, et il répliqua :

— Je *sais* que je peux.

Il fit courir ses mains sur elle, appréciant de la sentir sous ses paumes. Il l'aida à retirer son tee-shirt puis son soutien-gorge, et même si elle rougit légèrement, elle ne résista pas quand il prit ses seins dans ses mains. Ils ne débordaient pas, ils étaient parfaits pour ses grandes paumes. Quand il effleura ses tétons de ses doigts, elle renversa la tête en arrière et s'arcbouta contre lui. Il avait besoin de davantage, et il baissa la tête pour venir lécher ses mamelons tendus, alternant de l'un à l'autre pour les aspirer entre ses lèvres.

— Storm.

Il la lécha avant de s'enfouir entre ses seins, mais conscient que ça viendrait plus tard. Pour l'instant, il la voulait nue et sous lui. Il vint tirer sur son legging et poussa un juron.

— Qu'est-ce qu'il y a ? demanda-t-elle, le regard un peu moins trouble.

— Je n'ai pas de capotes sur moi.

Elle secoua la tête.

— J'en ai. J'en ai acheté.

Elle rougit avant de hausser les épaules.

— Je savais qu'on se dirigeait vers là, alors je me suis préparée. Je ne peux pas prendre la pilule à cause de problèmes vasculaires, alors je préférais avoir ce qu'il faut.

Elle prit son visage entre ses mains et l'embrassa tendrement.

— J'adorerais te sentir en moi sans rien, mais il faudrait qu'on se fasse tous les deux dépister, et je n'ai pas envie de tomber enceinte.

Elle fronça les sourcils.

— Je... il faut vraiment que je fasse une série de tests. Je n'y avais pas réfléchi.

Ses yeux s'embuèrent.

— À cause de Jackson. Et si... ?

Il l'embrassa avec passion pour faire taire ces pensées.

— On se fera tous les deux dépister dès que possible. Et parce que tu es inquiète et que c'est une bonne idée, on va utiliser des capotes et éviter les pipes et les cunnis jusqu'à ce qu'on soit sûr que tout va bien.

Il appuya son front contre le sien et soupira.

— Mais je vais continuer à rêver de te faire jouir avec ma langue, tu peux en être sûre.

Elle soupira.

— Et j'avais vraiment envie de te sucer, comme tu m'as fait jouir *deux fois* et que je n'ai pas eu le plaisir de te rendre la pareille.

Il l'embrassa.

— Tu as eu du plaisir, toi, gronda-t-il. Je pensais que c'était l'idée.

— Ha ha.

Ses yeux pétillèrent.

Même s'ils souriaient désormais, le poids de ce qu'il y avait entre eux et du passé qui revenait les hanter était toujours là. Mais ils feraient l'amour ce soir, et peut-être le lendemain aussi. Il la tiendrait dans ses bras et continuerait à sombrer de plus en plus profondément. Bien sûr, il leur fallait vivre avec leurs passés et les erreurs des autres, mais ça ne voulait pas dire qu'il ne pouvait pas vivre dans l'instant pour autant.

Quand ils commencèrent à s'embrasser à nouveau, leurs mains glissant les unes sur les autres, Storm la laissa le déshabiller. Il se débarrassa de ses chaussures et de son pantalon avant de se laisser tomber à genoux pour lui retirer son legging et sa culotte.

— J'ai *vraiment* envie de t'embrasser là, mais je vais me retenir.

Elle serra les cuisses tandis qu'il faisait glisser ses mains sur sa peau toute douce.

— Arrête de me tenter comme ça.

— Je pourrais te dire la même chose.

Il embrassa ses genoux, puis ses cuisses, avant de se redresser pour ne pas faire quelque chose d'idiot, comme la lécher jusqu'à l'orgasme. Il avait fait une promesse et comptait la tenir, même si ça le tuait un peu.

Nus, ils s'enlacèrent et s'embrassèrent dans le cou l'un après l'autre jusqu'à ce que leurs bouches se rejoignent. Ils ondulaient l'un contre l'autre et bientôt, il se retrouva sur le dos, elle au-dessus de lui, un préservatif dans la main, tandis qu'ils se dévoraient de baisers. Ils n'en avaient pas parlé, mais il supposa qu'ils étaient bien partis pour faire l'amour avec elle en amazone pour leur première fois, afin de soulager son dos. Ça ne le dérangeait pas, car ça voulait dire qu'il avait accès à ses seins, sa bouche et ses hanches et aussi, oui, il risquait moins de se faire mal, comme ça.

— Mets-le-moi, ordonna-t-il en grognant.

Elle ouvrit l'emballage et déroula le préservatif sur sa verge. Quand elle serra à la base, il se sentit loucher et arrêta sa main.

— Tu vas me faire jouir comme ça, et on n'a même pas commencé les choses intéressantes.

Elle se mordit la lèvre en se dressant au-dessus de lui.

— Ça serait dommage, souffla-t-elle.

Il avait les mains sur ses hanches et l'aida à garder son équilibre tandis qu'elle se glissait au-dessus de lui. Ils gémirent de concert quand son fourreau enserra son sexe, toute chaude et humide pour lui.

— La vache, c'est gros, dit-elle en grognant.

— Et je n'ai même pas eu besoin de te demander de dire ça.

Elle rit, puis ses yeux se révulsèrent quand il bougea.

— Prends tes seins dans tes mains, Ev. Stimule tes tétons pendant que je te baise.

Elle ne répondit rien, mais fit ce qu'il lui disait. Il commença à aller et venir en elle, les pieds posés à plat sur le lit pour avoir un meilleur angle. Quand elle commença à faire onduler ses hanches, venant à la rencontre de ses coups de reins, il accéléra, fou de désir.

Il sentit ses bourses se contracter et sut qu'il n'était pas loin, alors il passa la main entre eux et vint caresser son clitoris tout gonflé avec son pouce. Il était sorti de son capuchon, et Storm se sentit baver. Bientôt, se promit-il. Bientôt il la goûterait et prendrait cette petite perle de chair dans sa bouche. Pour l'instant, il se contenterait de sa bouche.

Quand elle jouit, elle bascula en avant, les mains sur les épaules de Storm en criant son nom. Il la rejoignit rapidement, le corps couvert de sueur, tout tremblant de plaisir.

Ils s'enlacèrent, lui toujours en elle, tandis qu'ils essayaient de reprendre leur respiration. Il avait su que lui faire enfin l'amour voudrait dire quelque chose, mais il n'avait pas imaginé que ce serait comme ça. Ce besoin débordant de la tenir et de ne plus jamais la lâcher, de la protéger tout en la regardant continuer à être cette femme exceptionnelle et pleine d'assurance.

Il avait bel et bien fait le truc qu'il s'était un jour promis de ne jamais faire.

Il était tombé amoureux de la copine de son meilleur ami.

Et pourtant... ce n'était plus qui elle était. Elle était *Everly*.

Et, pensa Storm, elle était *sienne*.

Du moins, il l'espérait.

JILLIAN

ELLE AVAIT LE CŒUR SERRÉ, et pourtant il n'y avait rien qu'elle puisse y faire. Peu importait le nombre de fois où elle se disait qu'elle était plus forte que ce que les gens pensaient, elle savait qu'elle ne faisait que se mentir.

— Ça suffit, le misérabilisme.

Elle carra les épaules et sortit de son pick-up. La porte grinça en se refermant, et elle comprit que le pauvre véhicule n'en avait plus pour longtemps. Un truc de plus à ajouter à sa to-do list. Une liste qui était plus longue que son pick-up, à ce stade, mais maintenant qu'elle travaillait pour Montgomery Inc., elle allait enfin pouvoir commencer à en rayer certains éléments.

Travailler avec un ex qui n'était pas vraiment un ex avait ses avantages. Elle avait une sécurité sociale, un salaire et des gens qui la respectaient, même si elle faisait soi-disant « un travail d'homme ». Bien sûr, il y avait aussi des choses moins agréables comme... travailler avec *lui*.

Wes Montgomery.

Le jumeau de Storm, et un vrai emmerdeur. Il l'avait

détestée dès le départ, quand elle avait rencontré Storm, et il n'avait pas eu de problème à le faire savoir. Mais ça n'avait pas d'importance : elle aimait son boulot, et Wes pouvait aller se faire voir.

Elle poussa un soupir et essaya d'ignorer les larmes qui lui brûlaient les yeux. Elle ne pleurerait *pas*. Elle avait simplement besoin de sommeil, ou de café, ou les deux. Elle était en manque des deux, avec tout ce qu'il s'était passé la veille.

— Oublie ça, maugréa-t-elle. Tout va bien. Ça va aller. Passe à autre chose.

— Tu parles toute seule sur le parking ?

Bien sûr, il fallait qu'il la voie en train de se remotiver. Bien sûr. Pourquoi fallait-il que ce soit Wes qui arrive derrière elle ? Ça aurait pu être Godzilla ou n'importe qui d'autre, mais non, il fallait que ce soit Wes Montgomery.

— Je n'ai trouvé personne d'assez intelligent pour avoir une conversation avec moi, alors forcément, je parle toute seule.

Quand elle était perturbée, elle devenait méchante, et c'était un trait de personnalité qu'elle détestait chez elle.

— Mmh-mmh.

Wes l'observa des pieds à la tête avant d'aller jusqu'à la porte et de l'ouvrir en lui faisant signe d'entrer :

— Après toi.

Elle lui adressa un grand sourire hypocrite.

— Merci.

Dès qu'elle fut entrée dans le bureau, Storm la regarda et fronça les sourcils.

— Qu'est-ce qui ne va pas ?

Elle leva la main.

— Rien.

— Tu mens.

Everly, qui se tenait à côté de Storm en train de regarder des papiers, fronça les sourcils à son tour.

— Storm, arrête de l'embêter. Mais Jillian ? Qu'est-ce qui ne va pas ?

La plupart des gens auraient peut-être pensé que c'était bizarre qu'une amitié commence à se former entre Everly et Jillian, mais c'était parce qu'ils ne les connaissaient pas. Jillian aimait Storm, mais pas comme une petite amie, et elle avait le sentiment qu'Everly était en train de tomber amoureuse de lui de la meilleure façon possible. Si elles n'arrivaient pas à s'entendre, ça créerait des problèmes. Heureusement, elles semblaient se comprendre et n'avaient aucune envie de sortir les griffes.

Non, ça, c'était uniquement entre elle et Wes.

Elle avait dit à Storm qu'elle voulait trouver le bonheur de son côté et un homme digne d'elle, mais en vérité, elle avait mis fin à leur histoire parce qu'elle avait vu les étincelles entre Storm et la veuve de son meilleur ami. Il n'y avait pas moyen qu'elle se dresse en travers de ça.

Ils la fixèrent tous les deux suffisamment longtemps pour qu'elle comprenne qu'il serait futile de faire comme si de rien n'était.

— Mon père est tombé hier en nettoyant une gouttière et s'est cassé la jambe. Il a des contusions au niveau de la poitrine qui inquiètent les médecins.

Elle poussa un soupir, et ses yeux s'emplirent de larmes. Elle cligna des paupières avec rage pour les faire disparaître.

— Il est toujours à l'hôpital, mais son état est stable.

— Putain, gronda Storm.

Il fonça sur elle et la serra dans ses bras. Storm avait toujours été très doué pour les câlins. Quand il recula, Everly prit sa place et l'étreignit à son tour. Ensuite, ce fut Tabby, et Jillian finit toute balbutiante.

Elle ne savait pas ce qu'il arriverait à son père, mais être entourée de gens qui voulaient la réconforter faisait du bien. Et même si Wes ne la serra pas dans ses bras, il resta à proximité et la regarda avec empathie. Ce n'était pas rien, même s'il l'agaçait toujours terriblement.

Sa vie ne se passait pas tout à fait comme elle l'avait prévu, mais elle trouverait un moyen pour que ça fonctionne. Elle y était toujours parvenue par le passé, et elle refusait de laisser quoi que ce soit la terrasser maintenant.

Plus jamais.

CHAPITRE QUINZE

EVERLY ESSAYAIT de ne pas se faire trop d'espoirs, mais elle ne pouvait pas s'en empêcher. Il *fallait* que ça marche. Ils étaient chez l'orthophoniste ce matin et devaient travailler avec les implants pour voir si James entendait correctement. Ce n'était que la première étape dans cette nouvelle phase de leurs vies, mais elle *sentait* à quel point ce jour était particulier.

Son bébé venait d'entrer sur un nouveau chemin, et elle était là avec lui.

Dieu merci, Storm était dans la salle d'attente avec Nathan, si bien qu'elle n'avait pas à le gérer. Elle savait qu'il faudrait qu'elle fasse attention à ça, car elle ne pouvait pas toujours compter sur Storm pour s'occuper d'un des jumeaux ou même des deux quand c'était nécessaire. Il n'était pas leur père, et le tournant qu'avait pris leur relation était encore récent. Il était important d'établir des limites et de les respecter. Les limites, c'était une bonne chose.

C'était bizarre d'avoir quelqu'un sur qui compter dans les situations où c'était plus simple d'avoir de l'aide. Ce n'était pas quelque chose dont elle avait l'habitude. Jackson n'avait jamais été présent dans la vie de ses enfants, et elle avait tout fait toute seule.

Non, corrigea-t-elle, Jackson n'avait jamais été présent dans la vie des jumeaux. Apparemment, il avait été là pour ses deux aînés, et peut-être qu'il avait passé les premiers jours de la vie de son troisième enfant avec Rachel.

Elle sentit la bile venir engluer sa langue et repoussa ces pensées. Elle n'avait toujours pas décidé comme elle allait gérer cette drôle de situation. C'était presque comme si elle l'ignorait, mais elle avait tellement d'autres choses à l'esprit et sur son emploi du temps que c'était facile de faire comme si ça n'existait pas.

Pour l'instant.

Elle poussa un soupir et fit courir sa main dans le dos de James. Son petit lui sourit et, une fois de plus, elle tomba raide dingue de son adorable frimousse.

— Vous êtes prêts ? demanda le médecin.

L'orthophoniste de James ainsi que deux infirmières les encadrèrent.

— Oui, répondit-elle fermement alors que James plaçait sa petite main dans la sienne. Nous sommes prêts.

— Prêt, dit James, les yeux sur ses lèvres comme s'il lisait dessus.

Elle savait qu'il entendait d'une oreille, mais il y avait des tas de fois où il loupait quelque chose parce qu'il ne regardait pas la personne qui parlait, ou qu'on lui parlait trop vite et du mauvais côté. Il fallait espérer que toute la douleur et l'angoisse que prendre la décision de l'opérer avait causées vaudraient le coup.

C'était en des moments pareils qu'elle avait envie de quelqu'un sur qui s'appuyer, de quelqu'un à qui parler. Le visage de Storm lui apparut, et elle repoussa cette pensée. Ils n'étaient pas du tout à ce stade dans leur relation, et elle n'était pas sûre qu'ils y soient un jour. Elle n'était même pas sûre de vraiment *vouloir* d'un tel partenaire. Elle n'en avait jamais eu, après tout. Et si ça ne marchait pas ? Qu'est-ce que ça donnerait pour les garçons ?

Elle poussa un autre soupir et se concentra sur ce qu'il se passait autour d'elle plutôt que sur les pensées qui tournaient dans sa tête. Ce ne serait pas comme dans une de ces vidéos YouTube où un bébé entendait la voix de sa mère pour la première fois et où tout le monde se mettait à pleurer. James connaissait déjà sa voix, ainsi que la sienne propre, mais peut-être que maintenant, il entendrait un peu mieux de son autre oreille. Même si ça n'était pas parfait, les médecins espéraient que ça aiderait son sens de l'équilibre et sa proprioception.

Ils attaquèrent la préparation et attachèrent différentes choses à la tête et aux oreilles de James, puis branchèrent des trucs à l'ordinateur. Elle savait à quoi servait chacun de ces appareils car elle avait fait des recherches en profondeur sur Internet et dans ses nombreux livres, mais en cet instant, tout ça partit en fumée. Tout ce qu'elle voyait, c'était son petit garçon et ses grands yeux.

L'infirmière tapota le bras d'Everly et hocha la tête. Ça voulait dire que c'était son tour de parler. Ils voulaient qu'Everly soit la première, et des larmes vinrent brûler ses paupières. Au final, ça allait peut-être se terminer comme sur une de ces vidéos ; l'autre infirmière avait pris son téléphone et filmait, au cas où.

— James ? Tu entends maman ?

James écarquilla les yeux et tendit la main vers l'implant. Les larmes se mirent à couler pour de bon sur les joues d'Everly, et elle caressa le nez de son fils.

— James ?

— Maman ! Ta voix, elle est bizarre.

Des larmes emplirent les yeux de son petit, et elle se retint de le serrer fort dans ses bras, car il y avait encore quelques fils sur le passage.

— La tienne est parfaite, dit-elle une fois qu'elle eut repris son souffle. Juste parfaite.

— Tu es parfaite aussi, maman, dit-il avec un sourire en frottant en dessous de son oreille. Je t'aime.

Maintenant, elle sanglotait pour de bon, tout comme deux des infirmières. Pourquoi avait-elle décidé de mettre du mascara ce matin, c'était un mystère.

— Je t'aime aussi.

Ensuite, ils la laissèrent serrer son fils dans ses bras, et quelqu'un fit entrer Storm et Nathan dans la pièce. Elle croisa le regard de Storm, et il baissa les yeux vers l'enfant dans ses bras avec un sourire si radieux qu'elle comprit qu'elle était tombée folle amoureuse de lui.

Et elle espérait de tout cœur ne pas être en train de faire une erreur.

Plus tard cet après-midi, ils s'étaient retrouvés attablés à la terrasse d'un café qui acceptait les chiens, et elle n'arrivait pas trop à comprendre comment elle en était arrivée là. Ses deux garçons étaient assis face à face sur leurs rehausseurs, entre Storm et elle. Randy était blotti sur les genoux de Storm depuis environ une demi-heure après avoir couru comme un fou dans le parc et mangé sa ration. Désormais, il était étalé en travers des cuisses de Storm, son petit ventre bien rempli. Les garçons avaient voulu lui donner de ce qu'ils mangeaient aussi, mais Storm s'était montré ferme et leur avait expliqué que Randy ne mangeait pas comme les humains et qu'il était en phase de dressage.

James et Nathan avaient tous les deux hoché sagement la

tête et promis de ne pas se mettre en travers du « d'essage ». Ils étaient franchement adorables.

Puis la serveuse avait fait un commentaire sur le fait qu'ils étaient si bien élevés et qu'ils formaient une magnifique famille ; les garçons n'avaient pas remarqué, et Storm n'avait pas eu l'air de paniquer. Pour tout dire, il avait accepté le commentaire sans broncher et continué à aider Nathan à manger son sandwich. Apparemment, Everly était la seule à paniquer, aujourd'hui. Storm avait même pris un jour de congé, malgré son emploi du temps bien chargé, pour les aider, ses enfants et elle. Wes avait compris, même si ça voulait dire que ça lui rajoutait du travail. Storm leur avait expliqué que ça serait bientôt la folie avec Tabby en congé, mais Everly savait qu'il s'en sortirait. Ça voulait juste dire qu'il ne pourrait peut-être pas passer autant de soirées ou de temps libre avec elle le week-end qu'il l'avait fait jusqu'à maintenant.

La serveuse avait pensé qu'ils étaient une famille.

Everly déglutit avec difficulté en essayant d'apaiser l'émotion qui lui serrait la gorge. Ce qu'était cette émotion au juste, elle n'en savait rien.

Storm lui jeta un drôle de regard.

— Est-ce que ça va ? articula-t-il silencieusement.

Elle déglutit à nouveau et hocha la tête avant de se tourner pour aider James à s'essuyer le visage. Storm fit de même avec Nathan, et elle retint les larmes qui lui brûlaient les yeux. Elle ne savait pas pourquoi elle réagissait ainsi, mais il fallait qu'elle se ressaisisse. Storm avait toujours été super avec ses enfants, et ça n'avait pas changé. C'était le fait qu'il passe autant de temps avec *elle* qui détraquait tout. Elle ne savait plus comment se comporter avec lui quand ils n'étaient pas seuls. Mais c'était son problème à elle, et il fallait qu'elle se débrouille avec.

Elle aurait peut-être été capable de fonctionner normalement sans la destruction de son commerce et toute cette histoire avec Rachel. Mais dans ces circonstances, elle avait l'impression d'avoir toujours un train de retard.

Quand ils eurent fini de manger, Storm paya, ce dont elle essaya de l'empêcher car elle avait encore de l'argent même si son travail était littéralement parti en fumée, mais il lui jeta un regard entendu. Puis ils rentrèrent chez elle avec sa voiture. Il avait laissé le pick-up devant sa maison car elle avait les sièges et pas lui.

C'était lui qui avait conduit, car elle avait dû répondre à un appel du capitaine des pompiers et n'avait pas eu envie de le mettre sur haut-parleur devant les garçons. Malheureusement, il n'y avait rien de nouveau et elle ne pouvait *toujours* pas mettre les pieds dans sa librairie, car l'enquête était encore en cours. Le capitaine voulait seulement la tenir au courant du peu d'éléments qu'ils avaient.

Oui, c'était un incendie criminel.

Non, ils ne savaient pas si la lettre qu'elle avait reçue avait un lien avec tout ça, mais ils continuaient à enquêter.

Non, elle n'était pas suspecte.

Oui, ils cherchaient toujours le responsable.

Elle ne savait pas ce qu'elle ferait si elle ne pouvait pas commencer à reconstruire bientôt, si c'était bien ce qu'elle avait envie de faire. Il ne resterait peut-être pas assez de choses à sauver, mais bon sang, ça avait été son rêve et ce qui lui procurait ses revenus. Désormais, elle n'avait plus rien.

Elle déglutit en ignorant la douleur dans son ventre à cette pensée.

Storm tapota sur le volant, et elle regarda vers lui. Il lui adressa un sourire rapide avant de reporter son attention sur la route, et son cœur palpita à nouveau de cette façon qui l'inquiétait.

— Je pensais acheter des sièges-auto pour le pick-up. Ça

sera plus pratique si on veut prendre ma voiture, même si ça ne me dérange pas de prendre la tienne.

Elle fronça les sourcils.

— Tu veux acheter des sièges pour les garçons ?

Il lui jeta un coup d'œil avant de revenir à la route. Elle savait pourquoi il se montrait si vigilant et concentré sur sa conduite plutôt que sur elle, et elle ne pouvait pas le lui reprocher. Ça faisait mal de se dire qu'il portait toujours toute cette culpabilité. Et même si d'autres auraient pu être un peu mal à l'aise à cause du lien entre cette histoire et Jackson et Rachel, elle ne l'était pas du tout. Storm avait passé toute sa vie à se repentir de péchés qui n'étaient même pas les siens, il n'aurait pas dû avoir à porter le poids de l'adultère de Jackson en plus du reste.

— Ev ? Allô ?

Elle cligna des yeux et se tira de ce petit aparté mental. Elle semblait incapable de se concentrer sur quoi que ce soit, aujourd'hui.

— Désolée, heu… pourquoi tu veux acheter des sièges-autos ?

Il fronça les sourcils dans sa direction avant de revenir à la route une fois de plus.

— Parce que je passe davantage de temps avec toi et que tu ne sais jamais quand tu risques d'avoir besoin de moi. Mais si c'est un problème, dis-le-moi.

Elle sentit à sa voix qu'il était blessé et se détesta pour cela. Il y avait une différence entre se montrer prudente et être cassante. Il essayait de l'aider et il fallait qu'elle définisse quoi faire de cela.

— Je pense que ce serait gentil de ta part, dit-elle au bout d'un moment en réfléchissant à ses mots.

— On peut en reparler, dit Storm au bout d'un moment. Il n'y a rien qui presse.

— Les garçons aiment beaucoup le pick-up, dit Everly en faisant de son mieux, en vain, pour ne pas avoir l'air d'une idiote.

Storm lui sourit, et elle retint un soupir de soulagement en constatant que c'était un vrai sourire.

— C'est parce que mon pick-up est génial.

Elle rit doucement en essayant de ne pas réveiller les deux garçons qui dormaient à l'arrière. Ils s'étaient écroulés avec Randy entre eux juste après être montés en voiture.

Le temps de mettre les garçons au lit pour leur sieste et de placer Randy au calme dans la buanderie avec un jouet à mâcher, la nervosité d'Everly avait atteint son paroxysme. Elle n'arrêtait pas de dire ce qu'il ne fallait pas et ne savait pas quoi penser, mais bon sang, elle ne pouvait pas vraiment s'en vouloir, avec tout ce qu'il se passait. Bien sûr, elle n'était pas naturellement comme ça, alors elle s'en voulait un peu... mais quand même.

— Maintenant que les garçons dorment et qu'on a quelques minutes devant nous, si tu m'expliquais ce qu'il se passe ? demanda Storm en entrant dans la cuisine.

Elle venait de sortir deux verres pour leur servir de l'eau et se tourna, se retrouvant dos au plan de travail, Storm devant elle.

— Qu'est-ce que tu veux dire ?

Il soupira et lui prit les verres des mains pour les poser.

— Allez, Ev. Tu es bizarre depuis tout à l'heure. C'est à cause de ce que la serveuse a dit ? Ou parce que j'ai passé toute la journée avec toi alors que normalement, tu es toute seule avec les garçons ? Ils ne savent pas ce qu'il y a entre nous, sinon ils en auraient parlé. Ils sont comme ça. Mais si ma présence fout le bordel, j'ai besoin de le savoir. Est-ce qu'on va trop vite pour toi ?

Il prit sa joue dans sa main et la caressa de son pouce.

— Je me sens un peu dépassée, répondit-elle avec franchise. Et pas seulement à cause de ce qu'il se passe entre toi et moi.

Il poussa un soupir.

— Tu traverses tellement d'épreuves, en ce moment, et ça me bouffe de ne pas pouvoir t'aider.

— Mais tu m'aides, répliqua-t-elle aussitôt. Le fait que tu sois là avec moi, ça m'aide.

— Même si ma présence te fait peut-être paniquer un peu ?

Elle grimaça.

— Je ne sais pas trop comment agir avec toi. On est amis. On *était* amis. Ensuite, c'était un peu bizarre entre nous après la mort de Jackson. Et maintenant, on est plus qu'amis. *Bien* plus qu'amis. Et tu es tellement génial. Mais tu en sais tellement sur moi et tu es lié à tout ce qu'il se passe, alors même que tu as tes propres problèmes à gérer. Tout ça, ça fait un peu beaucoup en même temps.

Il baissa la tête vers elle et soupira.

— Alors vois ça par étapes. C'est comme ça que j'ai appris à vivre au cours des vingt dernières années. Essayer de tout gérer à la fois, ça va te peser tellement que tu ne pourras plus respirer.

Elle posa les mains sur son torse et se laissa aller contre lui au lieu de le repousser. Toute la journée, c'est ce qu'elle avait fait, elle l'avait lentement repoussé afin de retrouver le contrôle, mais ce n'était pas la bonne façon d'opérer. Elle ne pouvait pas continuer à mettre son passé avec Jackson sur les épaules de Storm. Oui, elle avait peur de faire confiance et de se reposer complètement sur quelqu'un, mais Storm n'était pas Jackson, et elle le savait.

— Tu n'es pas Jackson, murmura-t-elle.

Storm se raidit.

— Je le sais, dit-il avec précaution en se reculant pour la regarder dans les yeux. Mais toi, tu es sûre que tu le sais ?

Elle déglutit et hocha la tête.

— Oui, je le sais. Ça se mélange parfois un peu dans ma tête, mais je *sais* que tu n'es pas lui. Il n'était jamais vraiment présent à cent pour cent, voire présent tout court, dans notre relation. J'ai toujours pensé que c'était parce qu'il aimait son travail et qu'il se jetait à corps perdu dedans, mais aujourd'hui, je n'en suis plus si sûre.

— C'était un enfoiré, cracha Storm.

— Oui, en effet. Il s'est foutu du moi et, bon sang, il s'est foutu de Rachel aussi, mais je ne sais pas si elle le voit comme ça. Il m'a entubée, Storm, et je ne m'en étais même pas rendu compte jusqu'à il y a peu.

— Si je pouvais lui foutre une raclée, je le ferais.

— Mais tu ne peux pas. Il n'est plus là, et on doit se débrouiller avec le bordel qu'il a laissé derrière lui. Je suis simplement surprise que ça ait mis autant de temps à faire surface.

— Si je n'avais pas trouvé cette photo... bon sang, si je ne les avais pas présentés l'un à l'autre, rien de tout ça ne serait arrivé.

Elle secoua la tête, le regard dur.

— Ne t'en veux pas. Il aurait trouvé un autre moyen. Une autre femme. C'est ce que font les hommes dans son genre, non ?

Elle poussa un soupir.

— Mais enfin, bref, il s'est fichu de moi, et j'ai passé les trois dernières années à apprendre à être une mère célibataire. Je ne peux pas changer ça du jour au lendemain pour toi. Et je sais que c'est chiant et que je me montre difficile, mais je dois penser à mes enfants en premier.

— Je ne leur ferai pas de mal. Ils ont toujours été importants pour moi.

Des larmes emplirent les yeux d'Everly, et elle les essuya

rageusement. Elle semblait être tout le temps en train de pleurer, ces temps-ci, et elle détestait ça.

— Je sais. Et c'est une des raisons pour lesquelles je suis avec toi. Tu tiens aux gens. Tu fais passer tout le monde avant toi, même si ça fait mal. Tu es mon ami, Storm. Mon ami et mon amant. Et je ne sais pas comment réconcilier ça avec l'homme que je connais. J'ai besoin d'un peu de temps pour savoir où j'en suis.

Il prit son visage entre ses mains et s'empara de ses lèvres sans un mot de plus. Quand il se retira, ils étaient tous les deux hors d'haleine.

— Tu n'as pas besoin de faire ça tout de suite, et tu n'as pas non plus besoin de le faire seule. Tu ne peux rien faire pour la librairie pour le moment. Quant à Rachel, tu trouveras quoi faire bientôt. J'en suis sûr. En ce qui me concerne ? Je suis là. Je ne vais pas disparaître. Oui, je risque d'être un peu pris dans les prochaines semaines avec tout le boulot qu'on a à Montgomery Inc., mais je ne vais pas m'éloigner. Je veux t'avoir dans mes bras, Everly. Je veux être là avec toi. Le reste viendra ensuite. Ensemble, si tu veux, ou bien toute seule si c'est ce dont tu as besoin. Je ne vais pas te forcer à prendre des décisions ou les prendre à ta place. Je ne suis pas ce genre de mec, même si mon côté bourru essaie parfois de prendre le dessus.

Il lui fit un clin d'œil avec ces derniers mots, et ça la fit rire. Elle se redressa pour l'embrasser sur le menton.

— Tu es formidable, Storm Montgomery.

— Ma mère est de cet avis aussi. Et en parlant de ma mère...

Elle fronça les sourcils.

— Tu passes un peu du coq à l'âne, hein.

Il grimaça.

— Elle veut que tu viennes avec les garçons au barbecue chez mes parents, le week-end prochain. Et il faut que je te prévienne, il y aura beaucoup, beaucoup de Montgomery.

Nous huit, déjà, et je crois qu'elle a invité mes cousins de Colorado Springs, comme c'est leur tour. On est bien trop nombreux pour faire un truc avec les quatre groupes de cousins en même temps. Denver se retrouverait submergé par les Montgomery.

Everly avait mal à la tête.

— Ta mère veut qu'on vienne ?

Il hocha la tête.

— Elle voudrait que tu viennes même si tu n'étais pas avec moi. Les garçons et toi, vous êtes tombés dans ses filets, désormais, ce qui veut dire qu'elle compte s'occuper de vous.

— Elle est venue avec ton père à l'hôpital pour l'opération de James, remarqua-t-elle machinalement.

— Oui, mes parents sont plutôt cools. Je devrais te prévenir qu'elle sait que nous sommes ensemble, qu'elle risque de faire une remarque et qu'elle voudra en savoir davantage sur toi, mais tu es coriace. Tu sauras la gérer. À peu près.

Il sourit en disant ça, et elle s'appuyant contre lui en riant.

— Dans quoi je me suis embarquée avec vous autres ?

Storm eut un grand sourire.

— De sacrées embrouilles. C'est une de nos devises.

— Vous avez plusieurs devises ?

— On a même un tatouage. Une fois que tu es un Montgomery, c'est pour la vie.

Elle n'arrivait pas vraiment à imaginer avoir ce genre de famille. Elle n'avait jamais rien eu de tel, et les parents de Jackson ne s'étaient jamais montrés chaleureux envers elle. Bon sang, ils ne lui parlaient même plus. Mais les Montgomery ? C'était une toute nouvelle expérience.

Et elle n'avait pas la moindre idée d'où elle mettait les pieds.

— Qu'est-ce que j'amène ? demanda-t-elle avec un soupir.

Storm sourit, le regard pétillant.

— Rien que les garçons et toi. Elle n'aura pas besoin de

plus.

Il baissa la voix.

— Et je n'ai pas besoin de plus.

Elle se laissa aller contre lui, et il l'embrassa.

— Les garçons dorment, tu sais.

Il l'embrassa à nouveau.

— À ce qu'il paraît.

Un baiser dans son cou. Derrière son oreille. Puis une petite morsure à la mâchoire. Elle faillit se pâmer contre lui. Il fit glisser ses mains sur elle, et elle embrassa son épaule. Il lui en fallait davantage.

Il la tira dans sa chambre et se frotta contre elle, déclenchant des frissons le long de sa colonne vertébrale.

— J'ai envie de te goûter.

Ils s'étaient fait tester et avaient tous les deux des résultats négatifs.

Elle secoua la tête.

— Moi d'abord.

Avant qu'il puisse dire quoi que ce soit, elle se laissa tomber à genoux devant lui. Heureusement, il ne protesta pas alors qu'elle défaisait sa ceinture et abaissait sa fermeture éclair pour sortir son sexe de son caleçon. Il enfouit une main dans ses cheveux et poussa un gémissement.

Quand elle agrippa la base de son membre et serra, il laissa un petit rire rauque lui échapper.

— Je vais jouir trop vite, ma belle. J'ai envie d'éjaculer *en toi*.

— Si tu le fais dans ma bouche, ça sera toujours en moi.

Elle lui fit un clin d'œil avant de le lécher sur toute la longueur.

— Et si je te fais jouir maintenant, ça te donnera le temps de me lécher en long, en large et en travers avant d'avoir suffisamment récupéré pour me sauter.

Elle *savait* qu'elle était rouge pivoine en disant ça, mais s'en fichait. Elle était peut-être un peu gênée, mais c'était sexy de dire ce genre de choses à Storm, et à la façon dont ses yeux se révulsèrent quasiment, ça avait l'air de lui plaire aussi.

— On dirait un défi, remarqua-t-il avec un sourire carnassier. Ça me plaît.

Avant qu'il ait pu la convaincre de ne pas le faire, elle aspira le bout de son sexe dans sa bouche et y fit courir sa langue.

— Seigneur Jésus.

En guise de réponse, elle fredonna contre lui tout en allant et venant de la tête. Elle stimula avec ses mains, ce qu'elle ne pouvait pas faire entrer dans sa bouche. Elle prit ses bourses dans ses paumes et les fit rouler tout en plaquant des baisers mouillés et bruyants le long de sa verge. Elle savait en le sentant se raidir sous ses caresses que ça lui plaisait quand elle léchait la veine qui parcourait toute la longueur de son sexe.

Quand elle le reprit dans sa bouche et caressa la bande de peau derrière ses bourses en même temps, il gémit et tira encore davantage sur ses cheveux. Elle décontracta sa langue et avala la moindre goutte de sperme alors qu'il jouissait, les jambes tremblant contre elle.

Dès qu'il fut ressorti de sa bouche, il la souleva pour l'embrasser à lui couper le souffle. Tout tremblants et haletants, ils se débarrassèrent du reste de leurs vêtements.

— À genoux devant moi, ordonna Storm en lui donnant une légère claque sur les fesses pour la faire se retourner. Je vais me repaître de toi jusqu'à ce que tu jouisses. Deux fois.

— On dirait un défi, répéta-t-elle.

Mais elle ne protesta pas et se positionna au bord du lit pour qu'il puisse la lécher par-derrière. Elle gémit quand il glissa deux doigts en elle tout en léchant son clitoris. Sa barbe piquante sur la soie de ses jambes la fit décoller bien plus vite qu'elle ne l'avait prévu. Et avant qu'elle puisse ne serait-ce que prononcer son nom, il enfonça un troisième doigt en elle, le tordant juste comme il fallait pour appuyer sur cette petite boule de nerfs en elle, lui donnant un orgasme beaucoup plus vite qu'elle ne l'aurait cru possible.

— Storm, haleta-t-elle, si excitée qu'elle était prête à jouir de nouveau.

En guise de réponse, il mordit son clitoris, et elle hurla tandis que l'orgasme le plus fort de toute sa vie la dévastait. Elle était toujours en train de jouir quand il fit ressortir ses doigts d'elle et la retourna sur le dos.

— Prête pour ma queue ?

Elle cligna des yeux en le regardant, brûlante, les nerfs à fleur de peau. Ses seins étaient lourds, et ses tétons pointaient.

— Tu es déjà prêt ?

Il lui fit un clin d'œil.

— On dirait que je n'ai aucun mal à bander avec toi.

Il déroula un préservatif sur son sexe et remonta les jambes d'Everly sur son épaule.

— Je vais te baiser comme ça, mais j'ai besoin que tu pinces tes tétons. Joue avec tes jolis seins, Ev. Montre-moi comme tu es une mauvaise fille.

— Tant que tu es mon mauvais garçon.

Le sourire de Storm dévoila ses dents.

— Oh putain, oui, Ev. Toujours.

Elle se lécha les lèvres et prit ses seins dans ses mains. Ses tétons étaient si sensibles que rien les effleurer de ses petits doigts fit se contracter son vagin. Storm s'enfonça en elle au même instant, et ils gémirent tous les deux.

— Bébé, tu es tellement serrée dans cette position que je vais jouir beaucoup trop vite.

— Alors pense à l'Angleterre, et mets-toi au boulot, dit-elle en riant.

Elle rougit à ses propres mots. Il n'y avait que dans des romans à l'eau de rose qu'elle avait lu ce genre de choses, et elle n'aurait jamais pensé à les prononcer à voix haute. Mais avec Storm, elle avait envie d'être cochonne. Plus elle était cochonne, mieux c'était.

— Je peux faire ça, Votre Altesse.

Puis il *bougea.*

Elle serra ses seins et tritura ses tétons tandis qu'il la baisait sans douceur, et quand elle jouit à nouveau, il gémit et écarta ses jambes tout en continuant à bouger. Il se retrouva au-dessus d'elle et désormais, il lui faisait l'amour, même si c'était toujours de la baise. Mots cochons ou pas, c'était le moment le plus romantique de toute sa vie, ou en tout cas, l'un des plus romantiques. Chaque fois qu'elle était avec Storm, elle avait l'impression que c'était le moment le plus passionné qu'elle ait connu.

— J'ai envie de toi, haleta-t-il, la voix râpeuse. Tu es tout pour moi, Ev. Tout.

Il était toujours en train d'aller et venir tandis qu'il l'embrassait, et elle fit courir ses mains le long de son dos couvert de sueur. Elle enroula ses jambes autour de sa taille, venant à la rencontre de chaque coup de reins, même si elle était complètement épuisée.

Et quand elle jouit à nouveau, il jouit en même temps qu'elle. Il se vida dans le préservatif, et elle sentit sa chaleur à travers. Sa barbe avait irrité se peau de façon délicieuse, et elle savait qu'elle aurait mal partout le lendemain. Mais ça n'avait pas d'importance. Ça n'en aurait pas.

Après ça, elle resta étendue dans ses bras comme si elle n'avait pas le moindre souci.

Les soucis reviendraient le lendemain, elle le savait, mais pour l'instant, elle voulait vivre dans l'instant.

C'était la seule chose qu'elle pouvait faire.

CHAPITRE SEIZE

EVERLY AURAIT EU besoin d'une sieste, mais elle savait que ça n'était pas pour tout de suite. Même si partir au lit était tentant, elle avait promis à ses amies qu'elle prendrait part à leur soirée entre filles. Les garçons étaient avec Marie et Harry qui s'étaient portés volontaires pour s'occuper de tous les enfants, vu que les garçons faisaient une soirée entre mecs de leur côté. Comment ils comptaient gérer tant de gamins à la fois, elle n'en savait rien, mais comme ils avaient élevé huit enfants, elle se disait qu'ils devaient avoir des super-pouvoirs.

Elle avait laissé les garçons chez Austin et Sierra, car c'étaient chez eux que les parents Montgomery passeraient la soirée avec les gosses, et désormais elle était dans sa voiture sur le parking derrière Montgomery Ink et Taboo. Il n'était pas facile de trouver une place dans le centre de Denver, alors c'était génial qu'ils aient leur propre parking, même s'il était petit. Elle n'avait qu'une place et demie derrière son bâtiment, et même sa voiture de ville n'y passait pas toujours quand il y avait beaucoup de neige ou de pluie.

Everly n'arrivait toujours pas à croire combien sa vie avait changé en si peu de temps. Elle était passée de n'avoir que Tabby dans sa vie, et Storm à la périphérie de son existence, à avoir tout un groupe d'amis ainsi qu'une famille entière qui n'était pas la sienne, mais qui lui proposait de garder ses enfants pour qu'elle puisse souffler un peu.

On frappa à sa fenêtre, et cela lui arracha un cri. Elle se tourna et vit Maya à côté de sa voiture, les yeux écarquillés.

— Tu m'as foutu la trouille.

Maya devait avoir hurlé pour qu'Everly l'entende à travers la vitre. Elle poussa un soupir et ouvrit sa portière, forçant Maya à reculer d'un pas.

— C'est *toi* qui m'as foutu la trouille.

Elle rit et secoua la tête.

— J'ai cru que j'avais affaire à un psychopathe.

Ou à Rachel. Everly retint une moue. Pourquoi pensait-elle que ça aurait pu être Rachel ? Elle ne le savait pas, mais le fait que cette histoire ne soit toujours pas résolue la mettait mal à l'aise. Dieu merci, cette soirée entre filles allait l'empêcher de penser au million de trucs qui la stressaient.

Maya eut un grand sourire.

— Oh, je n'aurais pas tapé à la vitre avec mon grand couteau si j'avais compté t'assassiner. J'aurais déjà été sur la banquette arrière, prête à t'égorger au moment où tu t'y serais attendue le moins.

Everly se figea.

— Tu es quelqu'un d'intéressant, Maya.

Ça fit rire l'autre femme.

— Je fais de mon mieux. Bon, allez, on va dans le nouveau bar au bout de la rue. On va prendre un verre ou deux, suivant qui conduit, grignoter des cochonneries dont les calories iront droit dans nos fesses, puis on rentrera à la maison pour retrouver nos mecs tout excités par le sucre et le gras, et on les laissera faire des folies avec nous.

Bon, c'était un peu plus descriptif que ce à quoi Everly s'était attendue de la part de Maya, mais maintenant qu'elle y pensait... peut-être qu'elle pourrait retrouver Storm après sa soirée avec les filles et passer un peu de temps en privé avec lui avant d'aller chercher les garçons.

— Je vois à la lueur dans tes yeux que tu es en train d'y réfléchir ; mais comme tu es sûrement en train de penser à mon frère, je vais éviter de te demander des détails.

Maya eut un frisson exagéré, puis la tira par le bras pour la faire avancer.

— Allons-y. Je crois qu'on doit être les dernières. Ça m'a pris plus de temps que d'habitude pour dire au revoir.

— Parce que tu as deux hommes qui t'attendent à la maison ?

Everly ne savait pas comment elle faisait pour gérer toute cette testostérone. Elle avait déjà du mal rien qu'avec Storm, et ce n'était pas comme si ce qu'ils avaient était aussi sérieux qu'un mariage, un engagement à temps plein.

Maya se mit à rire.

— Eh bien, en temps normal, je dirais oui, mais là, il s'agit de mon *autre* petit homme, Noah. Il est turbulent, mais pour être franche, j'en porte le blâme. Il paraît que j'étais une sainte terreur, d'après plusieurs sources, donc c'est logique que mon fils le soit aussi. Et comme je suis complètement gaga avec lui, il m'a fallu un moment avant de le laisser à mes parents.

— Je ne peux rien dire. J'aime tellement mes fils que parfois, je me dis que je ne veux jamais les avoir loin de moi.

— Ça doit être encore plus dur entre l'asthme de Nathan et l'opération de James.

— C'est vrai, mais on se débrouille. Même si les soirées entre filles, c'est un peu nouveau pour moi.

— Eh bien, même si tu ne sortais pas avec Storm, tu es une amie de Tabby, et Tabby fait partie du groupe. Les Montgomery ont tendance à récupérer des membres à droite et à gauche. C'est comme ça.

Maya rit en disant ça, et Everly se demanda dans quoi elle s'était fourrée au juste avec cette famille.

Elles traversèrent la rue et entrèrent dans le bar rénové depuis peu. Auparavant, c'était un café qui ne marchait pas. Il y avait des cafés à tous les coins de rue, à Denver, mais à moins que ce soit une grosse chaîne ou un établissement avec un caractère bien défini qui attirait les gens, ils ne duraient pas longtemps. Il y en avait trop. Bien sûr, on aurait pu dire la même chose des bars.

La musique les assaillit quand elles entrèrent, et Everly grimaça. Maya lui jeta un coup d'œil et renifla.

— Oui, on est peut-être un peu trop vieilles pour ce genre d'endroits, hurla-t-elle par-dessus le vacarme.

— Everly ! Maya ! Par ici ! cria Tabby dans le coin où leurs amies avaient accaparé un groupe de tables.

Elles les rejoignirent et étreignirent tout le monde. Elles crièrent en riant par-dessus la musique même s'il y avait moins de bruit dans ce coin qu'à l'entrée. Meghan et Miranda étaient assises de l'autre côté de la table, superbes toutes les deux, la première dans une robe verte, l'autre bleue. Maya portait une combinaison-pantalon noire qui avait l'air très chic et en même temps un peu punk, avec tous ses tatouages et ses piercings. Tabby avait un haut à paillettes et un legging en cuir noir, qui, d'après elle, était plus confortable qu'un pyjama. Autumn était vêtue d'une robe rouge et noire qui faisait ressortir ses boucles rousses, élégante et séductrice sans forcer. Quant à Sierra, elle avait une robe violette qui flottait autour de ses chevilles et donnait l'impression qu'elle était sur le point de se mettre à danser.

Everly était partie sur une robe noire et un boléro, car elle ne possédait pas grand-chose d'autre. Elle n'avait pas vraiment eu l'usage de robes cocktails ou de trucs à paillettes, au cours des trois dernières années, vu qu'elle avait été occupée à allaiter, puis à élever des jumeaux tout en travaillant plus qu'à plein temps.

— Bon... qu'est-ce qu'on en pense ? demanda Sierra, un sourcil haussé.

Everly pinça les lèvres pour retenir un rire tandis que les autres filles essayaient de faire comme si elles passaient un bon moment.

— Je vois...

Sierra poussa un soupir.

— Je ne suis tellement pas dans le vent, en ce moment. Je pensais que je pourrais être une maman jeune et cool pour Leif, mais on dirait bien que je ne suis pas aussi cool que je le pensais.

— Ça se dit toujours, cool ? demanda Everly.

Elle rougit quand les autres la regardèrent.

— Je veux dire, je sais que « giga », c'est terminé, mais est-ce qu'il y a un autre mot pour dire « stylé » ou je ne sais quoi ?

Maya leva un des verres que les autres avaient amenés pour leur cruche d'eau et leurs margaritas.

— Au fait d'être stylées, cool, giga, top, et je ne sais pas quel autre mot les jeunes utilisent de nos jours.

Everly se mit à rire et leva son verre d'eau en essayant d'éviter de le renverser alors qu'elles les entrechoquaient. Elle ne buvait pas beaucoup, ces temps-ci, et comme elle devait conduire elle préférait la jouer prudente.

— Bon, allons danser ! s'écria Miranda en se levant.

Elle trémoussa ses hanches.

— Vite, avant que les mecs arrivent et que ça ne soit plus une soirée entre filles.

Everly fronça les sourcils.

— Les mecs doivent venir ?

Storm n'en avait pas parlé quand elle l'avait vu ce matin, ni dans ses textos au cours de la journée pendant qu'ils avaient chacun leurs rendez-vous. Peut-être que les autres comptaient venir, mais ce n'était pas le cas de Storm. Elle essaya de ne pas se sentir perturbée.

— Ils le font à chaque fois, dit Meghan en levant les yeux au ciel. Peu importe que ce soit une soirée entre filles. Les mecs finissent toujours par nous rejoindre, même si ce n'est pas prévu.

Cela la fit se sentir un peu mieux, mais elle ne savait toujours pas trop quoi faire de la déception qui s'était emparée d'elle à la pensée que Storm ne vienne pas. Oui, ça commençait à être sérieux entre eux, mais ça avait été sérieux avec Jackson aussi, bon sang.

— Arrête de froncer les sourcils, dit Tabby en passant un bras en travers de sa taille. Allons danser.

Everly grimaça.

— Je ne danse pas. Je veux dire, je ne *sais* pas danser.

— C'est pour ça qu'on danse en groupe, intervint Miranda. Comme ça, ça ne se voit pas.

— Quand tu donnes aux prédateurs trop de choses à regarder, ils n'arrivent pas à choisir ce qu'ils veulent voir, ajouta Autumn en balançant ses cheveux par-dessus son épaule. Ou un truc du genre. Je ne me rappelle plus au juste, c'était dans un docu animalier, mais allez. Viens danser !

Leur groupe prit tout un coin de la piste. Elles agitaient leurs bras et ondulaient des hanches au rythme de la musique, et elles avaient l'air tout à la fois merveilleuses et hilarantes. Il y avait des gens bien plus jeunes qu'elles autour, mais bon sang, Everly était au début de la trentaine, ce n'était pas non plus comme si elle était la gardienne de la crypte ou quoi.

De temps en temps, un homme essayait de s'infiltrer dans le cercle, mais Maya et Autumn déclinaient poliment s'il était sympa ou menaçaient ses testicules s'il se montrait un peu trop tactile. Danser en groupe avait ses avantages.

Quand une paire de bras se glissa autour de sa taille, Everly se retourna, prête à envoyer un coup de genou dans les parties de cette personne qui la touchait sans permission, mais elle s'arrêta net en voyant Storm.

Il portait une chemise bleu sombre et un jean bien coupé, mais tout ce qu'elle vit, c'était l'expression dans ses yeux. Il était tellement sexy et, au moins pour l'instant, il était *sien*.

— Salut.

Elle se lécha les lèvres, consciente que les autres mecs avaient rejoint leurs partenaires et les saluaient de façon plus intéressante.

— Salut, répondit-elle doucement. Je ne savais pas que tu devais venir.

— Je ne l'avais pas prévu, mais j'aurais dû.

— Bon, je vais me chercher un verre, dit Wes, pince-sans-rire. J'ai l'impression d'être la treizième roue du carrosse, là.

Everly grimaça et regarda le dernier Montgomery célibataire, si on considérait que Storm était avec elle.

— Tu peux rester avec nous, si tu veux.

Storm secoua la tête.

— Je ne partage pas.

Il l'embrassa dans le cou, et elle retint un frisson.

Wes se pinça l'arête du nez.

— On ne partage pas. Même si, va savoir, après la fac, on a connu quelques filles qui pensaient que ça serait fun d'être avec lui et moi en même temps...

Everly écarquilla les yeux.

— Hein ?

— Nous, on trouvait pas ça fun, ajouta Wes.

Storm pouffa de rire.

— Pas du tout. Ne t'inquiète pas. On n'est pas intéressés par un ménage à trois gémellaire.

— Ça me rassure, dit Everly en riant.

Elle secoua la tête alors que Wes s'éloignait en grommelant.

Storm l'embrassa dans le cou à nouveau, et elle se laissa aller contre lui.

— Même si j'adore regarder tes fesses se trémousser quand tu danses, qu'est-ce que tu dirais qu'on passe chez moi vite fait avant que tu doives aller récupérer les garçons.

Il mordit le lobe de son oreille, et elle se balança contre lui.

— Dégagez d'ici, vous deux, les taquina Maya qui se trouvait entre Border et Jake.

Ses maris ne l'enlaçaient pas comme ils l'auraient peut-être fait en d'autres lieux, mais Everly ne pouvait pas leur en vouloir. Il y avait récemment eu quelques agressions envers des couples poly dans la région, alors ils étaient prudents, même si tout le monde dans le groupe aurait été prêt à se battre pour le trio.

— Tu n'auras pas à me le dire deux fois.

Storm attrapa sa main et l'entraîna à sa suite. Ils saluèrent les autres de la main. Dès qu'ils furent sortis du bâtiment, Storm la prit dans ses bras et l'embrassa avec passion.

— On peut y retourner si tu veux danser. Je me suis mis à bander si fort en te voyant que j'avais du mal à garder mes idées en ordre. Si tu t'amusais, on peut rester. Promis.

Elle se dressa sur la pointe des pieds et embrassa son menton.

— Allons chez toi. J'ai dansé. J'ai ri. Maintenant, j'ai envie de toi.

— Parfait.

Il l'embrassa à nouveau et commença à avancer.

— Je suppose que tu es garé sur le parking des Montgomery ?

— Oui, vu que ma place n'est pas accessible pour le moment.

Elle repoussa de son esprit tout ce qui concernait la librairie, elle n'avait pas envie d'y penser en ce moment. Tout ce qu'elle avait envie de faire, c'était de penser à Storm et à ce qu'ils s'apprêtaient à faire. Tous ses soucis pouvaient bien attendre jusqu'au lendemain.

— Où tu t'es garé ? demanda-t-elle comme elle n'avait pas envie d'en parler.

— C'est Wes qui conduisait, et il est sur le parking aussi. On avait prévu qu'il me ramène, mais je crois que c'est encore mieux comme ça.

Elle s'arrêta avant de traverser la rue et l'embrassa à nouveau. Il fit courir ses mains dans ses cheveux, et elle soupira, consciente qu'ils se trouvaient au coin d'une rue, en pleine nuit, dans le centre-ville de Denver, mais incapable de s'en soucier en cet instant.

— Ça me va très bien.

Storm la plaqua contre la porte et l'embrassa dans le cou et le long de la mâchoire tandis qu'elle griffait son dos à travers sa chemise. Ils venaient d'arriver chez lui et étaient incapables de se détacher l'un de l'autre.

Il fit glisser sa main le long de sa robe et prit son sein dans sa main à travers le soutien-gorge sans bretelle. Elle frissonna à ce contact et s'arcbouta contre lui.

— Plus, hoqueta-t-elle. Plus fort.

Elle tira sur sa chemise, et il fit de même avec sa robe. Bientôt, ils se retrouvèrent nus tous les deux, leurs vêtements répandus autour de leurs pieds, les chaussures d'Everly à l'autre bout de la pièce où elle galérerait à les retrouver. Il glissa sa main entre les plis de ses lèvres, et elle enroula ses doigts autour de son sexe. Ils gémirent tous les deux, luisants de sueur, tandis qu'ils se touchaient et s'émoustillaient l'un l'autre.

Il glissa deux doigts en elle, et elle jouit, le corps arcbouté, en criant son nom, les paupières lourdes. Ses seins se firent lourds eux aussi, et elle mouilla encore davantage sur sa main. Elle gémit quand il retira ses doigts, mais ce ne fut que le temps pour lui de s'asseoir sur un fauteuil à proximité et de lui tendre un préservatif.

— Enfile-moi ça.

Les mains tremblantes, elle déchira l'emballage et déroula le préservatif sur sa verge.

— Prêt ?

— Toujours, Ev. Toujours prêt pour toi. Maintenant, enfourche-moi.

Les mains de Storm sur elle, elle s'installa à califourchon et se laissa lentement descendre sur son sexe. Arrivée tout en bas, elle se sentit s'embraser, la peau brûlante et les tétons si durs que ça faisait mal.

— Chevauche-moi, Ev. Tu peux le faire, ma belle.

Elle se pencha et l'embrassa sur les lèvres en plaçant les mains sur ses épaules. Elle roula des hanches, et ils gémirent tous les deux. Il agrippa sa taille pour l'aider à garder le degré de friction entre eux parfait tandis qu'ils montaient de plus en plus haut. Everly se renversa en arrière, elle sentait le moindre centimètre de lui en elle, il la remplissait tellement qu'elle avait l'impression qu'elle allait se rompre d'extase. Storm choisit ce moment pour se porter vers l'avant et saisir ses tétons dans sa bouche, l'un après l'autre.

Elle contracta ses muscles internes, et il poussa un juron.

— Recommence.

Elle abaissa la tête et croisa son regard en contractant ses muscles à nouveau. Ils gémirent tous les deux.

— Plus fort, murmura-t-elle. J'y suis presque.

— C'est fini, gronda-t-il en s'enfonçant en elle si fort qu'elle hurla.

Le plaisir l'envahit, fort et rapide, et elle jouit à cette seconde. Storm la suivit en allant et venant en elle jusqu'à ce qu'ils s'effondrent tous les deux sur le fauteuil, couverts de sueur, vidés.

Il fit courir ses mains dans le dos d'Everly et murmura à son oreille pour lui dire à quel point il avait envie d'elle, besoin d'elle...

Et elle le serra dans ses bras avec l'envie que ce moment ne se termine jamais, même si elle savait bien qu'il risquait de prendre fin. Parce qu'elle n'arrivait jamais à garder quelque chose de bien dans sa vie, à part ses fils.

Jamais.

CHAPITRE DIX-SEPT

BON, peut-être que se rendre au dîner de famille pour la première fois avec Everly en tant que couple devant une vingtaine d'autres Montgomery n'avait pas été la plus maligne des idées. Mais il n'y avait plus moyen de faire marche arrière, désormais, alors il n'y avait plus qu'à faire avec.

Avec un peu de chance, tout se passerait bien.

— J'espère que la salade de pommes de terre leur plaira, dit Everly depuis le siège passager.

Ils avaient pris le pick-up, équipé de nouveaux sièges-autos pour les garçons et d'un harnais spécial pour Randy à l'arrière. Storm avait interprété ça comme un signe qu'ils allaient de l'avant dans leur relation, mais avec Everly, il ne savait pas trop. Elle semblait sur le point d'entrer en combustion spontanée tellement elle était tendue, et il n'y avait rien qu'il puisse y faire.

Elle avait ses limites, comme tout le monde, et ça le tuait de ne pas être capable de l'aider.

— La salade leur plaira, dit-il avec un sourire. Et tu n'étais pas obligée d'amener quoi que ce soit, je te l'ai dit.

— Je ne vais pas me pointer à mon premier barbecue chez les Montgomery les mains vides. Quand j'ai appelé ta mère, elle a dit que je pouvais amener un accompagnement si je voulais, et j'ai mentionné ma salade de pommes de terre.

— J'aime ta salade de pommes de terre, dit-il, son attention rivée sur la route même lorsqu'il jetait un coup d'œil rapide dans le rétroviseur pour voir comment allaient les garçons.

Ils étaient en train de discuter dans ce langage secret que seuls les jumeaux connaissent. Wes et lui avaient fait pareil, même si avec autant de Montgomery dans la famille, ça n'avait pas duré aussi longtemps que ça risquait de le faire pour Nathan et James.

— Quand est-ce que tu l'as goûtée ? demanda-t-elle, une légère panique dans la voix.

— Tu en faisais à l'époque quand tu invitais des gens pour le week-end.

Quand elle était avec Jackson et que Storm n'était qu'un ami de la famille. Il ne le mentionna pas, car elle savait déjà que c'était ce qu'il pensait. Les choses avaient changé, mais pas son amour pour sa salade de pommes de terre.

— Oh, dit-elle d'une petite voix. Mais les gens peuvent être difficiles sur ce genre de choses. Soit ils veulent de la moutarde, soit du vinaigre, soit ils sont à fond sur la mayonnaise. Certains aiment ça avec de l'aneth ou seulement du paprika. J'aurais dû amener un plat plus facile qui plaît à tout le monde.

Storm retint son rire, car elle l'aurait mal pris, et il tendit le bras pour prendre sa main. Ils entrelacèrent leurs doigts, et il la serra délicatement.

— Ça va leur plaire. On va être tellement nombreux qu'il y aura forcément des gens qui aiment la salade à ta façon. Si j'accepte de leur en laisser, cela dit.

Elle soupira et regarda par la fenêtre alors qu'il se garait sur le trottoir. Les Montgomery disposaient d'une bonne surface de parking, mais il y avait tellement de monde que ça ne suffisait pas pour que tout le monde puisse se garer à côté de la maison. Ils allaient devoir remonter la rue, mais ce n'était pas trop loin.

— Je dois avoir l'air zinzin, marmonna-t-elle dans sa barbe. Je n'ai jamais vraiment fait ce genre de choses, tu sais ?

Elle jeta un coup d'œil aux garçons qui les fixaient avec fascination. Ce qui voulait dire qu'Everly et lui ne pouvaient pas vraiment parler en détail de leur relation et des premières fois qu'ils s'apprêtaient à vivre ensemble, pas devant les enfants. Il savait que les garçons finiraient par comprendre, mais il était d'accord avec Everly sur le fait qu'ils devaient déjà déterminer comment ça se passait entre eux avant de présenter cette idée aux jumeaux.

Il hocha la tête.

— Je sais.

Il coupa le moteur et regarda derrière.

— Très bien, messieurs. Prêts pour le barbecue des Montgomery ?

— Oui ! cria Nathan.

James tapa dans ses mains, et Randy aboya. Everly se mit à rire tandis que Storm se frottait l'oreille pour rire. Deux garçons de trois ans et un jeune chien dans une voiture, ce n'était pas de tout repos sur le plan auditif.

— Alors allons-y, dit-il en riant avant de faire un clin d'œil à Everly.

Ce n'était pas aussi facile qu'il l'aurait imaginé, car tout ça était évidemment nouveau pour lui, mais malgré tout, ils parvinrent à acheminer tout ce petit monde, Randy en laisse devant eux, les jumeaux entre les deux adultes, ainsi que leurs sacs et la salade de pommes de terre jusqu'à la porte d'entrée en un seul voyage. Pourquoi les jumeaux avaient-ils besoin de leurs sacs, de jouets et d'autres trucs, il n'en savait rien, mais il ne remit pas ça en question. Everly savait ce qu'elle faisait.

— Te voilà ! s'écria sa mère, Marie Montgomery, en ouvrant la porte. Harry, viens m'aider à prendre leurs affaires. Oh, Everly, ma chérie, je suis tellement contente que tu aies apporté cette salade de pommes de terre, ça a l'air délicieux. Et oh la la, les garçons, regardez-moi ça, je suis sûre que vous avez dû prendre une tête depuis la dernière fois que je vous ai vus. Ah, Randy, mon cœur, je te vois aussi. Tu es un bon chien.

Sa mère dit tout ça d'une traite et parvint à les étreindre en même temps tout en les faisant entrer. La manière dont elle arrivait à les faire se sentir tous bienvenus de façon individuelle épatait Storm au quotidien, mais il savait qu'avoir élevé huit petites terreurs avait dû aider.

Les enfants furent conduits dans la zone de jeu où Maya et ses deux maris, Jake et Border, étaient en train de surveiller la petite troupe. Storm n'avait même pas fait le total du nombre de nièces et neveux qu'il avait désormais, car ce chiffre était en constante augmentation. Mais le plus âgé était presque un ado, désormais, et les plus jeunes ne savaient toujours pas marcher, alors ils les faisaient tourner en bourrique.

Everly se colla à Storm, et il passa une main sur sa hanche.

— Tu es prête ? demanda-t-il.

Ce n'était pas la première fois qu'elle rencontrait sa famille, et elle était amie avec la plupart d'entre eux, mais c'était la première fois qu'elle était là en tant que petite amie.

— Non, mais allons-y.

Austin et Sierra les rejoignirent les premiers. Sierra étreignit aussitôt Everly tandis qu'Austin faisait un signe de tête à Storm avant de serrer Everly dans ses bras à son tour.

— Je suis tellement désolée pour ta boutique, déclara Sierra d'une voix douce. Tu n'as toujours pas de nouvelles ?

Storm serra la main d'Everly, et elle lui jeta un regard tendre.

— Non, répondit-elle. Seulement qu'ils sont toujours en train d'enquêter.

— Quand est-ce que tu auras le feu vert pour commencer à reconstruire ? demanda Austin. Enfin, si c'est ce que tu veux faire.

Everly poussa un soupir.

— Bientôt, j'espère. Je n'en sais rien. Et oui, je compte reconstruire. Je veux dire, je l'espère. Tout est en suspens pour l'instant, mais bon sang, j'aimais cette librairie. Et c'est *la mienne*, tu vois ?

Austin hocha la tête.

— Je comprends. Si quelque chose arrivait au studio de tatouage, Maya et moi, on serait anéantis, mais on voudrait quand même recommencer.

— Pareil pour ma boutique, ajouta Sierra.

Elle possédait une boutique de mode en face de Montgomery Ink, Eden. D'ailleurs, Storm se souvenait que c'était comme ça qu'elle avait rencontré Austin.

— Dis-nous si tu as besoin de quoi que ce soit, déclara Austin de cette voix profonde à l'autorité naturelle.

— D'accord, répondit Everly. Merci de vous en inquiéter.

— Bien sûr qu'on s'en inquiète, dit Sierra.

— Oui, tu es l'une des nôtres, désormais, et ce même si tu ne sortais pas avec cet idiot-là.

Austin sourit en disant ça, mais ça n'empêcha pas Storm de lui donner un coup dans l'épaule.

— Les mecs, dit Sierra.

Elle leva les yeux au ciel, mais elle souriait. Ils parlèrent encore quelques minutes avant de se séparer et de retrouver Luc et Meghan à la place. Miranda et Decker se joignirent à eux peu après, et bientôt, Everly riait à belles dents alors que Storm la tenait dans ses bras. Ils avaient besoin de moments comme ceux-là pour équilibrer un peu ce qu'il se passait dans leurs vies par ailleurs.

— Fais-nous signe quand tu seras prête, et on t'aidera avec la reconstruction, dit Decker. Je sais que tu pourrais faire ça avec les frères de Jake, mais franchement, viens plutôt chez les Montgomery. C'est nous tes chouchous.

— J'ai entendu, cria Jake.

Maya enlaça sa taille pour le tenir à distance. Everly se mit à rire, et Storm se pinça l'arête du nez.

— Ce n'est pas un concours, tu sais, dit-il.

— Bien sûr que non, dit Luc avec un clin d'œil avant d'embrasser sa femme sur la tempe.

Même s'ils étaient mariés depuis un moment, désormais, Meghan rougit et s'appuya contre lui.

— On est hors concours.

— Ce n'est pas exactement ce que je voulais dire, dit Storm, mais ça ne l'empêcha pas de sourire.

Les deux entreprises n'avaient pas les mêmes zones d'expertise, et aucune des deux ne manquait de clients. Le fait qu'il y ait désormais des liens matrimoniaux entre eux voulait simplement dire que c'était d'autant plus drôle de s'envoyer des piques.

— Mais sérieux, on est là pour t'aider, dit Meghan. Je sais que tu n'as pas besoin des services d'une paysagiste, comme tu es en centre-ville, mais on sait jamais, si tu as des plantes en pot ou quoi, je suis là.

Everly sourit.

— Je tue les plantes vertes, alors je pourrais bien avoir besoin de ton aide.

— Je les tue aussi, dit Miranda avec un sourire narquois dirigé vers sa sœur. Heureusement, Meghan arrive à les ressusciter.

— Si tu les gardais hors de portée des animaux et des

enfants, peut-être qu'elles vivraient plus longtemps, expliqua Meghan.

Elles continuèrent à plaisanter, et Storm leur fit signe de la main avant d'entraîner Everly plus loin. Il voulait qu'elle rencontre tout le monde, mais sans se sentir submergée. Il n'était pas non plus le plus bavard du groupe, alors il avait tendance à rester dans une zone de la maison ou du jardin et à laisser les gens venir à lui ou, au contraire à passer de groupe en groupe, à écouter ce qu'ils avaient à dire avant de passer à un autre. Il les aimait mais, bon sang, sa famille était si grande que parfois, ça faisait presque trop.

Griffin et Autumn étaient assis à côté de Tabby et Alex à l'une des tables que ses parents avaient installées, et il leur fit coucou. Everly les salua aussi, et le groupe leur sourit en répondant de même. Wes les rejoignit, et ils rirent en parlant de trucs divers qui étaient arrivés dans la semaine. Ils se voyaient souvent et pourtant, ils arrivaient toujours à trouver de nouveaux sujets de conversation. Everly et lui leur parlèrent un moment avant que la faim le rattrape et qu'il ramène Everly vers les garçons.

— Ça va nous prendre encore quatre bonnes heures pour faire le tour et parler à tout le monde, alors allons nourrir les garçons et nous mettre quelque chose dans le ventre.

Elle leva les yeux au ciel et enfonça un de ses doigts dans son ventre.

— Tu n'as pas un gramme de gras, comment est-ce possible ?

Il lui fit un clin d'œil.

— J'ai de bons gènes, et Alex me force à faire plus de sport, en ce moment.

— Je devrais le remercier, dit-elle d'une voix chaude.

Il déglutit. Il ne pouvait se permettre de se mettre à bander devant toute sa famille. Ces gens-là étaient bien trop perceptifs et ne lui ficheraient jamais la paix.

Il l'embrassa sur le dessus du crâne, comme ils étaient au milieu du salon de ses parents, puis il partit s'assurer que les garçons avaient mangé. Bien sûr, il n'aurait pas dû s'inquiéter, sa mère s'était déjà occupée d'eux. Ils ne séparaient pas toujours les enfants et les adultes, comme ils l'avaient fait aujourd'hui, mais comme les barbecues chauffaient à fond, c'était logique sur le plan de la sécurité.

Everly et lui s'assurèrent que tout allait bien pour les jumeaux avant de se servir à leur tour, sans oublier la salade de pommes de terre d'Everly, avant de s'installer à une des tables vides dans un coin du jardin. Ils ne restèrent pas seuls très long-temps, cependant, car trois de ses cousines décidèrent de les rejoindre. Comme ils faisaient partie de ceux qu'Everly n'avait pas encore rencontrés, ça ne le gênait pas.

— Everly, voici Adrienne, Théa et Roxie. Ce sont mes cousines, les Colorado Springs. Shep est leur grand frère. C'est celui qui vit à La Nouvelle-Orléans, mais qui vient encore donner un coup de main à Montgomery Ink quand il est en ville. Mesdames, je vous présente Everly, ma petite amie.

Il n'avait encore jamais prononcé ce titre à voix haute. Ils se raidirent tous les deux, mais continuèrent comme si de rien n'était. Everly sourit et leur dit bonjour.

— C'est votre nom officiel ou bien vous aimez simplement cet endroit ?

Adrienne leva les yeux au ciel. Elle était l'aînée des trois filles, mais Shep était bien plus âgé qu'elles, si bien qu'elles avaient eu une éducation un peu différente de la sienne, ce qui n'empêchait pas Adrienne d'être assez rock n'roll, elle aussi. Même si au fond, Storm n'était pas sûr qu'Adrienne soit aussi fofolle qu'elle le prétendait.

— Les Montgomery de Denver aiment bien nous appeler

par le nom de notre ville, car nous sommes en infériorité numérique, dit-elle avec un clin d'œil.

— Mais entre nous, on a plutôt tendance à penser à nous comme étant les Montgomery, déclara Théa avec un sourire.

— Et on les appelle les Denver et non pas les Grands Huit comme Wes voulait qu'on fasse, ajouta Roxie.

— Et vous êtes encore plus nombreux que ça ? demanda Everly qui semblait un peu dépassée.

Storm ne pouvait pas lui en vouloir : ils étaient effectivement nombreux, et les Montgomery étaient du genre charismatiques et bruyants, même quand ils n'étaient pas tous là. Les hommes étaient tous grands, barbus et tatoués, et les femmes avaient tout autant de personnalité et aimaient aussi l'art corporel. Ils ne passaient pas inaperçus.

— Quelques autres, répondit Adrienne. On est, je crois, vingt et un dans notre génération, quelque chose comme ça. J'ai perdu le compte au dixième, alors bon.

— Waouh.

Storm renifla, amusé de la réaction d'Everly, mais il passa sa main dans son dos pour la rassurer. Elle n'était pas habituée à voir autant de gens, et il le comprenait. Elle était enfant unique, tout comme Jackson. Et bon sang, aucun de leurs parents n'avait été du genre ultra chaleureux et aimant, alors venir chez les Montgomery devait lui faire un sacré changement.

Il était heureux que sa famille ne se soit pas mise à la passer sur le grill. Ça viendrait, peut-être pas aujourd'hui, mais la prochaine fois qu'elle viendrait avec lui. Il trouvait ça bizarre que ce soit si naturel de l'avoir à ses côtés. C'était comme si elle avait toujours été là. Elle était simplement à sa place. C'était son Ev, et être avec elle paraissait *normal*.

Il espérait simplement qu'elle voyait ça de la même façon.

Ils finirent leur repas, mais restèrent assis avec ses cousines tandis que Nathan et James venaient vers eux. Ils étaient en train de rire et de courir derrière Randy qui aboyait et s'arrêta pile aux pieds de Storm. Celui-ci se pencha pour le caresser. Il retint un grognement quand James atterrit sur ses genoux. Nathan grimpa sur ceux d'Everly, et ils se mirent à leur raconter leur après-midi. Randy retourna jouer avec les autres chiens de la famille, et Storm passa un bras derrière la chaise d'Everly pour écouter ses fils babiller comme le font les petits enfants.

Les regards entendus de ses cousines, mais aussi de toutes les autres personnes qui passaient à proximité ne lui échappèrent pas. Leur curiosité ne le dérangeait pas autant qu'il l'aurait pensé. Après tout, il avait taquiné ses frères et sœurs quand ils avaient trouvé la personne qu'ils voulaient dans leur vie.

Il fronça les sourcils.

Était-ce de cela qu'il s'agissait ? Était-elle la personne qu'il voulait dans sa vie, pour aujourd'hui et pour toujours ? Est-ce que ça impliquait des enfants, un mariage et tout le reste ? Il avait toujours pensé qu'il serait l'oncle qui n'avait pas d'enfants à lui. Il lui avait fallu longtemps pour accepter qu'il méritait peut-être une vie malgré sa culpabilité. Mais le temps qu'il arrive là, il s'était retrouvé au milieu de la trentaine et n'avait eu aucune femme avec qui il ait eu envie d'être vu.

Jusqu'à Everly.

Il poussa un soupir. Peut-être, juste peut-être, qu'elle pouvait devenir son futur.

Il ne savait simplement pas quoi en penser.

Les garçons étaient surexcités quand ils les ramenèrent à la voiture plus tard dans la soirée. Le barbecue du midi s'était transformé en dîner, et tout le monde s'était resservi. Mais dès qu'ils furent sur l'autoroute, tout le monde derrière s'endormit en un clin d'œil. Même Randy était renversé en arrière, les pattes en l'air, la gueule ouverte, en train de ronfler.

— Ce chien a l'air idiot quand il dort comme ça, marmonna Storm dans sa barbe.

— Idiot, mais adorable, dit Everly en se tournant pour prendre une photo du trio.

Storm renifla.

— C'est vrai.

Il se frotta la nuque, heureux d'avoir pris un café avant de partir. Il n'était pas vraiment fatigué, car rien au monde n'aurait pu le décider à prendre le volant s'il n'était pas en état, après ce qu'il s'était passé par cette nuit pluvieuse toutes ces années auparavant, mais il avait eu besoin d'un petit coup de fouet.

— Je me suis bien amusée, aujourd'hui, dit Everly sur un bâillement. Plus que je ne l'aurais imaginé.

Storm lui jeta un coup d'œil.

— Quoi, tu pensais qu'on serait chiants ?

Elle leva les yeux au ciel pour rire.

— Comme si les Montgomery pouvaient être chiants. Je voulais dire que je pensais que je serais trop stressée pour passer un bon moment. Je suis contente de m'être trompée.

Il porta la main d'Everly à sa bouche et déposa un doux baiser au creux de sa paume.

— Moi aussi, je suis content.

Elle eut un petit soupir satisfait, et ils rentrèrent jusque chez elle dans un silence confortable.

Les garçons se réveillèrent plus ou moins quand ils les sortirent des sièges-autos. Il fallait que Randy aille faire ses besoins, et les garçons semblaient d'accord, alors Storm emmena le chien dehors tandis qu'Everly préparait ses fils à aller se coucher. Avant de passer de l'autre côté pour l'aider à coucher les petits, il s'assura que le chien avait de l'eau, car il avait beaucoup trop mangé chez ses parents. Everly et lui n'avaient pas parlé du fait qu'il dorme là cette nuit, mais visiblement, ils étaient tous les deux partis de ce principe. Même Randy avait un set d'affaires là pour quand Storm restait dormir.

Ils ressemblaient de plus en plus à une famille, et même si Storm gardait une certaine prudence, il commençait à compter dessus.

— Tu vas embrasser Tonton Storm de nouveau ? demanda James alors qu'Everly lui passait son tee-shirt au-dessus de la tête.

Nathan était déjà en pyjama et à moitié endormi dans son lit. Comme elle lui tournait le dos et que James avait un tee-shirt devant les yeux, Storm ne vit que la façon dont elle pâlit à cette question.

— Comment ça ? demanda-t-elle, faussement calme.

Storm ne dit rien, mais il savait qu'elle avait compris qu'il était sur le seuil. Ils n'avaient pas discuté de la façon dont ils géreraient ça si les garçons comprenaient ce qu'il y avait entre eux, et ce n'était pas à lui de décider quoi dire. Il s'adapterait à ce qu'elle ferait, car même s'il était fou de toute cette famille, elle restait leur mère.

— Toi et Tonton Storm vous vous embrassez. Beaucoup.

Nathan poussa un gros bâillement en disant ça, et Storm pensa que le petit garçon s'était endormi avant qu'il reprenne.

— Ça va. On l'aime bien.

— Tu devrais continuer à embrasser Tonton Storm, dit James avec un sourire endormi.

Il embrassa sa mère sur la joue.

— Comme ça, Tonton Storm, il peut être notre papa, et on peut être une famille. Comme ça on aura un toutou, et personne ne peut nous faire du mal, sinon Tonton Storm il les tape.

— Il est fort et il est génial et il connaît les X-men. On l'aime beaucoup, et tu devrais toi aussi.

Storm sentit son cœur enfler dans sa poitrine et son ventre se serrer devant cette déclaration. Bon sang, ces gamins étaient vraiment observateurs. Il n'avait pas abordé le sujet du mariage avec Everly et n'y avait pas réfléchi des masses par lui-même, mais apparemment, les gosses étaient partants.

Et il avait bien besoin d'un verre.

— Je suis contente que vous aimiez bien Storm, déclara Everly avec prudence, en soupesant chaque mot.

Il ne pouvait pas lui en vouloir de faire attention, et c'est pour ça qu'il resta silencieux. Ce n'était pas son rôle d'intervenir, mais il la soutiendrait si elle en avait besoin.

— Je l'aime bien aussi.

Il avait largement dépassé le stade du « aimer bien » en ce qui le concernait.

— D'accord, répondit simplement James avant qu'Everly le borde.

Nathan était déjà en train de ronfler, une main sur le visage. Storm avait du mal à concevoir qu'on puisse s'endormir aussi vite.

Everly embrassa son fils sur le front avant de sortir de la pièce. Elle éteignit le plafonnier pour que leur veilleuse Thor brille.

— Oh mon Dieu, murmura-t-elle en se hâtant vers sa chambre.

Storm la suivit, mais il se retourna et vit Randy trottiner dans la chambre des garçons. Le chien était propre et bien dressé, mais il ne savait pas si c'était une bonne idée qu'il dorme avec les enfants.

— Ev ? Avant qu'on commence à paniquer à cause de cette petite conversation, est-ce que Randy a le droit de dormir avec les garçons ? Il est déjà en train de se faire sa place à côté de James, à en juger par les petits rires que j'entends.

Everly posa les mains sur son visage et poussa un petit cri à peine audible.

— Ça va. Tout va bien. Oh mon Dieu.

Il referma la porte derrière lui et abaissa les mains d'Everly pour pouvoir la serrer dans ses bras.

— Tu as super bien géré ça, ma puce.

Il fit courir ses mains dans son dos, et elle s'accrocha à lui.

— Je ne pensais pas qu'ils avaient remarqué.

Elle enfouit son visage contre son torse et poussa un gémissement.

— Et ça... leur fait plaisir.

— Apparemment, on est nuls pour se cacher.

Il l'embrassa sur le sommet du crâne.

— On n'est pas vraiment subtils.

Il sourit et la tira légèrement en arrière pour pouvoir la regarder dans les yeux.

— Non, pas vraiment.

— Je... je suis soulagée qu'ils n'aient pas de problème avec notre relation, mais là, j'ai envie d'oublier le reste du monde pendant un moment. On pourrait faire ça ?

Il maintint sa nuque d'une main et l'embrassa tendrement. Il sentit son membre se tendre contre sa fermeture éclair.

— On peut faire ça.

Il avait envie d'elle plus qu'il n'était possible de l'exprimer avec des mots : envie de cette femme, de cette amie qui n'était plus simplement son amie.

— Super, souffla-t-elle.

Elle fit glisser ses mains le long de son torse, et il l'embrassa à nouveau. Il avait besoin de la goûter. Lentement, ils se caressèrent, apprirent la forme de leurs corps. Ils bougeaient comme s'ils ne faisaient qu'un. Il lui retira en douceur son haut, puis son pantalon. Elle se retrouva dans sa parure de lingerie, absolument parfaite. Il aimait la façon dont ses seins emplissaient les bonnets de son soutien-gorge et comment ses hanches ressortaient pile pour qu'il puisse les saisir à pleines mains.

— Tu es tellement belle, murmura-t-elle.

Ev leva les yeux au ciel.

— J'ai des vergetures, et je n'ai toujours pas retrouvé le poids que je faisais avant d'être enceinte. J'ai meilleure allure avec des vêtements sur le dos. Crois-moi.

Il se pencha et lui mordit la lèvre. Elle hoqueta, et il eut un grand sourire.

— Comme je t'ai vue avec et sans, je peux te dire que tu te trompes, et pas qu'un peu.

Il l'embrassa.

— En fait, je vais te le *montrer*.

Il défit son soutien-gorge et prit ses tétons en bouche, l'un après l'autre, avant de se mettre à genoux et de faire glisser sa culotte sur ses jambes. Il embrassa chacune de ses cuisses, en bandant tellement qu'il lui sembla qu'il pourrait éjaculer dans son jean comme un ado.

— J'ai envie de toi, Ev, dit-il doucement avant de déposer un autre baiser sur sa cuisse.

Elle passa une main dans ses cheveux, et il lécha la zone qu'il venait d'embrasser.

— Je sais qu'on a toujours besoin de mettre des capotes en guise de contraception, mais j'ai envie de te goûter, Ev.

Elle tira sur ses épaules au moment où il s'apprêtait à embrasser son intimité, et il se releva pour l'embrasser sur la bouche à la place. Quand il recula, elle lui adressa un sourire carnassier.

— J'aimerais autant te goûter en même temps.

Il lui rendit son sourire, conscient qu'il bandait tellement qu'il risquait de craquer au premier contact.

— Ça se négocie.

Elle l'aida à se débarrasser de son tee-shirt et défit son pantalon. Ils étaient tous les deux haletants quand il fit descendre son pantalon en même temps que son boxer. Son sexe jaillit librement à l'extérieur et vint taper contre son ventre, leur tirant un gémissement à tous les deux.

— Ça a l'air douloureux.

Il lui fit un clin d'œil.

— Eh bien, tu as quelques méthodes à ta disposition pour m'aider.

— Laisse-moi deviner, avec ma bouche ? Et si je te disais que j'avais une migraine, tu me dirais que tu as le remède parfait pour moi ?

Il l'attrapa et la serra contre son torse pour pouvoir enfouir son visage dans le creux de son cou.

— Voyons si ça fonctionne, qu'est-ce que tu en dis ?

Ils s'embrassèrent et se caressèrent jusqu'à se retrouver allongés tête-bêche sur le lit. Aussitôt, il se retrouva avec le visage entre ses jambes, une cuisse au-dessus de son épaule, et il se mit en demeure de la lécher et suçoter. Elle avait un goût sucré et exotique, et il sut qu'il en aurait faim jusqu'à la fin de ses jours. Il gémit quand elle le prit dans sa bouche. Elle soupesa ses bourses et serra la base de son membre tout en le suçant.

— Seigneur Dieu, gronda-t-il avant de lécher ses petites lèvres.

Il aspira son clitoris dans sa bouche et apprécia de le sentir gonfler sous ses attentions. Elle n'était pas loin de l'orgasme, il le sentait. Dès qu'il la pénétra de ses doigts, elle jouit, et il lécha toute sa cyprine.

Et parce qu'il savait qu'il était bien trop près de jouir, il se retira.

— Je n'avais pas fini, dit-elle, le regard sombre et vitreux.

— Si je jouis au fond de ta gorge, je ne serai pas d'aplomb assez vite pour te tringler comme j'en ai envie.

Il se tourna et se faufila entre ses jambes tout en attrapant le préservatif qu'il avait placé à côté des oreillers. Il l'enfila.

— Je suppose que si on avait couché ensemble quand on avait encore vingt ans, ça aurait été différent.

Elle lui fit un clin d'œil en disant ça, et il lui pinça la cuisse.

— Je ne suis pas si vieux que ça, gronda-t-il avant de l'agripper par les hanches et de s'enfoncer en elle d'un seul coup.

Elle poussa un hoquet, et il laissa un gémissement lui échapper.

— D'accord, pas si vieux que ça.

— Heureux qu'on soit d'accord.

Il se pencha et captura sa bouche de la sienne tout en allant et venant en elle, tous deux tremblants et couverts de sueur. Bon sang, elle était addictive ; il savait qu'il ne pourrait jamais s'arrêter d'avoir envie d'elle... besoin d'elle.

Et le fait qu'elle était une drogue, ce serait quelque chose à quoi il devrait réfléchir plus tard. Pour l'instant, il avait besoin de la femme dans ses bras, et cette émotion le submergea à cet instant.

Il fit rouler ses hanches, et comprit qu'il touchait pile le bon endroit en elle quand elle entrouvrit la bouche et cambra le dos de telle façon que ses seins vinrent s'incruster contre son torse. Il accomplit des va-et-vient de plus en plus forts et rapides jusqu'à ce qu'ils crient tous les deux et jouissent à l'unisson, tremblants, vidés, épuisés.

Il s'effondra à côté d'elle, son sexe encore à moitié bandé

toujours en elle, et il la rapprocha de lui pour pouvoir l'embrasser.

— C'était... souffla-t-elle. C'était...

— Je ne trouve pas les mots non plus, dit-il en riant. On va devoir se contenter de « c'était... ».

— Oui.

Elle se blottit contre lui, et il la serra fort. Avec elle dans ses bras comme ça, il était presque capable de se dire que tout allait bien se passer et qu'il n'y avait rien qu'ils ne puissent affronter ensemble.

Presque. Mais pour l'instant, elle était dans ses bras, et il savait qu'ils feraient ce qu'il faudrait à un moment ou à un autre. Parce qu'elle était à côté de lui, autour de lui, elle était une part de lui. C'était tout ce dont il avait besoin.

CHAPITRE DIX-HUIT

— JE SAIS que les entrelacs celtiques, c'est un peu basique pour certains, mais, bon sang, je les collectionne depuis que je suis gamin.

Storm baissa les yeux vers Clay et renifla :

— Ce n'est basique que pour les gens qui ne se rendent pas compte d'à quel point leur design est compliqué.

— Amen, répondit Austin machinalement, toute son attention portée sur le nouveau tatouage de Clay.

C'était la première fois que Storm amenait Clay à Denver pour enfin rencontrer une partie de sa famille. Comme Austin était au courant pour Clay et l'accident, c'était logique que ce soit la première personne qu'il lui présente. Storm savait qu'il était temps de parler aux autres de ce qu'il s'était passé, même si ça rouvrait une cicatrice qu'il avait dissimulée pendant si longtemps. Mais si Everly était capable de faire face à ses peurs et ses deuils chaque jour, lui aussi.

Alors il était là avec Clay, en train de le regarder recevoir son premier tatouage. Maya était en congé, ce jour-là et, oui, Storm avait fait en sorte que ce soit le cas en prenant le rendez-vous. Sa sœur était bien trop perceptive, et il fallait que Wes soit la première personne à qui il en parlerait quand il trouverait le moyen de le faire. *Plus de secrets*, s'était-il dit. Ce n'était correct pour personne.

Le truc dont Clay et lui n'avaient pas parlé, c'était sa tante. Ils avaient soigneusement évité de mentionner Rachel. Une fois qu'Everly aurait décidé de son plan d'action, il serait là pour l'assister et faire ce qu'il pouvait, mais d'ici là, ce n'était pas à lui de faire quoi que ce soit. Se tenir en retrait ne lui venait pas facilement, mais il avait appris à ses dépens ce qu'il se passait quand il essayait de prendre le contrôle.

— C'est classe, commenta-t-il avant de reporter son attention vers sa tablette.

Il s'était couché tard la veille parce que Nathan avait commencé à tousser. Everly était parvenue à le rendormir en utilisant son inhalateur, mais James avait été inquiet, alors Storm l'avait bercé jusqu'à ce qu'il se rendorme à son tour. Ce qui voulait dire qu'il avait été épuisé pendant sa matinée de travail, et maintenant il avait des trucs à finir pendant le rendez-vous de Clay. Ça ne dérangeait pas celui-ci, mais Wes n'était pas ravi. Son jumeau était rarement satisfait de ce qu'il faisait, ces temps-ci. Storm espérait que cela changerait une fois qu'il lui aurait tout dit, que les choses iraient mieux, mais il n'en était pas sûr. Quelque chose avait changé entre eux, et il ne savait pas comment réparer ça.

— Ça va, dis ? demanda Clay alors qu'Austin nettoyait le tatouage.

Storm hocha la tête.

— Oui, je réfléchissais, c'est tout.

— Tu es souvent perdu dans tes pensées, en ce moment, intervint Austin. Tu veux en parler ?

— Ça va, répondit-il avec franchise.

Les choses étaient un peu bizarres depuis quelque temps, mais il s'en sortirait.

— Tu me dis si tu as besoin, dit Austin.

Ce n'était pas une question. Son grand frère prenait soin d'eux tous et essayait aussi de prendre soin de leurs cousins. Il était l'aîné des vingt et un cousins, et il se comportait comme tel.

— Très bien, Clay, tu vas pouvoir te lever et regarder ton nouveau tatouage.

Clay était assis à califourchon sur le fauteuil, car l'entrelacs était sur son épaule. Il se releva avec facilité. Storm arrivait à peine à croire que Clay soit sorti indemne de l'accident qui avait coûté la vie à son père et avait laissé des séquelles permanentes à son dos à lui, mais il en était plus que reconnaissant.

Jax, Brandon et Derek, les trois autres tatoueurs qui travaillaient ce jour-là, vinrent pour admirer le nouveau tatouage eux aussi. Storm ne les connaissait pas aussi bien que le reste de l'équipe, mais il les aimait bien. Jax était tellement nouveau que Storm ne connaissait même pas son nom de famille, mais s'il travaillait pour Maya et Austin, c'était qu'ils lui faisaient confiance, et c'était tout ce qui comptait.

— La vache.

Clay écarquilla les yeux tandis qu'il se tournait devant le miroir.

— C'est juste parfait.

Storm leva les yeux au ciel et prit une photo rapide de la réaction du jeune. Il en avait pris quelques-unes pendant le processus pour que Clay ait un souvenir de la session ; il les lui transférerait depuis son téléphone. Il n'était peut-être pas le père du gamin, mais il essayait autant que possible d'être présent dans les moments importants.

— Tu fais du bon boulot, dit-il à Austin tandis que les autres artistes entouraient Clay pour mieux voir.

Austin sourit largement en frottant sa longue barbe.

— Eh oui. Puisqu'on en parle, tu comptes faire un autre tatouage à un moment donné ou tu es bien avec ce que tu as ?

Storm en avait quelques-uns, mais pas autant que d'autres membres de sa famille. Et à la différence des autres Montgomery, il ne se faisait tatouer que par Austin. Sinon, Maya aurait vu ses cicatrices et aurait posé trop de questions. Mais ça aussi, ça pourrait bien changer, se dit-il.

— J'ai une idée, mais je vais peut-être demander à Maya de s'en charger.

Austin haussa les sourcils.

— Tu me fais des infidélités ?

Il leva les yeux au ciel.

— Peut-être qu'il est temps que j'arrête avec mes secrets.

Son grand frère hocha la tête avant de lui donner un coup dans l'épaule.

— Super. C'est pas trop tôt. Tu vas chez Everly après ça ? Ou tu retournes au boulot ?

Storm secoua la tête.

— J'ai des trucs à faire chez moi, et elle doit passer plus tard. Tabby et Alex gardent les gosses, ce soir.

Storm avait le sentiment que c'était parce qu'ils voulaient qu'Everly et lui puissent passer un peu de temps seuls, et comme ça avait aussi l'air d'aider Alex et Tabby en tant que couple de s'occuper d'enfants, ça lui allait très bien.

— Ça devient sérieux entre vous.

Une fois de plus, ce n'était pas une question, mais Storm y répondit quand même.

— Oui, je crois.

Il poussa un soupir.

— Même si je ne sais pas du tout où j'en suis par rapport à ça.

Austin eut un grand sourire.

— Ça viendra. Ça finit toujours par fonctionner. Évite simplement de faire quelque chose d'idiot.

Storm rit car, oui, ils avaient tous tendance à faire des trucs idiots concernant les choses importantes, mais il trouverait comment se canaliser. Everly le méritait, et plus encore.

Une fois que Clay eut rassemblé ses affaires, ils se séparèrent en se promettant de se faire un déjeuner bientôt, et Storm rentra chez lui finir quelques trucs pour le boulot. Il avait un bureau pour travailler de chez lui quand il n'arrivait pas à se concentrer dans l'open-space de Montgomery Inc. Si Tabby avait besoin de lui, elle l'appellerait vite fait, ce n'était pas un problème. Et puis comme ça, il pouvait laisser Randy sortir de sa cage. Il ne pouvait pas l'amener au studio de tatouage, même s'il avait commencé à le prendre avec lui au bureau.

Mais dès qu'il arriva dans l'allée, il sut que les choses n'allaient pas se passer comme ça. Il soupira, coupa son moteur et jeta un dernier regard à la voiture de Wes, garée à côté de la sienne, avant de marcher jusque chez lui.

Wes était assis sur son canapé, Randy sur les genoux, les sourcils froncés. Quand son frère releva la tête, Storm sut qu'il avait attendu trop longtemps, car il était lâche.

— Salut, dit-il d'une voix rauque.

Wes garda le silence un moment avant de poser Randy par terre et de se lever.

— J'ai réfléchi à ce qu'il fallait que je te dise des dizaines de fois, j'en ai même écrit une partie, mais ça ne marche pas comme ça. Je ne sais même pas ce qu'il faut que je te dise parce que je ne sais pas ce qui ne va pas. Tout ce que je sais, c'est qu'il y a *quelque chose* qui ne va pas et que tu ne me fais pas assez confiance pour m'en parler. On est *jumeaux*, putain, Storm. Pas uniquement frères. On est plus que ça. Et pourtant, tu me caches un truc, tu te comportes bizarrement et tu me tiens à distance. Je pensais que ça avait peut-être un rapport avec Everly, mais ce n'est pas ça parce que ça a commencé bien avant. Et putain, ça a même commencé avant Jillian, même si j'ai essayé de l'en rendre responsable.

Wes enfouit ses mains dans ses cheveux, les ébouriffant encore davantage, lui qui était toujours si net et si propre sur lui d'habitude. Storm ne dit rien, il savait que Wes avait besoin de balancer tout ce qu'il avait sur le cœur d'abord. C'était comme ça qu'ils fonctionnaient... ou en tout cas, ça avait été leur façon de fonctionner, *avant*.

— Je ne sais pas pourquoi ça part en couilles, mais putain, Storm, tu ne travailles pas comme avant, tu ne viens pas sur les chantiers pour nous aider, tu es dans les nuages en permanence et tu gardes des secrets.

Il poussa un soupir.

— Si tu ne veux plus travailler dans l'entreprise familiale, très bien, mais dis-le-moi. Je ne te dirai pas que c'est pas grave et que tout ira bien parce que ce serait un mensonge, mais je ne peux pas te regarder te torturer comme ça sans rien dire, te regarder *nous* torturer parce que tu ne me dis pas ce qu'il se passe dans ta tête.

Storm haussa les sourcils.

— De quoi ? Je ne vais pas quitter la boîte. C'est maman et papa qui nous l'ont laissée en prenant leur retraite. C'est la *nôtre*. Tout à nous. Ce n'est pas parce que je ne passe plus autant de temps qu'avant à faire *ton* travail que ça veut dire que je ne veux plus faire partie de ce que notre famille a construit.

— Alors pourquoi tu ne fais plus ce que tu faisais avant ? Pourquoi tu n'es pas *là* ?

— Parce que je peux pas à cause de mon dos ! hurla Storm.

Wes fronça les sourcils.

— Comment ça ? Qu'est-ce qu'il a ton dos ? Tu n'as jamais

dit que tu avais des problèmes de dos. Tu t'es blessé sur un chantier ? À la maison ?

Storm se passa une main sur le visage et essaya de se calmer. Il n'y avait que son jumeau qui parvenait à le mettre dans cet état. Ils étaient si similaires, tout en ayant aussi de profondes différences.

— Tu devrais t'asseoir, Wes. J'ai un truc à te dire.

L'angoisse monta en lui, mais il l'ignora. Il fallait qu'il balance ce qu'il avait sur le cœur, et bon sang, il aurait dû le faire des années auparavant et pas attendre que tout soit sur le point de leur exploser au visage.

Wes fronça les sourcils et s'assit. Randy vint jusqu'à Storm et frotta sa truffe contre ses jambes. Il lui caressa la tête, réconforté par son affection.

— J'ai eu un accident de voiture, il y a vingt ans de cela, lâcha-t-il.

Puis il lui raconta tout, l'accident, Clay, il ne lui parla pas de Rachel car ce n'était pas son histoire à lui, tandis que Wes l'écoutait, les yeux écarquillés, l'air blessé.

— Seigneur, Storm. Tu sais que ce n'était pas de ta faute, hein ? C'était un accident. Mais tu te l'es reproché tout ce temps, n'est-ce pas ?

Storm baissa la tête et la prit dans ses mains.

— Un homme est mort, Wes. Le père de Clay est *mort,* et c'est ma voiture qui l'a percuté.

Il eut un goût de bile sur la langue et essaya de se concentrer, mais il ne pouvait pas se sortir de la tête le fracas du métal. Il compta jusqu'à dix, et Randy s'appuya contre ses jambes.

Avec le poids de ce petit corps contre sa cheville, il parvint à respirer de nouveau. C'était pour ça qu'il avait Randy, c'était pour ça qu'il dressait ces autres chiens.

La voix de Wes le sortit de ses pensées :

— Sa voiture t'a percuté, *toi.* C'est un accident tragique, et je suis vraiment désolé que tu aies eu à vivre ça, mais ce n'était pas ta faute.

Il marqua une pause.

— Je... comment ai-je pu passer à côté d'un truc pareil ? Comment j'ai fait pour ne pas m'en rendre compte ? Bon sang, j'aurais voulu que tu m'en parles. Tu l'as dit à papa, à Austin et *Jackson*, mais pas à moi.

Storm releva la tête. Le vieux poids qu'il trimballait sur ses épaules avait disparu, remplacé par un autre. De la *culpabilité*. Encore plus de culpabilité. Bon sang, il était capable de gérer ça, d'être un adulte et d'admettre ses erreurs. Il n'avait peut-être pas été la cause de l'accident, mais il l'avait caché à Wes pendant toutes ces années. *Ça*, c'était sa responsabilité.

— Jackson était un connard, grinça-t-il. Je ne peux pas t'en parler. Pas pour le moment. Ce n'est pas à moi qu'appartient ce secret, mais je vais regretter pendant longtemps de l'avoir laissé faire partie de ma vie. Pour le fait de ne pas t'en avoir parlé ? J'avais tellement la trouille, mon vieux. J'ai été lâche, putain. Je suis désolé de ne pas t'en avoir parlé et de t'avoir caché ça pendant si longtemps. Je n'aurais pas dû, mais il y a eu un effet boule de neige et, je ne sais trop comment, vingt ans ont passé, et c'est devenu ce truc énorme... et je ne savais pas comment aborder ça avec toi.

— Tu l'aurais fait si je n'étais pas venu aujourd'hui ? demanda Wes. Je ne suis pas d'accord avec la raison pour laquelle tu as gardé ça secret, mais je comprends. C'était effectivement un truc énorme, et ce n'est pas de moi qu'il s'agit. Je suis simplement heureux que tu aies au moins pu en parler à Austin si tu en avais besoin.

Storm soupira.

— Je comptais le faire.

Il s'interrompit en se tordant les mains.

— Je l'ai dit à Everly. Récemment. Et je crois que ça a fait sauter le barrage et que je commençais à trouver ça de plus en plus difficile de garder ça pour moi.

— Je suis heureux qu'elle soit dans ta vie, dit Wes au bout d'un moment avant de pousser un petit grognement. Je n'arrive pas à croire que j'ai été aussi chiant avec toi sur le fait que tu ne venais pas bosser les chantiers alors que tu avais mal. Tu étais blessé, et je n'ai rien vu.

— Je le cachais bien. Ce n'est pas ta faute.

Wes soupira.

— Ce n'est pas la tienne non plus.

Il releva la tête et croisa son regard.

— Ce n'est pas terminé, et je veux qu'on en parle davantage, mais il me faut un peu de temps pour absorber tout ça. Je ne veux plus qu'il y ait de secrets entre nous. Ça me bouffe qu'on ait été les meilleurs amis du monde et qu'on ne le soit plus.

Ils se levèrent tous les deux et s'étreignirent avec force. La tension qui s'était accumulée dans la poitrine et les épaules de Storm se relâcha enfin un peu. Vingt ans. Vingt putain d'années à garder tout ça pour lui, et maintenant, son jumeau était au courant.

Ça n'avait pas été aussi douloureux qu'il l'avait imaginé... mais il savait que ça aurait pu être bien pire. Ils avaient encore du chemin à faire, mais il avait fait le premier pas. Ce n'était pas simple d'être un Montgomery, mais quand les choses étaient dures, ils se soutenaient les uns les autres. Il l'avait oublié et espérait qu'à l'avenir, il saurait s'en souvenir.

Une fois que Wes fut parti et que Storm eut nourri Randy, la sonnette retentit, et il alla ouvrir à Everly. Il tremblait toujours un peu mais espérait que le pire soit passé.

Elle lui jeta un seul regard et s'engouffra dans ses bras.

— Je pensais que ce serait moi qui ferais une drôle de tête, ce soir. Qu'est-ce qui ne va pas ?

Il l'embrassa, il avait besoin de sentir son goût sur ses lèvres pour respirer, pour *être*.

— J'ai parlé à Wes, murmura-t-il.

Le poids sur sa poitrine lui sembla à nouveau plus léger.

Elle recula en écarquillant les yeux.

— De l'accident ?

Il coinça une mèche de cheveux derrière son oreille, il avait besoin de la toucher.

— Oui. Ça s'est... bien passé, mieux que je ne l'aurais cru, mais ce n'est pas terminé. J'aurais dû lui en parler avant.

Elle joua avec le devant de sa chemise, les sourcils froncés.

— Tu n'étais pas prêt. Ça me rend malade que tu te sois fait encore plus mal en gardant tout ça en toi, mais maintenant, tu sais que tu peux en parler davantage, si tu en es capable.

Il l'embrassa à nouveau. Il se sentait plus libre et plus jeune que depuis des années.

— Tu m'as aidé. Comment ça va, *toi* ?

Elle haussa les épaules, et il la tira vers le canapé. Randy sauta sur leurs genoux pour se blottir contre eux. Vu le sourire que ça tira à Everly, Storm eut du mal à faire descendre le chien, mais il le fallait bien, car son dressage n'était pas terminé. Il était peut-être petit pour l'instant, mais ça ne durerait pas.

— Parle-moi.

— Je me sens un peu bizarre. On devrait bientôt avoir le dernier rapport sur l'incendie criminel, et ils disent que je peux aller voir sur place mais j'ai peur.

Il prit sa main.

— Tu veux que je vienne avec toi ?

Elle hocha la tête tandis qu'il parlait.

— Je l'espérais. Je veux dire, avant que tu...

Elle prit une grande inspiration.

— Avant que toi et moi on se lance dans cette histoire ensemble, j'aurais fait ça toute seule, mais là, j'aimerais que tu sois là. Est-ce que ça te paraît acceptable ?

Il se pencha et prit son visage entre ses mains.

— C'est plus qu'acceptable.

Puis il l'embrassa, d'abord de façon tendre et lente, avant d'accélérer un peu et d'approfondir les choses.

— J'ai envie de toi, gronda-t-il. Je sais qu'il y a plein de choses dont il faut qu'on parle, mais j'ai besoin de toi.

— Fais-moi l'amour ? demanda-t-elle d'une voix un peu essoufflée.

En guise de réponse, il lui fit renverser la tête en arrière et l'embrassa à nouveau. Il la fit se rapprocher de lui, et elle s'installa à califourchon sur ses genoux. Son sexe enfla contre sa fermeture éclair et s'incrusta contre la chaleur d'Everly. Il gémit quand elle se balança contre lui.

— Tu es tellement sexy, Ev.

Elle rejeta ses cheveux par-dessus son épaule et attrapa son top pour le retirer.

— C'est toi qui me fais me sentir comme ça. J'ai toujours été plutôt du genre à faire ça en missionnaire dans un lit, mais apparemment, là, j'ai envie d'explorer davantage.

— Et je suis un petit veinard.

Il l'embrassa à nouveau et, lentement, ils commencèrent à se débarrasser du reste de leurs vêtements. Il fit courir ses mains sur elle avant de glisser ses doigts en elle. Elle était douce, mouillée et, oh, tellement brûlante. S'il ne se contenait pas, il allait la renverser sur le canapé et la tringler jusqu'à ce qu'ils soient tous les deux satisfaits et épuisés, mais ce n'était pas ce qu'il leur fallait en cet instant.

Ils se retrouvèrent allongés sur le côté, elle dos contre son torse, et il leva sa cuisse pour s'enfoncer en elle, séparé de sa chaleur par la pellicule de latex. Elle inclina la tête en arrière, et il l'embrassa passionnément tandis qu'il stimulait ses tétons et allait et venait en elle.

— Seigneur, tu vas si profond dans cette position.

Il embrassa son épaule et abaissa sa cuisse en appuyant dessus de sa paume.

— Essayons comme ça aussi.

— Oh ? gémit-elle. Oh...

Cette dernière voyelle s'étira alors qu'il faisait des va-et-vient rapides entre ses jambes serrées. Il était si proche de l'orgasme qu'une simple contraction musculaire de la part d'Everly le ferait éjaculer. Et comme il ne voulait pas jouir en premier, il lâcha sa cuisse et passa une main devant pour glisser ses doigts sur son clitoris.

— Oh mon Dieu, gémit-elle en jouissant. Storm.

Il donna encore deux puissants coups de reins avant de jouir avec elle. Il tremblait, et les muscles de son dos tiraient. Il aurait mal plus tard, mais ça valait le coup. Cette femme valait ça et bien plus.

Ils restèrent allongés, les membres entremêlés, la respiration courte. Il essayait de remettre ses pensées en ordre quand elle lâcha :

— Je t'aime.

Il se figea et la fit se tourner dans ses bras pour pouvoir la regarder.

— Oh mon Dieu. Je n'arrive pas à croire que j'aie dit ça à voix haute.

Le cœur battant, il essaya d'assimiler chaque nuance, chaque goût, chaque son. Il n'avait jamais aimé une femme, pas comme il l'aurait dû, mais tout était différent avec Everly. Ça avait toujours été le cas. Et il supposait que ça le serait toujours.

— Je t'aime aussi, dit-il doucement.

Ses yeux s'humidifièrent, et elle lutta contre les larmes en battant des paupières.

— Qu'est-ce qu'on va faire à ce propos ? Je me suis trompée la dernière fois et je ne veux pas recommencer.

Il fit courir son pouce sur sa joue, conscient qu'il avait des mots importants à prononcer, mais rien ne lui vint.

— Je ne sais pas ce que nous réserve le futur, mais on a tous les deux passé trop de temps à regarder en arrière. Peut-être qu'il est temps de se préoccuper du présent et de ce qu'il pourrait advenir. Je ne compte pas disparaître, Ev.

Il l'embrassa à nouveau.

— Mais on n'est pas obligés de tout décider maintenant.

Il l'embrassa une fois de plus.

— Je t'aime.

Elle eut un doux sourire.

— Je t'aime aussi.

Radieux, il s'allongea sur elle.

— Laisse-moi te montrer à quel point.

Elle rit et s'arcbouta contre lui.

— Je croyais que tu étais un vieil homme qui avait besoin de temps pour te remettre.

— Chut.

Il pencha la tête pour l'embrasser à nouveau, mais le téléphone d'Everly sonna. Avec un soupir, il tendit le bras pour l'attraper car les siens étaient plus longs. Il le lui passa et l'aida à se couvrir avec un plaid pour qu'elle ne soit pas obligée de parler au téléphone toute nue.

Elle se raidit en décrochant, et il passa un bras autour d'elle. Randy s'appuya contre ses jambes et vint la renifler comme pour la réconforter.

— Vous pouvez répéter ? hoqueta-t-elle. Vous êtes sûrs ? Non, merci. Oui, j'ai compris. Merci.

Elle raccrocha, les mains tremblantes, et se tourna vers lui.

— Qu'est-ce qu'il y a ?

Elle relâcha sa respiration, les yeux écarquillés.

— C'est Rachel.

— Quoi ? Qui a appelé ? Qu'est-ce qu'elle voulait ?

Everly n'avait toujours pas décidé quoi faire à propos d'elle, et Storm ne pouvait pas lui en vouloir, avec tout ce qu'il s'était passé. Ses enfants et la boutique passaient en premier. Aujourd'hui comme demain.

— Ce n'était pas elle au téléphone. C'était l'enquêteur en charge de l'affaire pour l'incendie. Apparemment, si ça leur a pris autant de temps avant de me dire ce qu'il se passait, c'est parce qu'ils ont trouvé des traces d'ADN et qu'il leur fallait du temps pour l'analyser.

Elle regarda Storm, le visage pâle.

— C'était Rachel. C'est elle qui a mis le feu. Je ne sais pas comment ils le savent, mais ils en sont certains. Elle était dans leur base de données à cause d'une accusation d'agression ou un truc du genre quand elle était plus jeune. Bon Dieu, Storm. Rachel a mis le feu à ma librairie. Je ne sais pas pourquoi, mais c'est à cause de Jackson, non ? Comment a-t-elle pu faire une chose pareille ?

Des larmes se mirent à couler sur ses joues, et Storm la tira dans ses bras.

— Ils vont la trouver, lui promit-il alors qu'il analysait lentement ce que ça voulait dire. On va faire en sorte que tout le monde soit en sécurité.

Everly recula.

— Les enfants ! Il faut que j'appelle Tabby et Alex. Et si Rachel revient à la maison ?

Il hocha la tête en essayant de conserver son calme.

— Habillons-nous et appelons-les pour les prévenir. Puis on ira chez toi avec Randy. On ne laissera personne d'autre être blessé, ma puce.

Everly enfila ses vêtements. Elle secouait toujours la tête.

— Tout revient aux mensonges de Jackson. Tout. Je... je n'arrive pas à y croire.

Lui non plus, mais c'était leur réalité. Ils finiraient par mettre de l'ordre dans tout ça. Tout se mettait en place comme un puzzle dont il n'arrivait pas vraiment à voir le motif, mais au final, ça n'avait pas d'importance. Tant qu'il était capable de garder Everly et les garçons en sécurité, le reste suivrait.

Il le fallait.

CHAPITRE DIX-NEUF

EVERLY ESSAYA de prendre une grande inspiration, mais l'air ne vint pas. Les autorités l'avaient laissé entrer dans Sous la Couverture ce matin-là, et comme les garçons étaient avec une partie de la famille Montgomery qui connaissait désormais toute l'histoire avec Rachel (et si ça, ce n'était pas une chouette conversation) Storm et elle pouvaient examiner les lieux.

Elle s'était attendue au pire.

Elle ne s'était pas attendue à *ça*.

C'était tellement pire que ce qu'elle avait imaginé.

— Tout a disparu, murmura-t-elle dans l'obscurité. Il n'y a plus rien.

Storm l'enveloppa de ses bras, mais elle ne se laissa pas aller contre lui. Elle ne pouvait pas. Mais l'idée qu'il était là pour la rattraper si elle s'effondrait lui permit de se redresser. Tout était teinté de noir ; ce qu'il restait des murs était couvert de rayures et de marques de brûlé. Par une sorte de miracle, l'incendie ne s'était pas étendu aux bâtiments voisins. Même si l'alarme ne s'était pas déclenchée pour les prévenir, les pompiers et elle, les gens avaient aussitôt appelé les secours, et le feu avait été contenu.

Mais ça n'avait pas permis de sauver ses affaires.

Elle était assurée, et, maintenant que le nom de Rachel était attaché au dossier, l'assurance allait pouvoir commencer à faire son travail. Il n'y avait pas eu d'autres de ces appels anonymes qui la mettaient sur les nerfs, mais elle ne savait toujours pas si c'était lié au reste. Elle ne savait pas non plus si la lettre venait de Rachel, ni pourquoi elle l'aurait envoyé à Jackson, mais elle avait le sentiment que *tout* était lié. C'était obligé.

Elle allait pouvoir repartir de zéro, mais elle avait tant perdu. Même si, avec l'aide des Montgomery, ils pouvaient reconstruire, elle ne retrouverait jamais la couleur des vieilles pierres qui ressortaient sur les murs crème. Ça ne ramènerait pas non plus les heures et les heures de travail qu'elle avait mises dans la construction des étagères et la constitution de son inventaire. Ça ne ramènerait pas toutes les décorations qu'elle avait installées pour faire comme si des petites fées vivaient dans les murs ; les enfants adoraient ça. Et ça ne ramènerait pas les souvenirs qu'elle avait créés avec ses enfants entre ces murs.

Tout avait disparu.

Même ses employés avaient dû trouver un autre emploi pendant qu'ils attendaient qu'elle puisse rouvrir. Elle ne pouvait pas les payer alors qu'elle n'avait pas d'entrée d'argent, et ils comprenaient. Mais elle se sentait d'autant plus seule au milieu des décombres de sa deuxième maison.

Storm l'embrassa sur le dessus du crâne, et cela lui rappela que, non, elle n'était pas vraiment seule même, si c'était la sensation que lui donnaient les murs couverts de suie.

— Seigneur Jésus, murmura Austin dans sa barbe.

— Je suis vraiment désolée, Everly, ajouta Sierra.

Elle possédait une boutique nommée Eden à quelques

portes de là, et elle aurait pu perdre son commerce elle aussi si le feu s'était étendu.

Tous les Montgomery, à l'exception de Marie et Harry qui avaient préféré rester chez eux avec leurs petits-enfants, ainsi que les jumeaux, étaient là, dans la boutique, avec elle pour qu'elle ne se sente pas seule. Même Jillian était venue lui tenir la main et, bon sang, elle en avait bien besoin. Elles étaient devenues proches au cours des dernières semaines, quelque chose qui l'étonnait toujours. Mais elles aimaient toutes les deux Storm, même si c'était de manières différentes, et cela créait un lien entre elles.

Wes et Decker parcoururent les lieux devant elle en notant les dégâts d'un regard technique. Les autres firent le tour également en prenant des photos et des notes pour sa compagnie d'assurance. L'expert était déjà venu, mais ils ne voulaient pas prendre de risques. Tabby avait apporté du café pour tout le monde et n'arrêtait pas de serrer Everly dans ses bras alors qu'elles essayaient toutes les deux de retenir leurs larmes. C'était un peu trop dur.

Mais comme c'était Rachel la responsable, la boucle était bouclée. Les autorités étaient toujours à sa recherche, car ils ne l'avaient pas trouvée chez elle. Clay était inconsolable et l'avait appelée pour s'excuser, encore et encore. Elle ne blâmait pas à ce jeune homme du fait que leurs vies se soient retrouvées connectées via Storm, et elle ne le rendrait jamais responsable des actions de sa tante. Mais vu la révélation du caractère cruel de Rachel, Everly savait désormais ce qu'elle devait faire quant aux autres enfants de Jackson.

Il n'y avait pas moyen que les jumeaux aient quoi que ce soit à voir avec Rachel, mais avec Clay et ses grands-parents, elle trouverait un moyen pour que les cinq frères et sœurs puissent se connaître. Ça viendrait, mais d'abord... d'abord, elle avait besoin de s'assurer qu'on pouvait sauver sa librairie.

Storm l'embrassa sur la tempe, et elle soupira.

— Je t'aime.

— Je t'aime aussi, murmura-t-elle.

Elle n'arrivait pas à croire qu'elle aimait Storm Montgomery, ni que toute sa famille avait décidé de l'entourer quand elle en avait besoin. Elle ne savait trop comment, mais elle était passée de sa petite île au continent qu'étaient les Montgomery.

C'était carrément fou.

Mais elle n'était pas seule. Elle avait ses fils et l'homme qu'elle aimait... et peut-être un futur sur lequel elle pouvait compter. Ne serait-ce que quelques mois auparavant, elle n'aurait jamais imaginé que cela puisse être le cas, mais désormais, elle était là, dans les bras de Storm. Elle était même *heureuse*, en dépit de l'endroit où elle se tenait. Parce qu'au final, elle pourrait reconstruire.

Elle *reconstruirait*.

— Je vais reconstruire, dit-elle doucement.

Sauf que ça ne devait pas être si doucement que cela, car tout le monde arrêta ce qu'ils étaient en train de faire, un mélange de fierté et de compréhension dans les yeux.

— On en fera exactement ce que tu veux. On ne peut pas remplacer ce que tu avais, mais on fera en sorte que ça marche.

Elle se tourna dans les bras de Storm et embrassa son menton.

— Oui, c'est ce que nous ferons.

Elle ne savait pas trop quand ils étaient devenus un *nous*, mais elle ne serait revenue en arrière pour rien au monde. *On peut y arriver*, se dit-elle. Tant qu'elle avait Storm et les Montgomery, elle serait capable de faire tout ce qu'elle voulait.

Storm était sacrément chanceux. Il ne savait pas comment c'était arrivé, mais il vivait une existence dont il n'avait jamais osé rêver. Rien de sa vie avec Everly et les jumeaux n'était quelque chose qu'il avait envisagé, et pourtant, il *savait* que c'était la vie qu'il lui fallait.

Il était amoureux d'une femme qui possédait tellement de courage et de force que les siens faisaient pâle figure en comparaison, et il voulait devenir quelqu'un de mieux pour elle. Il ne savait pas exactement ce qu'il arriverait ensuite, car aucun d'eux n'était prêt pour le mariage, mais ils avançaient à leur rythme pour découvrir ce nouvel aspect de leur relation, et ça leur plaisait.

En tout cas, ça lui plaisait à lui.

Et vu le sourire heureux sur le visage d'Everly en cet instant, il supposait que c'était le cas pour elle aussi.

— Bon, qu'est-ce qu'on mange ce soir, alors ? demanda-t-il alors qu'Everly et lui attachaient les garçons à leurs sièges auto.

— J'ai envie de poulet frit et de sauce brune, répondit-elle en riant. Je sais que ça part direct dans les hanches, mais je rêve d'une sauce bien crémeuse au poivre.

Storm en eut l'eau à la bouche et renifla.

— Ça me va très bien. Mais je crois qu'il faudra qu'on fasse un peu de sport ce soir si on mange de la friture.

Le regard d'Everly s'assombrit, et il lui fit un clin d'œil. Bon sang, ce qu'il aimait cette femme.

James sourit dans son siège tandis que Storm l'attachait.

— Tu es prêt à aller manger, mon grand ?

— Des frites ! glapit James.

Sa voix était bien plus claire qu'avant. Le suivi avec l'orthophoniste fonctionnait, et son corps s'était parfaitement adapté à l'implant cochléaire.

— Oui ! Des frites !

Nathan tapa dans ses mains en disant ça, d'une voix forte et joyeuse. Ses poumons étaient en forme, cette semaine, et c'était une autre croix à mettre dans la colonne des bonnes choses.

— Est-ce que Randy peut venir ? demanda James.

Les garçons aimaient son chien et le voyaient comme leur compagnon à eux aussi.

— Pas dans le restaurant, mais il sera là pour dormir avec vous ce soir.

— C'est bien, dit Nathan d'une voix solennelle. Il ne doit pas rester seul.

— Personne ne doit être seul, mon grand.

Storm passa à l'avant et prit la main d'Everly quand elle monta dans le pick-up. Il sourit. Leurs vies s'étaient retrouvées bien souvent dans la colonne négative, ces derniers temps, mais les choses s'amélioraient. Il parlait de l'accident avec sa famille et n'avait plus de secrets à garder. Les jumeaux étaient en meilleure santé et contents de le voir plus souvent. La librairie d'Everly était peut-être en ruines pour le moment, mais ça ne durerait pas. Les Montgomery l'aideraient à reconstruire, ils s'étaient tous ralliés à elle dès qu'elle avait eu besoin d'aide, probablement avant même qu'elle s'en rende compte.

La seule chose non résolue, c'était Rachel. Il retint une moue à cette pensée. La police ne l'avait pas encore trouvée, car elle était apparemment partie se planquer, mais Storm savait qu'ils finiraient par l'attraper. Il n'y avait pas d'autre possibilité acceptable.

— Tu fais la tête, murmura Everly. Qu'est-ce qui ne va pas ?

Storm continua à fixer la route, mais il tira leurs mains jointes jusqu'à ses lèvres pour déposer un doux baiser sur sa peau tout aussi douce.

— Je réfléchissais, mais je vais oublier tout ça et me concentrer sur la sauce au poivre à la place.

Everly lui jeta un regard inquiet qu'il aperçut du coin de l'œil, mais elle sourit quand même.

— Et puis la purée. Et peut-être une tarte aux pommes.

Storm gémit.

— Tout ce qu'il y a à manger, Ev. Tout ce qu'il y a à manger.

— Tout à manger ! répéta James.

— Manger ! Manger ! Manger ! psalmodia Nathan.

Everly se mit à rire et alluma la stéréo.

— Et si on mettait une chanson ?

Elle se pencha vers Storm et baissa la voix.

— Ils sont à fond, là, alors autant les faire chanter plutôt que crier « à manger ».

— Ça me va.

Elle mit la chanson qu'ils avaient passée environ deux cents fois depuis qu'Ev et lui avaient commencé à sortir ensemble, et les garçons se mirent à chanter. Les paroles parlaient de danse et d'émotions. James et Nathan étaient accrocs au film super coloré d'où sortait la chanson, alors Storm connaissait les paroles par cœur.

Les garçons étaient enthousiastes, même s'ils ne chantaient pas très juste, et Storm n'hésita pas à se joindre à eux. Everly rit et fit de même, et bientôt, ils chantaient en riant tous les quatre pour aller dîner en... eh bien, en famille. Storm n'était pas leur père et ne le serait jamais, mais il aimait ces garçons et il aimait la femme qui se tenait à côté de lui. C'était tout ce qu'il lui fallait.

Il serra la main d'Everly, plus heureux que depuis bien longtemps, et s'il n'avait pas eu les yeux sur la route, il aurait manqué la lumière des phares qui fonçaient sur eux.

Mais il n'eut pas le temps de tourner ou de freiner. Everly hurla, et les garçons crièrent. Le métal se fracassa, et les pneus crissèrent. Du verre se brisa en éclats autour d'eux, et l'espace d'une seconde il crut être de retour là où tout avait commencé.

Mais ce n'était pas ça. Il était là... avec sa famille... avec Ev et les garçons... et le monde avait éclaté tout autour d'eux.

Une douleur aiguë irradia le long de ses bras et de ses jambes, et puis plus rien.

Il n'y avait rien.

Rien que la torpeur.

Et l'obscurité.

Et puis rien.

CHAPITRE VINGT

EVERLY CLIGNA DES YEUX, un peu étourdie. Il y avait quelque chose de collant sur ses mains, mais elle arrivait à respirer et à *ressentir*. Et une fois consciente, elle fut capable de voir.

Tout.

Quelque chose avait percuté leur voiture. Quelque chose leur avait fait avoir un accident.

Ses garçons.

— Maman !

James et Nathan pleuraient. Elle se tourna en ignorant la douleur à sa tête. Ses garçons étaient toujours sur leur siège auto et, de ce qu'elle en voyait, ils n'avaient pas la moindre égratignure. Mais ça pouvait changer d'une seconde à l'autre.

— Tout va bien, mes chéris. On va vite venir nous aider. Vous avez mal ? Dites à maman où vous avez mal.

— J'ai peur, dit Nathan en pleurant.

— Je veux un câlin, pleurnicha James à son tour.

Elle essaya de les apaiser, mais elle n'arrivait pas à les atteindre. Ils devaient être indemnes. Il le fallait.

Elle appuya une main contre sa tête et grimaça, consciente qu'elle avait une coupure. Des gens criaient autour d'elle, mais c'était comme s'ils étaient dans une bulle, sous vide. Elle avait besoin de s'assurer que sa famille allait bien.

Storm.

Elle se tourna vers lui sur le siège avant. Il était assis, immobile. Ses yeux étaient fermés, et sa respiration difficile. Des larmes coulèrent sur le visage d'Everly, et elle essaya de tendre la main vers lui, mais en fut empêchée par sa ceinture. Elle ne parvenait pas à faire fonctionner ses doigts correctement pour défaire la boucle et grimaçait à chaque mouvement.

— Storm, hoqueta-t-elle.

Il ouvrit lentement les yeux, le regard assombri par la douleur.

— Eh, ma puce, est-ce que ça va ? Les gosses ?

— Je vais bien, mentit-elle.

C'était faux, elle n'irait pas bien tant qu'elle n'aurait pas sa famille dans ses bras.

— Est-ce que tu peux bouger ? Tu peux m'aider à faire sortir les garçons ?

— Storm ? glapit Nathan. Je veux Storm.

— Maman ! cria James.

Son corps se mit à trembler, ravagé par les sanglots. Elle essayait d'être forte, mais elle était fatiguée. Non, se remémorat-elle, son épuisement n'entrait pas en ligne de compte. La *seule* chose qui importait, c'était ses enfants et Storm. Une fois qu'ils seraient en sécurité et soignés, *seulement alors*, elle pourrait s'effondrer. Pas maintenant. Pas pour le moment.

— Je suis là, les garçons, dit Storm d'une voix calme, même si elle savait qu'il était loin de l'être.

Il regarda Everly dans les yeux et baissa la voix :

— Je ne peux pas atteindre les garçons.

Il prit une inspiration tremblante.

— Je ne sens pas mes jambes pour le moment, mais on va sortir de là. Tout ira bien. Je t'aime, Everly. Je t'aime tellement, putain.

Les larmes se mirent à couler pour de bon, et elle ravala un sanglot. Il ne sentait pas ses jambes ? Oh Seigneur, son dos.

— Je t'aime aussi.

Vu la façon dont le pick-up avait été enfoncé du côté de Storm, elle était suffisamment hors d'atteinte pour ne pouvoir atteindre personne. Elle ne s'était jamais sentie aussi dépourvue.

— On va s'en sortir, promit-elle, les mains tremblantes.

La bile lui montait dans la gorge, et sa tête lui faisait mal.

— Ça va aller.

— Je sais, ma puce. Je sais.

Les sirènes se rapprochèrent, et elle regarda les garçons en faisant de son mieux pour rester éveillée. De l'aide arrivait. Ils ne seraient pas seuls.

Elle n'allait pas tout perdre.

Pas à nouveau.

Elle avait un traumatisme crânien, léger, heureusement, et les garçons n'avaient rien du tout. Ils étaient tellement en forme qu'ils faisaient des câlins à Marie et Harry, sur leurs genoux, après être passés sur ceux de Nancy et Peter. Ses beaux-parents étaient venus à l'hôpital quand Marie les avait appelés, elle avait réussi à trouver leur numéro, et n'avaient pas simplement tenu à s'assurer que leurs petits-fils allaient bien. Ils s'étaient aussi inquiétés d'Everly et Storm. Nancy l'avait carrément étreinte avec délicatesse et avait pleuré sur son épaule.

Apparemment, avoir failli perdre ce qu'il restait de sa famille avait changé la façon dont Nancy voyait les choses. Everly ne savait pas quoi en penser pour le moment, car elle avait des choses plus importantes en tête, mais elle verrait ça plus tard.

— Il va s'en sortir, murmura Jillian à côté d'elle.

L'autre femme s'était pointée aux côtés du reste des Montgomery, moins ceux qui étaient restés à la maison pour s'occuper des enfants, et elle n'avait pas laissé Everly seule depuis son arrivée. Elles se tenaient par la main de toutes leurs forces et échangeaient une étreinte de temps en temps, même si elles ne parlaient pas.

— Je sais.

Elle mit de la force dans ses mots, comme pour les forcer à refléter la réalité.

— Ça fait si longtemps qu'il est en salle d'opération.

— Et il en sortira quand les médecins auront terminé, dit Wes d'une voix creuse. Parce qu'il n'a pas le choix. Il sera grognon et bougon quand il sortira, mais ça *ira*.

— Une opération, c'est long, dit Austin.

Il était à côté de Sierra.

— Mais j'en ai marre que notre famille se retrouve constamment à en faire l'expérience dans cette salle d'attente ou une autre similaire, putain.

Il grimaça et regarda vers les parents de Jackson et les garçons.

Peter lui fit signe que ce n'était rien, les jumeaux dormaient. Si Everly avait eu un reste d'énergie, cela l'aurait probablement fait sourire. Mais elle n'arrivait pas du tout à sourire alors qu'elle ne savait toujours pas si Storm allait s'en sortir.

Vu la taille de la famille, ils avaient toute la salle d'attente pour eux. Il y en avait plusieurs à l'étage des blocs opératoires, alors elle savait qu'ils ne gênaient personne mais elle essayait toujours d'accepter qu'elle n'était pas toute seule. La famille dans son ensemble avait tout laissé tomber, non seulement pour Storm, mais aussi pour elle.

Comment sa vie en était-elle arrivée là, elle n'en savait rien, mais elle y réfléchirait plus tard et exprimerait sa gratitude. Pour l'instant, elle ne pouvait que s'inquiéter et essayer de ne pas penser à la douleur dans sa tête. Les médecins l'avaient laissée sortir du lit parce que tout le clan Montgomery avait promis de faire attention à ce qu'elle ne se surmène pas, mais si elle semblait avoir mal, elle savait qu'ils la renverraient vers sa chambre, là où elle ne pourrait pas avoir les nouvelles de ce qu'il se passait avec Storm. Il était hors de question qu'elle laisse ça se produire.

Les portes s'ouvrirent, et tout le monde se leva. Mais ce furent deux inspecteurs qui entrèrent, et non des médecins.

— Mrs Law ? demanda le plus âgé des deux. Pouvons-nous vous entretenir un instant ?

Everly regarda les gens autour d'elle dans la pièce et sut aussitôt où ils devraient se trouver.

— Ils peuvent rester. Si vous voulez bien. Qu'est-ce que je peux faire pour vous ?

Les inspecteurs regardèrent autour d'eux à nouveau avant de hocher la tête.

— Nous avons identifié l'autre conductrice. Malheureusement, elle ne s'en est pas sortie.

Everly en eut le souffle coupé.

— La personne est morte ? Qu'est-ce qu'il s'est passé ?

— De ce que nous pouvons en dire, elle vous a percuté de plein fouet sans chercher à freiner, exprès. Et il s'avère qu'elle est liée à une autre enquête dans laquelle vous êtes impliquée. Il semble que la femme qui a envoyé à feu votre mari ce message à l'adresse de votre librairie est la personne qui vous a percutés ce soir. La femme qui a mis le feu à votre commerce. Les enquêteurs en charge de l'incendie criminel vous contacteront bientôt, mais d'après l'analyse d'empreintes, nous savons que c'est elle qui a envoyé cette lettre à Mr Jackson Law. Nous supposons que c'était pour vs faire peur, car Mr Law n'était pas le propriétaire de la librairie, même si nous n'avons pas réussi à déterminer ce qu'elle voulait dire par ce message. Nous avons également trouvé un téléphone neuf dans son véhicule, qu'elle a utilisé pour appeler un seul numéro au cours des dernières semaines. Le vôtre. Et maintenant que nous savons que c'est son ADN que nous avons retrouvé dans la librairie après l'incendie, nous savons que tout est lié.

Everly cligna des yeux. Sa tête lui faisait mal.

— Rachel ? C'est Rachel qui a fait ça ?

Et maintenant, elle était morte. La première chose à laquelle Everly pensa, ce fut ses enfants. La seconde... la seconde pensée la remplit de rage et ne fit qu'aggraver sa migraine. Pourquoi avait-elle fait ça ? Pour l'argent ? Comment aurait-elle pu gagner quoi que ce soit en arrachant son gagne-pain à Everly et en essayant de les tuer, sa famille et elle ? Rien de tout cela n'avait de sens. Il n'y avait pas de logique là-dedans. Qu'est-ce... qu'est-ce qui n'allait pas chez cette femme ? N'était pas allé ? Elle devait être folle. C'était la seule explication raisonnable.

— C'est Rachel qui a fait ça, répéta-t-elle.

— Oui, Madame. Nous avons quelques questions pour vous.

— Ça ne peut pas attendre ? demanda Wes.

Sa voix était un peu plus ferme, cette fois, et elle lui en fut reconnaissante.

— Elle est blessée, et nous attendons toujours des nouvelles de Storm. Et puis les enfants dorment peut-être, mais ils sont dans la même pièce. Rachel n'ira plus nulle part, gronda-t-il sans douceur.

Les inspecteurs hochèrent la tête et expliquèrent à Everly

qu'ils reprendraient bientôt contact avec elle avant de quitter la salle d'attente. Un soupir collectif retentit. Everly avait envie de se rouler en boule et de pleurer. Au lieu de cela, elle fit taire ses émotions, se leva lentement, fit signe à Jillian de ne pas s'énerver et alla auprès de ses petits en train de dormir.

— Merci de vous être occupés d'eux, dit-elle aux parents Montgomery ainsi qu'à ceux de Jackson. Juste... merci.

Marie tapota le siège à côté d'elle, et Everly s'y laissa tomber avec un soupir.

— Il faut que tu te reposes, ma chérie. Et ne me dis pas que tu ne peux pas, je sais. Une fois qu'on saura que Storm est tiré d'affaire et sorti du bloc, tu pourras te reposer et guérir.

Il y avait dans la voix de l'autre femme une fermeté qui fit comprendre à Everly que la mère de Storm avait tout aussi peur qu'elle, mais qu'elle ne le montrait pas à cause de ses enfants. Elle était si forte, et Everly voulait être comme elle, plus tard.

Il fallait juste qu'elle sache que Storm allait bien d'abord.

À peine cette pensée lui eut-elle échappé que les portes s'ouvrirent à nouveau, et cette fois, ce fut le médecin de Storm qui les franchit. La pièce se fit silencieuse, et Everly se leva sur des jambes tremblantes.

— La famille Montgomery ?

— C'est nous, nous tous, dit Griffin d'une voix hachée.

Everly entendit l'inquiétude qui y transparaissait.

— Très bien, dit le médecin en se passant une main dans les cheveux.

— Comment va-t-il ? demanda Everly, surprise par la force dans sa voix.

— Il va s'en tirer. Il a quelques coupures et déchirures, ainsi qu'un traumatisme crânien, mais ça va aller. Avant cet accident, ses vertèbres L_1 et L_2 étaient fusionnées, et maintenant il y a une petite fracture sur la L_1. Sa moelle épinière n'est pas touchée, et il ne pourra pas poser les pieds par terre pendant quelque temps, mais avec une rééducation physique et de la patience, il pourra marcher à nouveau, et ça ira.

Everly ne s'était même pas rendu compte qu'elle était en train de pleurer jusqu'à ce que Wes la serre dans ses bras et qu'elle trempe sa chemise de larmes. Les autres posèrent des questions dont elle entendit vaguement les réponses. Elle était consciente que les garçons étaient réveillés et parlaient, qu'ils demandaient pourquoi leur maman pleurait, mais elle ne pouvait s'arrêter d'hyper ventiler pour leur dire que ça allait.

Et ça irait.

Parce que Storm allait s'en sortir.

Il était vivant. Blessé, mais vivant.

Et avec le soulagement qui lui broyait la cage thoracique, elle sut qu'elle pourrait faire face à tout le reste. Elle avait son Montgomery et sa famille. Ses garçons et Storm.

La vie continuerait parce que, *enfin*, elle avait trouvé son futur... avec son architecte.

— ON APPREND à Randy à se coucher sur le dos, déclara James d'un air solennel.

Assis dans son nouveau fauteuil à mémoire de forme, Storm sourit largement.

— Et comment il s'en sort ? demanda-t-il.

Il se mit à rire en voyant Nathan rouler sur le dos devant un Randy perplexe, comme pour montrer au chien ce qu'il fallait faire.

— Pas bien, mais on va lui comprendre, dit Nathan en souriant.

— Vous allez lui apprendre, corrigea Everly en se laissant tomber sur un gros coussin à côté de Storm.

— C'est ce que j'ai dit, répliqua Nathan avant de rouler à nouveau par terre.

Randy se laissa tomber sur le ventre et posa sa tête sur ses pattes.

— Il ne veut pas, soupira James.

— Il finira par apprendre, dit Storm. On fera venir Wes ici

pour donner un coup de main, parce que moi, je ne peux pas ramper sur le sol avec vous, là.

— Essayez juste de ne pas en faire trop. Vous tous.

Everly avait l'air calme en disant ça, mais il entendit la tension dans sa voix. Lentement, il leva le bras, et Everly s'appuya avec précaution contre lui. Ils étaient toujours si prudents, depuis l'accident, et il ne pouvait pas leur en vouloir pour cela, mais il était tout à fait prêt et capable de la prendre dans ses bras, ou de l'avoir sur lui... sous lui... ou d'être derrière elle.

Everly mordit le lobe de son oreille, et il gémit.

— Arrête de penser à ça, là.

Il baissa les yeux vers son jogging et tira une couverture sur ses genoux.

— Oups. Bon, au moins, ça fonctionne toujours.

— Ne blague pas comme ça, murmura Everly. Bon, les garçons, montrez-nous ce que vous avez fait avec Randy jusqu'à maintenant.

Les garçons commencèrent à rouler par terre, et Randy se renversa sur le dos. Storm voyait ça comme une victoire.

— Bien joué.

Il bougea lentement pour embrasser Everly sur le dessus de la tête et se trouva bien content de ne pas ressentir de douleur en faisant ça. C'était bizarre, mais l'opération qu'il avait subie avait en fait résorbé le mal de dos dont il souffrait auparavant. Il ne reviendrait jamais à cent pour cent de ses capacités, mais il aurait recouvré une meilleure mobilité d'ici quelques mois, si ce n'était quelques semaines.

Il essaya de ne pas penser à tous les bouleversements qui étaient arrivés si rapidement au cours des dernières semaines, des derniers mois. Il avait parlé à Clay tout à l'heure, pendant qu'Everly donnait leur bain aux garçons, et il n'arrivait toujours pas à se sortir cette conversation de la tête. Le jeune avait été bouleversé par tout ce qu'il s'était passé.

Ce n'était pas simplement la mort de sa tante, même si Storm était navré pour lui, mais maintenant, il y avait trois enfants qui étaient devenus orphelins, et Clay allait devoir être là pour eux et aider autant que possible. D'après Clay, ce serait ses grands-parents qui allaient s'occuper d'eux, et Clay leur donnerait un coup de main quand il le pourrait. Storm ne savait pas vraiment quelle était la bonne solution, seulement que les choses seraient difficiles pour un temps avant que ça commence à aller mieux de nouveau.

Everly savait qu'il fallait que James et Nathan puissent passer du temps avec leurs frères et leur sœur, même s'ils étaient trop jeunes pour le comprendre pour l'instant. Personne ne savait comment les choses évolueraient ou les dégâts que cela risquait de faire, mais Storm et Everly feraient partie de la vie de Clay pour un bon moment.

Les choses avaient clairement changé et n'étaient pas allées en se simplifiant, mais il n'était plus seul.

— Je devrais continuer à déballer les cartons, dit Everly au bout de quelques minutes.

Storm secoua la tête.

— Attends que mes sœurs arrivent pour donner un coup de main. Comme ça, je peux te garder dans mes bras encore un peu.

Il n'arrivait toujours pas à croire qu'Everly avait emménagé avec lui cette semaine. Entre sa convalescence et le fait que le souvenir de Jackson hantait la moindre pièce de leur maison, ils avaient décidé que c'était mieux si les garçons et elles emménageaient avec lui pour voir comment ça se passait. *Pour l'instant, tout va bien,* se dit-il, et il sut que dès qu'il serait capable de se mettre à genoux, il ferait sa demande en mariage.

Les choses étaient allées vite entre eux, et pourtant, en

réalité, il leur avait fallu des années pour réaliser ce qu'ils étaient l'un pour l'autre. Il était tombé amoureux de la femme de son meilleur ami et ne s'en était pas rendu compte. Everly, ainsi que ses garçons, était tout pour lui. Il était passé de célibataire endurci avec un cœur meurtri qu'il pensait ne jamais pouvoir guérir, à en couple avec une femme qu'il aimait, et il avait dans sa vie deux enfants qu'il était honoré d'élever.

— Alors…

Il regarda Everly et sourit :

— Quoi ?

— Je sais que nous ne sommes pas fiancés, mais ta mère m'a adoptée… je peux me faire le tatouage des Montgomery ?

Elle battit des yeux en le regardant, et il tomba encore plus amoureux d'elle.

— Tu veux notre tatouage Montgomery Ink ? demanda-t-il, surpris. Je ne pensais pas que tu voudrais un tatouage.

— C'est un peu le truc de ta famille, et tes tatouages sont sexy. Je dis ça…

Elle embrassa sa mâchoire avant de se décaler pour qu'il puisse s'emparer de sa bouche.

— Je pense qu'avec notre tatouage, tu serais ultra sexy. Alors oui, va te faire tatouer, et quand tu seras prête, tu auras droit à la bague aussi.

Elle l'embrassa à nouveau, et les garçons rirent en battant des mains tandis que Randy aboyait. Les décibels augmentaient de seconde en seconde, mais Storm n'aurait changé ça pour rien au monde. Sa vie avait tellement été transformée qu'il arrivait à peine à suivre, mais il était sacrément chanceux.

— Tu es tellement romantique.

— Ah oui ? Eh bien quand les garçons seront au lit, je te montrerai au juste à quel point je suis romantique.

Il mordit la lèvre d'Everly avant de la lécher pour adoucir la brûlure.

— Tu vas devoir être dessus, bien sûr.

Elle leva les yeux au ciel.

— J'irai doucement, mon cœur, ne t'inquiète pas.

— Ça me va.

Il l'embrassa à nouveau et sut que, quoi qu'il arrive désormais, il avait tout ce qu'il voulait dans la vie.

Il n'avait simplement pas imaginé qu'il lui faudrait chuter comme les autres Montgomery avant lui pour l'obtenir.

À suivre dans le monde de Montgomery Ink...
Motifs troubles

NOTE DE CARRIE ANN

Je vous remercie d'avoir lu Nos desseins ravivés. Si vous avez aimé cette histoire, j'espère que vous envisagerez de laisser un avis ! Les avis sont utiles pour les auteurs *et* les lecteurs.

Je suis honorée que vous ayez lu ce livre et que vous aimiez les Montgomery autant que moi !

La série se poursuit avec Motifs troubles, suite des Montgomery de Denver.

Pour vous assurer d'être informé de toutes mes nouvelles parutions, inscrivez-vous à ma newsletter sur www.CarrieAnnRyan.com ; suivez-moi sur Twitter @CarrieAnnRyan, ou sur ma page Facebook. J'ai également un Fan Club Facebook où nous discutons de sujets divers, avec annonces et autres goodies. C'est grâce à vous que je fais ce que je fais, et je vous en remercie.

N'oubliez pas de vous inscrire à ma LISTE DE DIFFUSION pour savoir quand les prochaines publications seront disponibles, participer à des concours et obtenir des *lectures gratuites*.

Bonne lecture !

Montgomery Ink

Tome 0.5: À l'encre de ton cœur

Tome 0.6: À l'encre du destin

Tome 1 : À l'encre déliée

Tome 1.5: À l'encre de ton âme

Tome 2 : À dessein prémédité

Tome 3 : D'encre et de chair

Tome 4 : Attrait pour trait

Tome 4.5: À l'encre des secrets

Tome 5: Entre les lignes

Tome 6: En pointillé

Tome 6.5: À l'encre de nos rêves

Tome 7: Nos desseins ravivés

Tome 8: Motifs troubles

Et d'autres encore !

Redwood:
1. Jasper
2. Reed
3. Adam
4. Maddox
5. North
6. Logan
7. Quinn

Griffes
1. Gideon

Pour plus d'informations, abonnez-vous à la LISTE DE DIFFUSION de Carrie Ann Ryan.

À PROPOS DE L'AUTEUR

Carrie Ann Ryan n'avait jamais pensé devenir écrivaine. C'est seulement quand elle est tombée sur un roman sentimental alors qu'elle était adolescente qu'elle s'est intéressée à cette activité. Lorsqu'un autre romancier lui a suggéré d'utiliser la petite voix dans sa tête à bon escient, la saga *Redwood* ainsi que ses autres histoires ont vu le jour. Carrie Ann a publié plus d'une vingtaine de romans et son esprit foisonne d'idées, alors elle n'a guère l'intention de renoncer à son rêve de sitôt.